――私、何
もわかんないよ。

大嫌いな自分と
さよならをするために、
本当の想いを
さらけ出すために、
私は走る。

これは、
私とあなたが、
友達になるまでの
物語。

――わかんないよ、日暈。

羽は唇を噛む。
友とか、恋とか、夏とか。
それらを混ぜて
塗りたくれば、
あの色になるのだろうか。
彼の座る縁側。
その向こうに広がる景色。
弾ける花火の香り、
高く舞う笑い声、
夜風の肌触り、
この胸を焦がす
情熱の色。

だから、お願い。
そこに着いたら、
聞いてほしい。
恥ずかしいけど、
耳は塞がずに。

サマータイム

登場人物

宗谷《そうや》 進《すすむ》
高校二年生。夏休みの間だけ、叔父と叔母の家で過ごす。

安庭《あにわ》 羽《はね》
進の同級生。外見は派手だが、見た目と性格のギャップあり。

天塩《てしお》 一輝《かずき》
進の同級生。
文武両道の優等生だが
自身の内に悩みを抱える。

富士《ふじ》 天音《あまね》
進の幼馴染。
一年前の不慮の事故以来、
昏睡状態で入院中。

日暈《ひかさ》
海岸で倒れていた謎の少女。
富士天音の幼い頃にそっくり。

大泊《おおはく》透弥《とうや》
進の高校の物理教諭。

若草《わかくさ》鉄矢《てつや》
進の叔父。小説家。

若草《わかくさ》優月《ゆづき》
進の叔母。

アイスバーグ

新馬場 新
イラスト：あすぱら

プロローグ　私とあなたの物語

あなたの声を聞くと、私は途端に思い出す。

鮮やかな緑が頭上で弾《はじ》けていたこと。

落ちてくる木漏《こも》れ日《び》は無色透明で、空気は艶《つや》やかに湿っていたこと。

隣を歩くあなたの横顔。額に滴《したた》る大粒の汗。笑った目尻に寄った皺《しわ》。

過ぎた季節を飾るのは、褪《あ》せてしまった青の色。

あなたは覚えていないだろう。きっとこれから知るのだろう。

時間を溶かしてしまうのも、心を解かすことができるのも、結局、私たち自身であることを。

きっと、何度も泣くだろう。言葉が正しく伝わらないこと。小さな意地が邪魔をすること。

なんでわかってくれないのって、もう嫌だって、叫ぶ夜はいくつも来る。

でも、大丈夫。あなたの頬を濡《ぬ》らした涙は、きっと次の夏が乾かしてくれる。

あなたが知るのは、そういうことだ。私の知ったことが、そうであるように。

ほら、今年もまた、夏が来る。あなたのもとに、真新しい奇跡を連れて。

けれど、私は今でも思うのだ。

あの夏を凍らせて、ずっとこの手に持っておきたかったのだと。

夏が来るたび、思うのだ。

一章　氷山

ひどく涼しい朝だった。

宗谷《そうや》進《すすむ》は目を覚ますと、その違和感にまず囚《とら》われた。身体《からだ》の上にはタオルケットが掛かっていて、Tシャツ一枚で寝たということもない。だというのに、肌は涼気を感じている。

不思議に思い、身体を起こす。夢の残滓《ざんし》が頭蓋《とうがい》の底に溜《た》まっているようで、軽い頭痛がした。

――なんでこんなに涼しいんだろう。

網戸の目から潮風が吹き込む。くしゅんっ、くしゃみがひとつ漏《も》れた。

普段、叔父《おじ》の書斎として使われている部屋からは、海が見える。窓の向こう、木立の奥にそれは広がっている。対して、こちらは本の森だ。視界の端に映った『氷のスフィンクス』という題字が、二度目のくしゃみを誘う。くしゅんっ。大好きなジュール・ヴェルヌが、今は憎い。

硬いタイトルのSF小説に囲まれていると、なんだか身も心も固くなる。進は凝《こ》り固まった身心をほぐすべく、窓からゆっくりと顔を覗《のぞ》かせた。二階の部屋からわずかに見える海の上は、いつもより少し騒がしい。大型の艦船が一隻と小型の漁船が三艘《そう》浮いていて、白絹のような陽光がそれらをむやみに照らしているのが、遠くからでもよくわかった。

潮の香りは先月よりもずんぐりと厚く、目を刺す光も一段と鋭く研ぎ澄まされている。

――夏だ。夏の匂《にお》いに、夏の光だ。

進は、五感のすべてで確信する。今は夏で、どうしようもなく、海と太陽の季節だ。

じゃあ、この違和感は一体なんだ。枕元に放っておいた腕輪型電子端末《セージ・ブレスレット》を左手首に巻く。起動と同時に、腕輪の外周に白い光芒《こうぼう》が走る。続けて、緑の明滅。進の細い手首に仮想画面が展開された。まず映し出されたのは、今日の日付。カレンダーアプリが立ち上がる。

〈二〇三五年、七月三十日、月曜日。午前九時五分。本日の予定、なし〉

進はひとつ、息を吐く。その日付に不自然なところなんて、なにもなかった。


「おう、進。ニュース見たか」

「見てるわけないでしょ。今起きたんだから」

「ちゃんと見た方がいいぞー。事実は小説よりも奇なりってな」

居間に降りた進は、いの一番に冷蔵庫を開けた。庫内から、ふわり、白い風が躍り出る。

「なんだよ、それ……。あれ、というか牛乳は？　麦茶だけ？」

寝起きの渇いた喉《のど》で訴える。声は低く、がさついていた。

「牛乳なんて、うちにあったためしがないだろ。我が家の冷蔵庫まで不思議空間になったら、それこそ小説の立つ瀬がねえ。なあ、優月《ゆづき》」

「そうねぇ。——あ、もし進くんが飲みたいなら、今日買ってくるけど」

「いえ、別に飲みたいわけじゃないので。大丈夫です」

慣れた手つきで麦茶を注ぐ。「んだよ、それ」叔父《おじ》の呆《あき》れ声が背後から返った。

居間の中央では叔父の鉄矢《てつや》が紙型電子端末《ペーパー・タブレット》でニュースを眺めていた。画面に映るのは、国内ニュースの映像。「海上保安庁」「海上自衛隊」といったお堅い文字列が、液晶内を交互に飾る。

海でなにかあったのだろうか。とは思うが、十七の進《すすむ》にはあまりそそられない事柄だ。

「進くん、トースト何枚いる？　残り三枚だけど」

一方、キッチンでは鉄矢が婿入《むこい》りした若草《わかくさ》家の次女、優月《ゆづき》が健気《けなげ》に朝食をこしらえていた。うなじで揺れる一つ結びの髪。緩やかに下がった目尻。穏《おだ》やかさや気安さを醸《かも》すその横顔は、けれど、朝であっても薄い化粧に飾られていて、抜け目のなさもうかがわせる。

今年三十二歳になる淑女。一緒に歩くと姉と見紛《みまが》われる、進の叔母《おば》だ。

「じゃあ、一枚、いや、二枚もらえますか」

「二枚ね、めずらしい。バターとジャム、それと一応わさびも、そこに出してあるから」

冷えた麦茶を一杯飲み干し、進は喉《のど》を開く。「ありがとうございます」慇懃《いんぎん》にそう告げて、優月の口元に浮かぶ慎ましやかな微笑から視線を逸《そ》らした。

——なにがそんなに嬉《うれ》しいんだか。

進は優月が苦手だ。叔母である彼女の振り撒《ま》く優しさ、笑み、それらはいつも釈然としない。打算というよりは献身的で、本音というには膜がある。距離感の測り切れない彼女の言動が、進はずっと得意でない。嫌い、なわけではない。気を遣わせているようで居心地が悪いのだ。

「鉄《てつ》ちゃんさぁ」

だから進は今日も、逃げるように叔父の隣に腰をおろす。

「なんだよ」

「朝ごはん、作ろうとか思わないの？」

「いつもは俺だって作ってるよ。夏になると、優月のやつが俺を台所から締め出すんだ」

トーストを頰張《ほおば》る鉄矢の顔を、進はぼうっと流し見た。

焦げ茶色の癖っ毛に、浅黒い肌。眉間に定着した皺《しわ》は、彼の頑《かたく》なな性格を表わすのに一役買っている。今年三十三になる元小説家。顎《あご》には、今日もすくすくと無精《ぶしょう》ひげが繁茂《はんも》している。

「あのさ、鉄ちゃん」

んー？　と応える横っ面《つら》に、構わず、ため息をぶつける。

「そうやって家事をサボってると、そのうち愛想つかされるよ。ほんと気を付けなね。優月さんみたいないない人、そうそういないんだから」

言って、進は自分の狡《ずる》さにも辟易《へきえき》とした。さも優月を慕っているかのような、くだらない取り繕《つくろ》い。優しい叔母を庇《かば》う、甥《おい》っ子の振る舞い。培《つちか》ってきた処世術が、嫌になる。

「おまえ、生意気言うようになったじゃねえか……。まあいい、それより進もどうだ、わさびトースト。一発で目が覚めるぞ」

「いいよ。鉄ちゃんの目が覚めてるとこ見たことないし。それに、痛みはうまみじゃないから」

「辛さや痛みのうまさがわからないとは、おまえもまだまだお子ちゃまだな」

鉄矢《てつや》は笑いながら齧《かじ》って、すぐにむせた。

「つげふ、っえふ――……優月《ゆづき》ぃ、麦茶くれ、麦茶」

「そのくらいじぶんでやってー」

「んだよ、冷たいな。おい、お子ちゃま。麦茶」

進《すすむ》は息だけで返事をして、冷蔵庫へ向かう。麦茶を注ぎ、「はい」とコップを差し出す。受け取った鉄矢は、満足そうに「ん、くるしゅうない」と口端を持ち上げた。

「これからも素直でいてくれたまえ、進くん」

「まあ、善処するよ」

これだから平成《へいせい》育ちは。進は目を細める。

進が叔父《おじ》の家で夏を過ごすのは、小学校三年生からの恒例になっていた。イベント運営会社を営む進の両親は夏になると朝も夜もないほどに忙しく、近くに居を構える鉄矢に進を預けることで書き入れ時を凌《しの》いでいた。幼い頃の進は寂しがりやで手のかかる子だった――と進は聞いている――から、家にひとり置いておくことは叶《かな》わなかったらしい。

もちろん、両親はこの件で鉄矢にいくらかの謝礼を支払っていた。進もその事実に気が付かないほど愚鈍《ぐどん》ではなく、中学生の頃には自分の境遇を理解していた。預り金の具体的な額や、ましてや叔父夫妻がそれを何に使っているかまではわからなかったが、夏になると、自分の存在が親の枷《かせ》になっていることくらいは呑《の》み込めていた。

　自分は恵まれた生まれじゃない。望まれた子どもですらないのかもしれない。進の胸の内には、そうした焦燥《しょうそう》がいつも渦巻いている。早く大人になりたい。家族などという出来あいの繋《つな》がりに縛《しば》られず、親という存在に居場所を決められず、誰に頼らずとも季節を越えていける、強い存在になりたい。

　一年に一度のこの暑さを、素直に受け止められる強い身体《からだ》と心が欲しい。

　窓の外を眺めると、喉《のど》が鳴った。自分が独りで歩けないことを自覚させられるこの暑いだけの季節の終わりが、大人になった自分の姿が、水平線の向こうにある気がしたから。

「くうあー！　生き返った！　さて、仕事仕事っと」

　紙型電子端末《ペーパー・タブレット》をくるくると丸め、鉄矢が立ち上がる。ソファから離れ、二階の仕事場に向かう大人の背中に、進の口から嫉妬《しっと》が零《こぼ》れた。

「朝から仕事なんてめずらしいじゃん」

「ああ？　今日はウェブ用の短い記事を書くんだよ。今日ってか、最近はそればっかだけどな」

「小説は？　もうやらないの？」

「今、すっげえ大作を書いてんだよ。完成したらおまえにも読ませてやるから覚悟しとけ」

「それ、ずっと言ってるじゃん」

「うるせえなあ。自分に言い聞かせてんだよ」

嘯《うそぶ》く叔父《おじ》に向け、進《すすむ》は意地悪く「ま、期待しないで待っとくよ」と言い捨てた。

かつて、叔父の鉄矢《てつや》は進の憧れだった。兄のような、友のような、この気の良い叔父と過ごすのは進にとって、息苦しい家の中で数少ない救いだったのだ。けれど、十七になった今となっては、煩《わずら》わしく思うことの方が多い。憧れだった背中に影を、言葉にくすみを見て取ったのはいつからだっただろう。

夢を追い続ける姿勢も、今では中途半端な中年の虚勢に思えてしかたない。

「おまえはほんと口ばっかり成長して……こりゃもうあれだな。進にゃ今度、家事に仕事に大忙しの俺のため、バイクの整備を手伝ってもらうしかねえな」

「は？　今年もかよ。あれ、嫌なんだよ。手に油つくし、音もうるさいし、ガソリンの臭いとか、ほんと最悪だし。そもそも、今どき電子制御じゃないとか」

「おまっ、俺の悪口はいいが、レブルの悪口はなぁ――！」

「はいはい。騒がないの。口喧嘩《くちげんか》はそれくらいにして、進くんも朝ごはん食べちゃおうね。今日は早めに出ないと。下手したら海岸通りは封鎖されるかもしれないんだから」

テーブルに朝食を並べながら、優月《ゆづき》が口を尖《とが》らせた。

「おーそうだぞ、進。補習を受けること自体が赤っ恥なのに、そのうえ遅刻までしたら、真っ赤っ赤もいいとこだ」

「うるさいなぁ。ってかそれより、なんで海岸通りが封鎖されんの？」

今日なんかあったっけ？　進はさりげなく言い添える。

「あれ、進くんニュース見てないの？」

「いやまあ、さっき起きたばかりなんで」

視線を窓の外に逃がしながら、バターを薄く塗ったトーストをひとくち齧《かじ》る。

「そっか。じゃあ、外に出て海見てきなよ。その間にコーヒー淹《い》れておくから」

優月に促されるまま、玄関に向かった。つっかけのサンダルに足を挿し入れ、戸を開く。寝間着用のよれたTシャツを陽に晒《さら》すと、鮮烈な光に目が眩《くら》んで、進は少し後悔した。

強い陽射《ひざ》しだった。

二〇三五年の七月三十日。神奈川県三浦《みうら》市はその年の中で最も高い気温を記録すると予測されていた。朝だというのに昼と変わらぬ明るさで、ひび割れたアスファルト道の先には陽炎《かげろう》が揺れていた。一歩進むたび、逃げ水が誘うように海へと駆ける。

海岸近くの小高い丘に立つ、叔父の家。そこを出てから、わずか一分足らずだった。なだらかな斜面を下り、木々の伸ばす緑の目隠しを抜けると、進はすぐに息を呑《の》んだ。

――おいおい、嘘だろ。

海からの風が地面を滑ってくる。きつく冷やされた潮風が肺に流れ込む。視界の先、逃げ水は海に還《かえ》り、水平線の両端は空の紺碧《こんぺき》に押しつぶされている。その中央には、見慣れぬ白。

幼い頃より慣れ親しんだ故郷の海が、進の過去と現在を包摂する母なる存在が、真白の巨塊を抱えていた。ビル？　マンション？　ドーム球場？　いや、その程度の表現では許容できない。過去の記憶や現在の常識からはみ出すあの大きさは、それら建造物風情《ふぜい》が代替できるものでは決してない。水平線を覆い、晴天を衝くそれは、まさに海に浮かぶ一峰の孤山。

「なんだよ……あれ」

進《すすむ》は呟《つぶや》く。見たこともない巨大な氷山が、見慣れた海に浮かんでいた。

○

部屋に戻った進は、汗を拭き、制服に着替えた。階下から優月《ゆづき》の呼ぶ声がする。

七月二十一日から始まった夏休みは、進の断りもなく既に九日が過ぎ、八月二十六日までの夏季休暇は、およそ一ヶ月を切っていた。

「進くん、遅れちゃうよ」

「あ、はい。もう出るので」

親子じみたやりとりを、言葉ひとつで希釈する。「うん」ではなく、「はい」で。

「それじゃ、いってきます」

ローファーに踵《かかと》を収め、玄関扉を開け放つ。背後から「いってらっしゃーい！」と優月の快活な声が飛んでくる。進は聞こえないふりをして、自転車の置いてあるガレージへ向かった。

進も、もう高校二年だ。別に親がいなくたって、夏の間、ひとりで過ごすことは造作もない年齢だ。正直、十七にもなって「親が忙しいから親戚の家に預けられている」という事実を抱える方が苦しくもある。まるで、ひとりじゃ生きていけないと言われているようで。

そもそも、ふたりぼっちで過ごす夫婦といえど、こうも毎年来られては迷惑ではないか。ふたりとも口には出さないけれど、実のところ進を預かるのは、もう――……。

邪推が膨《ふく》らむ。昔はもう少し無邪気に、この家で過ごせていたはずなのに。

「鉄《てつ》ちゃん、もう工具箱用意してるし」

ガレージに入ると、黒いバイクの前に赤い工具箱が見えた。大事にしていると言うわりに、鉄矢《てつや》は毎年、進に整備を手伝わせる。汗を流して整備を終えると、お駄賃代わりにアイスを買ってくれたりする。「縁側で一緒に食うか」と鉄矢が頭を撫《な》でてくれるのが、幼い進にとって密《ひそ》かな楽しみだった。蝉《せみ》の合唱にあわせて「うん」と返事をするのが、楽しみだったのに。

頭を撫でられるのが子ども扱いに思え、腹を立てるようになったのはいつからだっただろう。彼らの振るう優しさが、金銭報酬への責任に見えはじめたのはいつからだっただろう。

進はやるせない気持ちとともに、自転車の錠《じょう》を外した。かこんっと小気味の良い音が、ただ煩《うるさ》いだけの蝉の声を打ち落としてくれた。

子どもでも大人でもない自分に苛立《いらだ》ちはじめたのは、いつからだっただろう。

「……──でくださーい。通行する方の邪魔になりますので、できるだけ、広がらないでくださーい。通行する方がいまーす。できるだけ、広がらないでくださーい」

十劫寺《じっこうじ》の境内から延びる細い坂を下り、県道二一五号に降りてすぐだった。

拡声器で膨《ふく》らんだ声とともに、巨大なあれは再び現れた。

まさに山だ。不愛想な面構《つらがま》えで超然と海に立つ、氷の山。その山肌は冷気を纏《まと》って白く、視界のすべてを容易《たやす》く奪う。まるでアルプスの峰を切り取って浮かべたかのような不自然さは、正常な思考すら掠《かす》め取る。なんだ、あれは。そんな間の抜けた感想しか出てこない。

「ご覧くださいっ、この人だかり！　横須賀《よこすか》市消防局が沿岸へ近づかないよう自粛を求めていますが、氷山を一目見ようと多くの人が駆けつけています──！」

薄手のブラウスを着たレポーターがビデオカメラに語る顔も、むやみに上気している。

三浦《みうら》海岸に沿って走る県道には、数珠繋《じゆずつな》ぎで車が並んでいた。中には警察車両、消防車両、メディアの中継車両、挙句、横須賀の武山駐屯地《たけやまちゆうとんち》から来たと思《おぼ》しき自衛隊車両まで窺《うかが》える。

雑多な色をした大人の影が護岸にぺったりと貼り付く光景に、進《すすむ》は鼻白む思いがした。

大人も案外暇なんだな。なんて、底意地の悪い考えが頭をよぎる。

けれど、その考えは頭上から降り注ぐ空気の断末魔によって、すぐに押しつぶされた。見上げれば、海上保安庁の複合回転翼機《コンパウンド・ヘリコプター》が空を駆けていた。よくよく目を凝《こ》らせば、氷山周辺には報道用無人航空機《プレス・ドローン》までもが──まるで餌《えさ》を探す海鳥の群れのように──多く飛んでいる。

——つうか、氷ひとつに騒ぎ過ぎでしょ。

他にやることないのかよ。鼻で嗤《わら》って、自転車のペダルを踏み込む。

そんな自分が向かう先に、やるべきことは、やりたいことはあるのだろうか。

気付いてしまって、舌が鳴る。顔を撫《な》でる海風も、ペダルを漕《こ》ぐたび散る汗も、今日はいつも以上に、鬱陶《うっとう》しかった。


県道をしばらく進み、三浦市から横須賀市に進入して数分、内陸へと舵《かじ》を切る。葉脈のように細い道に轍《わだち》を残し、京急津久井浜《けいきゅうつくいはま》駅を越え、住宅と畑の間隙《かんげき》を縫う。

冴《さ》えない校舎が木陰からぬうっと現れ、視界を埋めた。のっぺりと光沢のないグレーの壁面。建て替えの気配もない旧校舎。屋外プールは十九年前の卒業生が描いた「雄翔」という鳥の絵に囲われていて、どこか寒々しい。神奈川県立北下浦《きたしたうら》高校。進の通う学び舎《まなや》だ。

——ほんと、補習とか、だせえなあ。

自転車に鍵を掛けながら、項垂《うなだ》れた。

進は別に頭が悪いわけではない。勉強はそれなりにできる方だし、弱みを見せないための努力はいつだって欠かさない性分だ。それでも、ついに呑《の》まれてしまった。枯渇寸前のやる気を掻《か》き集め、なんとか乗り越えたかに思えた期末試験だったが、一番苦手な物理だけは、赤点を回避することが叶《かな》わなかった。

去年の二学期から続く成績低迷の波。理由は——たぶん、一年前の夏に置いて来てしまったから。夢とか、希望とか、目標とか、前を向くために必要なもの、全部……。

なにやってんの！　聞こえるはずのない叱咤《しった》に、進《すすむ》は顎下《あごした》の汗を拭《ぬぐ》う。

視線の先では、自転車の鍵に付けたキーホルダーが揺れていた。幼馴染《おさななじみ》にもらった、カルピスボトルのキーホルダー。「かっこ悪いからつけたくない」と渋ったのに、「ダブったから」とむりやりつけられてしまった揃《そろ》いの小物。今ではくすんでしまった、些細《ささい》な思い出。

「空耳とか、だいぶキテんな、俺」

鼻を鳴らして自嘲《じちょう》する。けれど、たしかに彼女なら——幼い頃から一緒に育った富士天音《ふじあまね》なら、そう進を叱咤するだろうとも思えた。そもそも彼女がいれば、俺は赤点をとるような醜態《しゅうたい》を晒《さら》さなかったはずだ、とも。

——天音の面会許可、いつになったらまた出るんだろう。

汗を拭い、駐輪場を後にする。陽の届かない昇降口の暗さに、思わず、眩暈《めまい》がした。

「羽《はね》さんさぁ、あんた絶対ショートのがいいよ。中学の時みたいに」

「わかる。羽は顔良いからねぇ。ショートにして顔面を前に押し出していった方が絶対良い」

四クラス合同の補習が行われる教室からは、甲高《かんだか》く、遠慮のない声が漏《も》れていた。進は手を掛けた扉を引けないまま、立ち竦《すく》む。層状に重なった声が覆いかぶさり、身が重い。

「そんなことないって。長い方が落ち着くし」

その中に聞き慣れたものが混じっていて、進の四肢はさらに緊張を帯びた。

低血圧気味の、不機嫌そうな声音。かつてはよく聞いた、女友達の声の色。

「というか、ふたりとも早く部活いけば？　夏のイベントで演奏するんでしょ？」

「うわ、冷静すぎ。補習にも動じないそのメンタル、ほんと羽さんって感じ」

「茶化さないで。てか、さん付けやめて」

細いため息を掻《か》き消すように、甲高い声が再度掛け合いをみせる。「そういや補習の担当誰なん？」「物理だし大泊《おおはく》っしょ？」「うわー、泊《はく》センかぁ。変人だけど、まあ当たりっちゃ当たり？」

「いや、というかホント、ふたりともそろそろ行きなよ」

「羽は相変わらずクールだねぇ」

「あれだ、美人の余裕ってやつ？」

「……やめてよ、そういうの」

「いやいや、けどさ、中学の頃だって、羽さんなかなか一緒にお昼してくれなかったし。そもそも私らと違――って、やばい。部長くんが早く来いって怒ってるわ」

うわ、まじじゃん。けたけたと笑う声が聞こえる。次いで、足音。跳ね寄って来る音の塊に、進は、扉の前に立ったまま、びくりと肩を強張《こわば》らせた。

――いや、なにもビビることねえだろ、俺。

進《すすむ》が生唾《なまつば》を呑《の》んだ、その時、

「うわ、びっくりした！」

扉の内から派手な風貌《ふうぼう》の女子生徒がふたり現れた。スミカとキョウコ。進も名前だけは知っている、うるさくて、目立つやつら。

「え、宗谷《そうや》じゃん。あんた、補習組なの？」

その内のひとり、ハーフアップの女子――澄香《すみか》が進の顔に目を丸くした。

「あれ？　部活とか、なんも入ってなかったよね？」

「ああ、うん。まあ……」

「へえー……なんか私より頭いいイメージあった。意外」

その言葉に、進は言い淀《よど》む。

――別にそんなことねえよ、とか。今回はヤマが外れちゃって、とか。なんでもいい。

口内で舌先が空転する。進は立ち尽くしたまま、一音も発せない。――言えよ、俺。

「ちょっと澄香ぁ、早く行こうよ」

「そだね。じゃ、補習がんばってぇー」

「……ああ、うん」

去っていくふたりの背を見送る。「ねえ、あれって羽《はね》と仲良かった男子だよね？」「そうそう。うちも一年の時同クラだった」「へえ、どんなタイプ？」「普通。ちょい暗いけど」「ふーん、知らんかった」「てかなんか目つき悪くなってって笑える」「ちょ、聞こえるって」――……。遠くに転がっていく笑い声に、進はようやく、言うべきはずだった言葉を舌先に乗せた。

――おまえよりは頭いいよ。クソビッチ。

「ねえ、なに突っ立ってんの」

聞き慣れた声に呼ばれ、進は舌上の嫌味を呑み込んだ。視線を振る。白い教室の窓際、風に揺れるポニーテールのしなやかな軌跡が進の注意を強く引いた。

「よっ」

同級生の安庭羽《あにわ》が、気だるげに頬杖《ほおづえ》を突いたまま右手を挙げていた。進も呼吸をひとつ挟み、「……よっ」と右手を挙げ返すが、声は自然に響いてくれない。

――あれ、安庭って結ぶほど髪長かったっけ。てか……。

高校一年からの短い付き合いだけれど、進はどうも腑《ふ》に落ちない。

洋猫みたいな丸い瞳。幼さをわずかに残した端整な輪郭。腕輪型電子端末《セージ・ブレスレット》の巻かれた頼りない手首。指先を飾る薄水色のネイル。校則ぎりぎりの光度を保っていた彼女の茶髪は、しかし今ではさらに明るく、夏季休暇の浮かれ具合を端的に示す色を纏《まと》っていた。

「いや、なんでまだ突っ立ってんの。入れば？」

「ああ、おう」

羽の視線に促され、進は教室へ足を踏み入れる。進の記憶の中の安庭羽と、今目の前にいる彼女は、どこか雰囲気を異にしていて、それが進《すすむ》の歩みを鈍らせた。

——いや、大丈夫だろ。たしかに、ここ一年まともに話してないけど……。

揺れる瞳で旧友の顔を捉える。見慣れた輪郭、何度も見た眉と目元。けれど、整った鼻梁《びりょう》と艶《つや》のある唇を目にすると、やはり尻込みしてしまう。

安庭羽《あにわはね》は、進が今まで出逢《であ》ってきた女子の中でも特に目立つ人物だった。一年生の時に偶然同じクラスにならなければ、たまたま同じ図書委員に任命されていなければ、親しい関係を築くことはなかっただろう。いわゆる、住む世界が違う、居る階層が違う女子だ。

そう、スミカやキョウコたち、派手な女子といるのが当たり前の、身分違いの同級生。

しかし、彼女の本当の魅力はわかりやすい見た目の派手さにない、と進は理解していた。いつも不機嫌そうで、話しかけづらくて、口数も多い方じゃないけど、話せばちゃんと応えてくれる、笑ってくれる。そういう隙《すき》だらけな孤高さが、彼女の魅力の根幹を成している。

——だから大丈夫。安庭はなにも変わってない。

ゆえに、進が羽に気まずさを覚える理由は、彼女の容姿の変化ではなく、進の心に問題があるのだ。それは一年前の夏から進が塞《ふさ》ぎ込んでいたからで、その間にみっともない人間になってしまったからで、つまりは魅力的な彼女に嘲笑《ちょうしょう》され、見放されるのが怖いからだ。

「あ、安庭さ」

一年前の交流の名残が、進の舌をかろうじて動かした。そのまま勢い任せに、言葉を継ぐ。

「今年も補習だったんだな。知らなかった」

「……まあ、理科系だいたい苦手だし。物理は特にだけど」

素っ気ない返事が、窓から吹き込む風に紛れた。カーテンに乱された陽射《ひざ》しの束が、ぎこちなく室内を照らしあげる。その景色の中に、進《すすむ》は会話の先を見つけられない。

「……進はさ、去年、受けてなかったよね」

「え？　――ああ、まあな。その、今年はしくじったけど。うん、去年は受けてない」

「なんで？　前はクラスで五位とかだったのに」

「なんでって、別に……てか、順位とかよく覚えてんな」

「……別にいいじゃん。覚えてるくらい」

視線を交わさずに、ふたりは教室の空白を使って会話をする。早く黙って楽になってしまえばいいのに、舌を動かす。「普通、覚えてないだろ」「私、記憶力良いから」「そうだっけ」

進が羽《はね》の横に立つと、空白は埋まり、会話も途切れた。

代わりに、びゅうと海風が吹いた。潮の匂《にお》いに紛れて香る彼女の匂いが、進の鼻の奥を刺激する。視線が胸元に引き寄せられる。第二ボタンまで開いたシャツ、わずかに覗《のぞ》く紺色のキャミソール。まるで海底《うなぞこ》を覗くような――。

「てか」

羽の声に、進は咄嗟《とっさ》に顔を上げた。

「座れば？」

ああ、うん。曖昧《あいまい》な返事だけして、進は羽の後ろに座ろうとした。「いや、なんで後ろ？」と彼女が言わなければ、たぶん五日間の夏季補習の期間中、そこを定位置にしていたことだろう。

羽にもそれがわかっていた。だから、隣の机が空いていることを目で示したのだ。

「……なに？」

「いや、なんか……安庭《あにわ》、髪とか染めるやつだったっけ？」

「……そういうの、ちょっとやめてほしい」

別に私、変わってないから。にべもなく返された言葉に、進は瞬く。

「わるい。――いやでも、変わったって別に悪い意味とかじゃなくて……」

「もういいよ。どっちでも」

言って、羽は浅いため息を吐《つ》いた。どっちでもいい、なんて嘘だった。

羽は男子のこういうところが好きではなかった。ちょっとした変化にわかったような口を聞いて、安庭羽という人間を理解した気になる。外見と内面を直結し、単純な見た目で人となりを判断しようとする。進は、そういう下世話な男子とは違うと思っていた。

髪を染めても、爪を塗っても、私を私のまま評価してくれると信じていた。

「てか、あっつい」

胸の苦しさを誤魔化《ごまか》すように、羽《はね》はシャツの襟《えり》を扇《あお》ぐ。勝手に期待して、勝手に失望する寒々しい心とは裏腹に、自分を取り囲む世界は、今日も暑い。

「……仕方ねえだろ、夏なんだから」

進《すすむ》も絞り出すように言い捨て、横目で彼女を見遣《みや》る。整った顔は、窓へと向いている。

ああ、機嫌を損ねたな。進は即座に理解した。安庭《あにわ》羽は機嫌が悪い時、その顔を空に向けたきり戻さない。彼女はいつだってそうだ。話したくない事、関わりたくない事があると、すぐに世界の外側に視線を逃がす。それでいて放っておくと機嫌はさらに傾いていく。口数が減る。

「てかさ、俺たち以外にも補習受けるやついんの?」

右隣の机に鞄《かばん》を見つけ、進は言った。「誰?」と会話を繋《つな》ぎ止めるように、矢継ぎ早に。

進が会話の種を教室内に求めたのは、なにも羽におもねるためじゃない。隣に座る異性と沈黙に溺《おぼ》れてしまうのが怖くて、まるで自分が異性に慣れてないと映るのが癪《しゃく》で、羽の不機嫌に忖度《そんたく》して黙ってしまうような、しょうもない男だと認識されるのが嫌だったからに過ぎない。

「ああ、うん、一輝《かずき》」

だから、会話が繋がったことに進は安堵《あんど》し、そして今度は、違う理由で狼狽《うろた》えた。

「……は、一輝?」食い気味に続けた。「あいつ、めちゃくちゃ頭いいじゃん」

「知らないよ。——けどたぶん、私たちとは違う理由。別に赤点じゃなくても、補習って希望すれば参加できるし」

「いやでも、一輝の学力なら塾とかの夏期講習に行った方がいいだろ」

「私に言わないでよ。本人が来てるんだから」

突然吐かれた正論に、進は押し黙る。よりにもよって一輝まで来てしまっている。その事実がいかに酷薄《こくはく》なことか。この三人が集まれば、欠けたピースは嫌でも想起されてしまうのに。

ふっと浮かんだ会話の継ぎ目に、涼やかな風が舞い込む。高い位置で結われた羽のポニーテールが誘うように揺れ、甘い香りが進の鼻先を撫《な》でる。「――ねえ、進」風に乗って届いた鈴のような声が、進に喉《のど》を開かせる。「……なんだよ」

「なんか、久しぶりじゃない？」

「なにが」

「なにがって、こうやって話すの」

「……そうでもないだろ」

「あるでしょ」

言葉の終わりに、羽は進に振り向いた。感情の隠された胡乱《うろん》げな眼差《まなざ》しが、進の網膜をちりちりと焦がす。やめてくれ。そんな物欲しげな顔で言葉を求めないでくれ。「ある」って答えたら、俺が一年間おまえを避けたことが、本当のことになってしまうじゃないか。

粘度の高い感情が進の喉を閉ざす。

すると、教室前方の扉が、がらっ、救いの音を立てた。

現れたのは、背の高い男子だった。

「あっ――……久しぶり、進《すすむ》」

天塩一輝《てしおかずき》。長めの髪に、理知的な銀ぶち眼鏡の男子生徒。百八十近い体躯《たいく》にも拘《かか》わらず、人を怖がらせる要素は微塵《みじん》もない。温厚な表情以外が似合わないと評判の、進と羽《はね》の共通の友人。

進とは一年生の頃の出席番号が連番で、早い時期に、これまた偶然知り合った。

「……その、なんだ、久しぶり」

探るように右手を挙げた進に、一輝は「あ、うん。よっ」と、そつなく右手を挙げ返す。

一輝にはこういうところがある。器用なのだ。入学式では新入生代表も務め、一年生の頃からほとんどすべての教科で学年上位をキープする秀才でもある。剣道部こそ一年の秋で辞めてしまったが、教師からは今でも文武両道の見本のように扱われている。生きるのが、巧《うま》い。

「なんか久しぶりだね、進とこうやって話すの」

「まあ、そうだな」

反射的に答えてから、進は後悔した。羽の歩み寄りを拒絶しておきながら、同性である一輝には、無意識のうちに、これまでの隔《へだ》たりを簡単に肯定してしまう自身の浅はかさに驚いた。

「だよね。進は二年になってからクラス離れちゃったもんね」

さきほどのやりとりを知りもしない一輝は、素直な笑みを浮かべながら席に着く。

羽の顔がぷいっと窓を向いたのが、進には見なくともわかる。

「……つーかさ、なんで一輝、補習受けてんの？」

「え？　ああ、うん。塾の夏期講習ってお金かかるし、学校の補習ならタダだから」

「いやだからって――」

「それにさ」

無理に言葉を挟まれて、進の言い分は断ち切れる。

「ここに来れば、なんか会える気がしたんだよね。進と羽に」

次に挟まれたのは、穏《おだ》やかな笑み。緩急の効いた会話に、進は言い分を忘れた。

「……それさ、私と進が赤点とるって思ってたってこと？」

「あ、いや、羽、違うんだ。そうじゃなくて」

「へえ……ま、別にいいけど」

「いやほんと、違うんだよ……」

一輝と羽のやりとりはなめらかで、ブランクを感じさせない。彼らの間に挟まれていると、進はなぜだかむずがゆい。一年前の関係が匂《にお》い立つ。声の層こそ一人分薄いけれど、確実に。

「ところでさ、ふたりはあれ、見た？」

咄嗟《とっさ》に笑みを浮かべ、一輝が会話の舵《かじ》を切る。羽の追及から逃れるその所作すら、懐かしい。

進は惑う心を隠し、「なんなの？　あれ」と、一輝の話に乗りかかった。

「氷山でしょ？　私来るとき警察の人もそう言ってるの聞いたし」

「溶けねえのかな」

「うーん、いずれ溶けるんじゃないかな」

「いずれ、か」

進《すすむ》はぼうっと天井を見つめながら言い加える。「まあ、そういうもんだよな」

「うん。そういうもんだよ」

「みんな騒いでっけど、どうせすぐ元通りになってさ」

そんでみんな、全部忘れちまうんだ。進は嘲《あざけ》るように椅子を漕《こ》ぐ。

途端、教室内はしんと静まり返った。おかしいな。あんな変なモノが現れたのに、なんで俺たちしんみりしてんだろ。その答えにすぐに気が付いて、喉《のど》の奥が、さっと冷めた。

「でもさ――」

差し込まれた羽《はね》の言葉に、進は耳を塞《ふさ》ぎたくなる。

「本当なら、もっと騒がしいはずなのにね」

入道雲を担《かつ》いだ羽が言ってから、呼吸ひとつ分。三人が一年前を思い出すのに必要な時間は、それだけで充分だった。夏の空が見え、潮の匂《にお》いがした。喧《やかま》しいほどに明るい声が、三人の鼓膜をたしかに揺らした。胸に浮かぶのは、彼女の笑顔と、海へ延びる一本道。それは掴《つか》もうとすれば朧《おぼろ》気《げ》で、見過ごすには眩《まぶ》しすぎる記憶の煌《きら》めき。

風に預けられた黒い髪の舞う様を、三人は今も鮮明に覚えている。

その時、彼女の言った言葉とともに、鮮やかに。

――ねえ、でもさ、ようやくはじまったね。

はじまらなかった夏に、彼女は言ったのだ。

――私たちの、夏休み！

呼吸ひとつ分。それだけで充分だった。一年前の記憶が解け出すまで、三人が〝四人で過ごしていた日々〟を思い出すまでには、そのわずかな時間で充分だった――。

○

一年前。二〇三四年、七月二十一日。金曜日の暑い午後。

「おい天音《あまね》、あんま先行くなよ」

皮膚を打つ蝉時雨《せみしぐれ》。瞳を灼《や》く陽射《ひざ》し。空高くしがみつく白雲の群れ。

その遥《はる》か下、夏の地上を這《は》う影は、二つ、三つ、四つある。

「ねえ、帰り、アイス買ってこうよ」

進、一輝《かずき》、羽が並んで歩く。彼らを先導するのは、ひとりの少女。濃縮した青を思わせる黒い髪。薄氷のように透き通る白い肌。熟《う》れた苺《いちご》みたいに赤い唇。羽と似た、洋猫のような丸い瞳。進の幼馴染《おさななじみ》にして三人のクラスメイトである富士《ふじ》天音が、夏空の下で跳ねていた。

「このくそ暑いのに寄り道すんのかよ」

シャツの首元を扇《あお》ぎながら、進《すすむ》が喘《あえ》ぐ。「ありえねー」

「暑いからアイス食べるんでしょ。進、そんな頭悪くてよく赤点回避できたね」

「今のおまえのほうがよっぽど頭悪いこと言ってるぞ」

ふたりの会話を聞いて、隣を歩く一輝《かずき》が笑う。

「天音《あまね》ちゃんはほんと、アイス好きだよね」

「一輝くん、それ違うから。私だけじゃなくてみんな好きなの。OK?」

「ああ、うん。そう言われると、そうかな」

「でしょ? ね、羽《はね》も好きだもんね?」

「……まあ、嫌いではない、けど」

舌に残る湿った空気。鼻くすぐる風の匂《にお》い。地面を焦がす陽炎《かげろう》の揺らめき。

あの頃は羽の髪も肩までの長さで、色は控えめで、爪先は透明に輝いていた。天音と並ぶと、同じ長さの髪と、丸い瞳の印象で、まるで姉妹のようだと評判だった。

羽だけは、周囲が抱くその認識を嫌っていたけれど、口に出すことはしなかった。

天音を傷つけるようなことは、きっと進が嫌がるから。

「あ、そうだ。羽はさ、ソフトクリームとアイスキャンディー、どっち派?」

「え、なに急に」

「私はね、意外かもだけど、断然クリーム派！」

天音は好きなものを語る時、どうしてか得意気に言う。「羽は？」

「私は……ううん。普通にアイスキャンディー。ミルク入ったやつって太るって聞くし」

「羽は何事もカロリーで考えすぎ」

大げさに落胆し、「夏休みはカロリーもお休みするって知らないの？」と天音は口を尖《とが》らせる。

頭上を走る京急《けいきゆう》線の赤い電車が愉快そうに音を立て、羽のため息を掻《か》き消した。

天音はいつだって、少しだけ強引だった。それが許されるのは、天音が誰とでも分け隔《へだ》てなく接することができる、可愛《かわい》らしい女の子だからで、他の子がやったら、ちょっと嫌われる。少なくとも、羽はそう思っていた。

「カロリーが休むとか、そんなわけないでしょ」

天音を見るふりをして、羽は焦点を遠く前方で結んだ。京急津久井浜《けいきゆうつくいはま》駅の前に延びる、短い坂道。そこを下ると見えてくる、三浦《みうら》の海。青々と広く、光を弾《はじ》く塩水の原。浮かぶのは船と陽光と幾人かのサーファーだけで、氷の塊が浮かんでいるなんてことは、まるでない。

「そうだ！」

天音がぱんっ、と手を打ち鳴らす。「この後さ、進の家で作戦会議しようよ」

「作戦？　なんの？　天音のダイエットの？」

「はあ？　違うし。今年の夏の作戦に決まってるでしょ」

ほんとデリカシーないね。と、天音《あまね》に睨《にら》まれ、進《すすむ》はむっと眉根を寄せる。

「私ね、今年の夏、みんなとやりたいことたくさんあるんだ」

頬を弛《ゆる》ませ、彼女は言った。プールに行って、カフェでお洒落《しゃれ》な写真撮って、流しそうめんして、最後はみんなで花火して――。

膨《ふく》らんだ願いは言葉になり、ぽこぽこと夏空に浮かんでいく。

「そういうことしようよ。一度しかない、高一の夏なんだし！」

口の端を思い切りよく上げ、天音が笑う。進はその顔を見ると、どうしても思うのだ。夏の空が高いのは、きっと彼女が浮かべるたくさんの願いをすべて呑《の》み込むためなのだろう、と。

「そういえば」

なにかを思い出した一輝《かずき》が、羽《はね》のつむじの上から声を落とす。

「遊ぶのは良いけど、補習って結構長いんでしょ？　羽、いつからだっけ？」

「一輝、それ今言うの性格悪いから。終業式、終わったばっかなのに」

じとりと突き立てられた羽の視線に、一輝は「ご、ごめん」とたじろぐ。

そんないつものやりとりを見て、天音はまた、ふふっと口をほころばせた。

「ねえ、でもさ、ようやくはじまったね」

蝉《せみ》の音が、陽射《ひざ》しが、空気が、汗が、白雲が、陽炎《かげろう》が、今もなお、たしかな質感をもって三人の脳内に色を残す。あの時はじまるはずだった夏が、時間を超えて胸を締め付ける。

「私たちの、夏休み！」

夏空のように澄んだ瞳が、深い海色の髪が、きらりと輝きを放った。

三人はその眩《まぶ》しさすら覚えている。彼らが思い出せないのは、ただひとつだけ。

彼女がいない時、自分たち三人はどう関わっていたのか。ただ、それだけだった。

○

――本当なら、もっと騒がしいはずなのにね。

羽《はね》の発言に、きっと深い意味はなかった。ただの感想に過ぎないと、その場の誰もが理解していた。けれど、三人の胸に去来したのは共通の痛み。忘れられない放課後の傷。

氷山なんて浮かんでいなかった去年の夏に、天音《あまね》はたしかに笑っていたのだ。

高校入学時の不安な時期に、彼女が発揮した明るさに引き寄せられて自然と集まっただけの四人。それが彼らだ。共通点も少なく、仲間意識も希薄な彼らの関係は、結局のところ天音が繋《つな》ぎ止めていたにすぎない。そんな情けない事実を、彼女を失ってから気付かされた。手を取り合って紡いだ仲間意識が、思い出が、今は呪縛《じゅばく》のようにすら感じられる。

以前はもっとちゃんと話せていた――天音がいたから。かつてはもっと冗談も言えた――天音がいたから。どれもこれも、天音がいたから。

顔を俯《うつむ》けてしまった進《すすむ》に、羽は呟《つぶや》く。「その、ごめん」小さな声で、それでも届くように。

「……謝るようなことじゃないだろ」

天音が聞いたら気にするだろ。言い捨て、進はなにも書かれていない黒板を睨《にら》んだ。羽も一輝《かずき》も、「そうだね」と曖昧《あいまい》なことだけ言って、教室内は、再度静まり返る。

その時、三人の虚を突くように、低い声が転がり込んできた。

「いや、ごめんごめん。野暮《やぼ》用で少し遅れちゃったよ」

真白のポロシャツに濃紺のスラックスが、退屈な教室の景色にすうと溶ける。立ち込めていた陰気を掻《か》き消していく。彼の人柄を表わすような、ゆるいパーマ。生徒に舐《な》められがちな弛《ゆる》んだ眼と口。女子生徒からわりと評判のいいウェリントン型の眼鏡と、それを乗せる薄めの顔。進たちと一年生の頃から面識のある物理教師。大泊透弥《おおはくとうや》が、五分遅れで現れた。

「それで、補習を受ける問題児たちはーっと――」

大泊は飄々《ひょうひょう》とした足取りで教壇に立つと、不意に言葉を切った。

「……そうか。君たち三人、か」

「わるいかよ」

一人欠けたことに対して憐憫《れんびん》を掛けられたのではないか。勘違いした進が尖《とが》った声を浴びせると、大泊はわざとらしく咳払《せきばら》いした。「いや、なにも悪くないよ」

「初日から欠席するような不良は昨今いないのかと思ってね。ただ、それだけだよ」

なんだよ、それ。進《すすむ》が零《こぼ》す。大泊《おおはく》の真摯《しんし》な微笑《ほほえ》みが、今は腹立たしかった。

大泊透弥《とうや》は、一年前に赴任してきた。以前は、国立極地研究所で臨時職員として働いており、極地研で働く前はアラスカの大学にいたらしい。どういう経緯でこの県立高校にやってきたのかは不明だが、なんでも「教師になるのが長年の夢だった」と周囲には語っている。

その飄々《ひょうひょう》とした言動と奇異な経歴から、生徒のみならず教職員からも〝変わった先生〟のレッテルを貼られ、季節は早一巡。また、本人含め、誰もそれを否定する気配はない。

「じゃあ、補習ってやつをはじめていこうか。あまり気は進まないけど」

「ねえ、というかさ、泊《はく》センは見たの？」

大泊が息を整える一瞬の隙《すき》を突き、羽《はね》がぼそりと訊《たず》ねた。「あの、目立つやつ」

「ああ、もちろん見たよ。そして今も見てる」

「じゃあ、どう思った？」

「安庭《あにわ》、その髪色とても良く似合ってるよ。校則違反だけどね」

「私の髪じゃなくて、海に浮いてるあの氷のことを言ってるんだけど」

「わかってるから、そう睨《にら》まないで。見た見た、見たよ。しっかりとね」

頬杖《ほおづえ》を突いたまま、羽は息を吐く。

大泊はその様子に満足そうに笑みを浮かべ、紙型電子端末《ペーパー・タブレット》を起動した。

「さて。それじゃあ、ちょうど氷山の話題が出たことだし、熱とエネルギーからやっていこうか。教科書の五十三ページ開いて。初日だし、雑談まじりに進めていくから」

付箋《ふせん》のついた三十五ページ目にすっと指を滑らせて、十八ページ分、先へと進む。

「まずあの氷山の大きさについて。あの氷山は――」

大泊は黒板に氷山の図を描きながら、よどみなく話した。

海に現れた氷塊の幅は約二百メートルもあり、海面からの高さは九十メートルにもなる。サッカーフィールドの二倍の広さがある、三十階建てのマンションと想像するのが適当らしい。

「けどこれは、目に見えている露出部分だけ、つまり氷山の一角に過ぎないんだ。氷山の一角は全体の十パーセント程度と言われているから、残りの九十パーセントはまだ海面下に隠れていることになるね。だから計算すると……うん。重さに関して言えば、ゆうに一千万トンを超える計算になる。いやぁ、あれはまさに山だね、氷の」

「なんかいまいちピンとこないですけど、大きいんですね、あれ」

と、一輝《かずき》が興味ありげに相槌《あいづち》を打つ。「まあ、遠くに浮かんでるから、パッと見は小さく見えるかもね」大泊も笑みを返した。

そのやりとりを見た進は、ああ、氷山の観察をして泊センは遅刻したのか、と鼻白む。

「あとこれは小難しい話になってしまうから、詳しい計算はここでは端折《はしょ》るんだけど」

そう言いながらも、大泊は嬉々《きき》としてチョークを握った。都会の高校ではもう絶滅してしまったというアナログの黒板に、炭酸カルシウムの白い筋が走る。

「あの大きさの氷山でも、この気候だとわりとすぐ溶けてしまうんだよ。たとえば、三浦市《みうら》の夏の平均気温を三十℃とすると、氷は一日で三十センチほど溶けることになるんだけど、これは風を考慮しない場合の数値で、海上だと遮る物がないから、風は陸上の二、三倍強く吹くと仮定して……――うん。夏場なら一日に六十センチ以上も溶けるね。そして無論、海水でも溶ける。金田湾《かねだわん》の夏の海水温はおおよそ二十七℃。水の密度は空気の約八百倍もあるから、その分、熱をたくさん含む。さらに海流や潮流が氷山の周りに絶え間なく熱を運ぶから――……」

カッカッと硬い音とともに、数式が刻まれていく。

既に飽きてしまった羽《はね》は、ふぅと鼻から息を抜き、窓の外を見た。

チョークの削れる音。物理教師の穏《おだ》やかな声。そこに割り込む蟬《せみ》の歌。教室の空気は緩慢に揺れ、吹き込む風が肌に貼り付く。動いていないのに汗が噴き出すこの季節は、

――夏だ。呆《あき》れるくらいに、夏だ。

熱を含んだ空気をいくらか吸い込み、羽は、つっと視線を滑らせる。

相変わらず憎らしい顔をしている隣の男子。めったに崩れない表情も、汗に透ける白い肌も、切れ長で冷ややかな目元も、彼はいつだって羽の胸に苛立《いらだ》ちを運んでくる。心を乱す。

――こんな気持ち、凍り付いてしまえばいいのに。

羽はそう思い、また窓を向く。海に浮かぶ白い塊は、教室からでは見えなかった。

○

「いった……」

「大丈夫、羽？　痛み止めつかう？」

「ん、だいじょぶ。なんか朝から、頭痛くて」

　羽は額を押さえ、隣に立つ一輝《かずき》に苦い表情をみせた。頭蓋《とうがい》内を這《は》う鈍痛は、先ほどから激しさを増していた。原因はたぶん、この暑さ。昼下がりの夏空は地面を焦がすほど熱く、身体《からだ》に関して言えば、焼かれているのと大差ない。

　羽はスクールバッグを漁《あさ》り、月に一度世話になる馴染《なじ》みの鎮痛剤を口に含んだ。

「――ていうか、一輝、痛み止めも持ち歩いてんの？」

「あ、うん。今朝来るとき買ったんだ。なんか僕も頭痛くて……」

「ふうん、そっ……――てか、進《すすむ》は？」

　お気に入りの日焼け止めを取り出すついでに、羽はさりげなく呟《つぶや》く。

「なんか、透弥《とうや》先生に呼ばれてたよ」

　そのまま白い蓋《ふた》を指先で回し、乳白色の液体を掌《てのひら》に落とす。なだらかな下り勾配《こうばい》になっている正門をぼうっと眺めながら、「そっか」短く相槌《あいづち》を打った。

「遅いね、進」

「私、別に待ってないけどね。これ塗ったら行くし」

日焼け止めを伸ばしながら、羽《はね》は答える。こちらに向いた一輝《かずき》の目の色が、癪《しやく》に障《さわ》った。

「……なに、その目――てかさ、別に他に人いないんだしさ、あんたも塗ったら？」

「あ、うん。そうする」

羽に言われるまま、一輝はごつごつした指で鞄《かばん》を漁《あさ》る。まるで割れ物を扱うようにゆっくりと取り出されたのは、小さなコスメポーチ。一輝の瞳が宝物を見る色に変わった。

――なんで、あんたも私も、こんなに面倒な人間なんだろうね。

一輝のコスメポーチから薔薇《ばら》の描かれた日焼け止めが顔を出す。

その時、じゃりっ、と、遠く靴音がした。羽の視線が無意識に動く。陽炎《かげろう》の中を、汚れた野球帽の一団が歩いている。そのうちの一人と、羽の視線が絡《から》まる。

視線を送った男子生徒は顔を背け、帽子を目深にかぶり直した。

「……羽、また断ったんだ」

咄嗟《とつさ》に隠したコスメポーチを再び覗《のぞ》かせながら、一輝が言う。

「もしかしてあれ、またあんたの差し金？」

「いや、僕は終業式の日に安庭《あにわ》さんがいつ帰るか教えてほしいって頼まれたから教えただけで」

「それを差し金って言うの」

羽が大袈裟《おおげさ》にため息を吐《つ》く。一輝は上背のある身体《からだ》を縮こまらせた。「でも、告白したいって人を無下に扱うのも……」と、口の中で反論してみるが、勢いはない。

土と汗の匂《にお》いを残し、野球帽の一団は去っていく。帽子を深く被《かぶ》った男子。終業式の後、校舎裏で一度話したっきり。羽にはもう、名前すら曖昧《あいまい》な同級生。

「こっちの身にもなってよ」

校舎から来るあいつが、じゃりっ、なんて砂の擦《こす》れる音を鳴らすわけがない。そんな単純なことに気が付かなかった自分に、無意識にあいつの姿を探してしまった自分に、羽は苛立《いらだ》っていた。加えて、その苛立ちを隣の友人に向けてしまったことにもだ。

――あんたより、私の方が少し面倒か。

羽は途端に思い出す。似たようなことが、前にもあった。

一年前の、梅雨の入り。あの時、隣には一輝ではなく進《すすむ》がいた。


「安庭、やっぱモテんのな」

素っ気なく放たれた言葉を、羽は声の調子まで覚えている。

「あの先輩、サッカー部のキャプテンだろ？　良かったのかよ」

「良かったって、なにが？」

「だから、断って」

「全然いい。私、あの人知らないし、あの人だって私のこと知らないでしょ。だから、いい」

羽《はね》は、そっと髪を梳《す》きながら、彼の口が次に何を言うのか、見つめていた。

「ああ、そっか。安庭《あにわ》、そういうとこあるもんな」

「そういうとこって？」

「自分を知ってる人間としか話せない。なんつーの人見知り？　臆病《おくびょう》なとこ」

なにそれ。羽は待っていたように、進《すすむ》の肩を小突く。

「人見知りとか、一番進に言われたくない」

「わかったから、殴んなよ」

「じゃあ、蹴《け》る」

「脚はもっとなしだろ」

あの時はまだ、惑わすような夏の暑さはなくて、煙る雨がふたりを取り囲んでいた。

高い湿度のわりに居心地が良かったのは、なんでだろう。羽は未だに考えることがある。

答えなんて、ずっとこの手に握っているのに、考えるふりをする。


「はぁ……ほんと」

羽はわざと嘆息した。蝉《せみ》の声を弾《はじ》くくらい大きな息を、肺からぎゅっと絞り出す。

「羽、その、ごめん」

「いや、今のは自分に向けた分。てか、一輝《かずき》も――」

「あれ、おまえらまだ帰ってなかったんだ」

ふたりの会話に紛れるように、進が現れる。

「俺、チャリだから」

そう言って、駐輪場へとつま先を向ける。この後の判断を二人任せにして駆けていく。せめて「ちょっと待ってて」の一言でもあればと思うが、進はそこまで素直な男じゃない。

視線を進の背に貼り付けたまま、羽は唇を動かした。「進が戻ってくる前に、早く塗ったら？」

学校から津久井浜《つくいはま》駅までの道のりは、ひどく退屈だ。左右を占める住宅と田畑。ゴミ捨て場の緑のネット。たばこ屋の錆《さ》びた看板。坂を下る途中に見える、自動販売機の汚い背中。

唯一華があると言えば、そこを歩く高校生の話し声だけ。

「えっ、さっき言ってたあれ、ほんとにやるの？」

「みたいだな。泊《はく》セン本気っぽかったし。ってか言っとくけど、安庭、おまえもだぞ」

「私も？　なんで？」

「おまえも学期末の課題提出、遅れたらしいじゃん」

「はあ？　なにそれ。遅れただけでちゃんと出したんだけど」

進は自転車を押したまま、「さっきのチラシ出して」と、腕輪型電子端末《セージ・ブレスレット》を音声で操る。左手首に投影された電子チラシは、青と白を基調にした、いかにも涼しげなデザインだ。

「ほら」

進《すすむ》は左手を羽《はね》の方に振って、チラシのデータを送り付けた。

羽は進から届いた通知を、渋々開く。手首に描画された画像に視線を這《は》わせるも、『日本先端物理学会』や『ナノ気体潤滑現象』、『量子エレクトロニクス』だのといった肩肘張った言葉の数々に、思わず喉元《のどもと》を押さえてしまう。——なにこれ。わけわかんない言葉ばっか。

彼女が呑《の》み下せたのは、会場である『横須賀《よこすか》ベイサイドポケット』の近さと、『八月七日(火)』という当たり障《さわ》りのない開催日のみで、それ以外は十七歳の彼女にとっては至極《しごく》ナンセンスな文字列だった。

「ふたりとも大変だね。学会発表の手伝いなんて」

「他人事《ひとごと》みたいに言ってるけどな。一輝《かずき》、泊《はく》センはおまえのことも頭数に入れてたぞ」

「えっ、僕も?」

進からチラシを渡された一輝は、「僕はちゃんと提出したのに」とわざとらしく口を尖《とが》らせた。

ふたりのやりとりの間に立つ羽は、なんだか胸の内がふわっと浮く感覚に襲われた。嬉《うれ》しいような、寂しいような、照れくさいような。

——なんかやっぱり、こうして話すの懐かしいや。

感覚が輪郭を帯びた途端、「ねえ、せっかくだしさ」羽の口から言葉が零《こぼ》れた。

「なにか食べて帰らない？　私、今日バイトないし、横須賀まで出て」

ほら、久しぶりだし。と、羽は照れ臭さを隠すように眉尻を下げる。手首に投影された仮想画面に指を滑らせ、市街地のレストランを勢い任せに漁《あさ》っていく。パスタ、ピザ、パニーニなど、色鮮やかなイタリアンが浮かんでは消えた。

「ごめん羽。今日は僕、ちょっと」

羽の提案に真っ先に手を合わせたのは、進ではなく、一輝の方だった。

「なに、なんか用事あるの？」

「うん。今日は、その、母さんが戻ってくるから」

「またそれ。この前もそう言って断った。しかも結局、戻ってこなかったんでしょ」

「なんだけど、今日は本当に帰って来れるみたいだから、夕食の準備したくて……」

「弟にやらせればいいじゃん」

「光二《こうじ》は今日、部活あるし……」

苦し紛れに笑う一輝を見て、羽は空気の塊を吐き出す。

「なら、今日はいい。また誘うから」

「ほんとごめん。次は行くから。じゃ、また」

一輝は合わせていた手を解き、寂れた駅舎に小走りで消えていった。その背を見送った進が、ぽつり、「ずっと仲良いんだな」と呟《つぶや》いたのを羽は聞き逃さない。

「別に、仲良くはないから」

「は？　なんで安庭《あにわ》が決めつけんの？」

「え、だって――」

「あいつの母さん、海自の艦艇勤務だろ？　普段一緒に暮らしてないのに、そこまでして一緒に飯食いたいって、そりゃ、仲良いってことでしょ」

進《すすむ》の言葉に、羽《はね》は下唇を柔く噛《か》む。舌の上に残った自意識が苦い。たとえ一輝《かずき》であっても、進以外の異性と仲が良いと思われるのが嫌で、即座に否定してしまう自分が見苦しかった。

「それは……まあ、かもね」

言って、視線を上に向ける。太陽が高い位置で照っていた。理科系科目の補習は午前十時から十二時までと、夏の一日を潰《つぶ》すにはあまりに短く、感情の昂《たかぶ》りを隠すには、あまりに長い。補習のスケジュールを組んだ教師はきっと知らないのだろう、と羽は思う。夏の怖さも、その特別さも。「てか、暑い」と羽が言えば、「だな」と進が返すみたいに、不格好で剥《む》き出しの会話もいつの間にか生まれてしまう、この暑さのことを。

――久しぶりに話せたんだから、もう少し素直に。

熱に溶け、滲《にじ》んだ言葉のやりとりに、羽は気が付けば距離を見失う。「あ、あのさっ」

「なんか、食べてかない？　その、どっか寄って……」

「……なんで？」

「なんでって、まだ昼だし」

プリーツの少ないスカートの裾を弱く押さえる。放った声が平静を装えていない気がした。

「昼だけど、それ、理由にならなくね？　てか、俺も帰るし」

「じゃあ、途中まで乗っけてってよ」

「はあ？　どうせすぐ道分かれるだろ、俺ら。それに二人乗りは常識的にダメだって」

「なんでよ、いいじゃん。一年ぶりの夏休みなんだし」

「夏休みはいつだって一年ぶりだろ」

進は「じゃあな」と言って、自転車のペダルに足を乗せる。

「ねえ、ちょっと待ってよ、進」

「なんだよ」

「その……私たちってさ、また前みたいに、話せるよね」

——天音《あまね》がいなくても、前みたいに。

微《かす》かに震えを帯びた羽の声に、進はきゅっと眉根をひそめる。そこに立っているのは——派手な風貌《ふうぼう》をしているけれど——紛れもなく不器用で隙《すき》だらけな、進の知っている安庭羽だった。

「別に話せるだろ。後ろばっか見んのやめようぜ」

感傷から逃れるように、進はペダルを踏み込んだ。青い車体から車輪の回る音が響く。

そのまま羽の視界から消えるまで、進は一度も振り返らなかった。

残されたのは、焦げたように黒いアスファルトに、高架線路を滑る赤い車両。

そして、胸の内のやるせなさ。

――せっかく誘ったのに。そんな言い方しなくてもいいじゃん。

羽《はね》は深く息を吐く。期待に沿ってくれない進《すすむ》に対しての落胆だけでなく、うまくやれない自分への嫌悪が湧き出てきて胸が気持ち悪い。素直になってみても、みじめなだけでいいことなんてない。そんなこと、思わせないでほしかった。今でさえ、精一杯なのに。

――みんなが言うような余裕なんて、全然ないや。

羽は自分が周りからどう見られているかを知っている。クールだとか、喋《しゃべ》る相手を選んでるとか、年上の彼氏がいそうだとか、経験が豊富そうだとか。

よく一緒にいる同級生だって、羽を少し上に置いて話す。モテるでしょ、とか。私らじゃ敵《かな》わないな、とか。うちらのグループに入ってよ、とか。羽をどこか遠い人間のように話す。

けれど、本当はそうじゃない。冷めてなんかない。年上の彼氏なんていない。別に大層な人間じゃない。口数が少ないのだって喋るのが苦手ってだけで、本当はもっとうまく喋れたらいいのにと思ってる。経験なんてないに等しいのに、なんでみんながそんなこと言うのか、不思議でならない。

でも、みんなが私を斜めに見るなら、私だって心を開いてやらない、とも思っている。

頑固で意気地なし。それが安庭《あにわ》羽。彼女が十七年で築いた輪郭で、大嫌いな自分の形。

――だけど、進は私をわかってくれるはずじゃん。

図書室のカウンターの内側で、彼と過ごした日々があった。自分とよく似た弱い人間。他人なんてどうでもいいみたいな顔してるくせに、他人の目ばかりを気にして、陰から他人のことを評価して、見下すことで安心して。自分を大きく繕《つくろ》うのも、虚勢を張るのも、気を許した人たちには強く出る内弁慶なのも、世界が怖いからで……。

だから、似た者同士なのだ、絶対。

羽は何度でも希望を抱く。進なら、本当の私を受け入れてくれるかもしれない。取り繕わずに、付き合っていけるかもしれない。臆病者《おくびようもの》同士、身を寄せ合えるはずなのだ、と。

その期待があるのに素直になりきれないのは、進の隣にあの子がいたからだった。等身大の自分で世界と関わり、誰とでも同じ目線で話すことができる強い人間。進が唯一牙《きば》をしまう、幼馴染《おさななじみ》の女の子。天音《あまね》の存在が、羽の心をいつも強張《こわば》らせた。

それは、天音が眠ってしまった今でも——いや、正々堂々獲《と》り合えないだけ、よりひどい。いない隙《すき》を突くなんて、だって狡《ずる》い。それって、嫌な女のすることだ。私は、そんな女になりたくない。せめて、それくらいの誇りは持っておきたい。おきたい、けど……。

太陽はまだ高い位置で照っている。羽は後悔を含んだ汗を拭《ぬぐ》った。

駅前には三浦《みうら》海岸へと続く道が延びている。一年前、富士《ふじ》天音が駆けた道が今も変わらず足元に広がっている。あの子が眠ってしまったり、氷が現れたりしても、世界は簡単には変わってはくれなくて、だとするならば、変わるべきは自分なのだと言葉もなしに理解させられる。

そんな簡単なことではないのに。変わることは、今までの自分を否定することなのに。

「……あーあ、行っちゃった」

羽《はね》は立ち竦《すく》んだまま、線路を見上げる。高架を走る赤い電車から、車輪の回る音が響く。

上り電車も、羽を乗っけて行ってはくれなかった。

○

「進《すすむ》くーん、わさびはぁー？」

「えっと、ほしいです。というか優月《ゆづき》さん、鉄《てつ》ちゃんは？」

「鉄ちゃんなら、俺の才能は枯れたーって言って出ていったよ」

ああ、なるほど。冷房の効いたダイニングの中心で、進は静かに合点した。叔父《おじ》の鉄矢《てつや》は目の前の仕事を放り出し、昼間から飲みに行っているらしい。

叔父の凋落《ちょうらく》ぶりにため息を吐《つ》く。視界の端が不意に光った。

〈三浦《みうら》海岸に巨大な氷山が出現！　異常気象？　どこから来たの？　専門家に聞いてみた！〉

ＡＩが見繕《つくろ》ったおすすめのニュース記事が一件、進の手首に通知されていた。

――というか、結局あれはなんなんだろう。

呑気《のんき》な見出しが進の思考を揺する。窓の向こう、ガラス一枚隔《へだ》てた世界にあれが存在している事実。それがどうしても現実味を帯びてくれず、進は今日の補習を回顧した。

「……——しかし、この件で大切なのは大きさじゃないんだ」

大泊《おおはく》は氷山の大きさについて説明したのち、しがない一教師の予測であると留保をつけてから、矢継ぎ早に喋《しゃべ》りはじめた。大泊曰《いわ》く、結局のところ問題は、「なぜあのような巨大な氷の塊が突如として三浦海岸に現れることができたのか」という点に収束するらしい。

進はここに素朴な疑問を抱いた。

「いや、ふつうに流れてきたんじゃないの？　その、南極とか北極とか、知らないけど」

「宗谷《そうや》、良い考えだ。でもね、それはひどく難しいんだ」

まず、氷山の存在が人々に認知されたのは今日のこと——正確に言えば二〇三五年七月三十日の午前三時十二分——で、それまでは誰もあの巨大な氷塊に気が付いていなかったのだ。

「あんなに大きなものが近付いてきたら、前日、いや、もっと前に気が付くとは思わないかい？」

「まあ、そう言われれば……」

大泊の言うとおりだった。海上に浮かぶ漂流物は——仮に海面下だとしても——どんなものでも、気象庁の観測衛星をはじめ、民間の漁船、海上自衛隊の艦艇、海上保安庁の巡視船の目に触れる。仮に漂流物が小さいものであれば、監視の目を掻《か》い潜《くぐ》ることも可能かもしれない。

しかし、今回の流浪者はお世辞にも小さいとは言えない。

「じゃあ、その場で作ったんじゃね？　どうやるか知らないけど」

進《すすむ》があっけらかんと言い放った。「なんかあるじゃん、軍事実験とかそういうの」

「近くに横須賀《よこすか》基地もあるし、そういう方面のさ――」

「ちょっと、怖いこと言わないでよ」

窓の外を見ていた羽《はね》が、不意に口を挟む。「うち、海近いんだから」

ばつが悪そうに俯《うつむ》く進と、怯《おび》えた様子の羽を見て、大泊《おおはく》が会話を預かった。

「たしかに物騒な意見ではあるけれど、いい目の付け所だと思う。――ちょっと計算してみよう。あの大きさの氷山を人為的に生み出すには、どのくらいのエネルギーが必要になるのか」

言いながら、計算式を書き綴《つづ》る。

「海水は〇℃では凍らないんだけど、便宜的に〇℃で計算してみた。二十七℃の海水一千万トンを〇℃に冷却するのに、二千七百億キロカロリーが必要。そして〇℃に冷却された海水を氷にするのに、追加で八千億キロカロリー。これは変換すると、約四・五ペタジュールのエネルギー量で、つまりはマグニチュード七の地震の二倍強のエネルギーに相当することになる」

「氷を作るだけなのに？　おかしくね？」

進が目を丸くする。咄嗟《とっさ》に一輝《かずき》が「冷蔵庫も消費電力大きいですよね」とフォローした。

「そう、物質を冷却するのは意外とエネルギーがかかるんだ。そして、あの氷山が現れるには、それほどのエネルギーで海水から熱を奪う必要があったということで――さらに言えば、あの氷山はいつのまにか現れたから、エネルギーはごく短い時間で使用されたことになる」

大泊は人差し指を立て、数秒、考える暇を三人に与えた。

「つまりだ。冷蔵庫も冷やした分だけ外に熱を発するよね。じゃあ、あの氷山が生まれるにあたって放出された約四・五ペタジュールの熱量が三浦《みうら》市を焼き尽くしたかというと、そういうわけでもない。TNT火薬にして百万トン分の熱量は一体いつ奪われ、どこに消えたのか」

さて、これは非常に不自然な現象だと思わないかい？　大泊は口元に薄い笑みを浮かべた。

「あの氷山は一体誰のために、何のために、どうやって現れたんだろうね。――ねえ安庭《あにわ》？」

「え、私……？　いや、わかんないし……てか泊《はく》セン、なんか知ってんなら教えてよ。誰がなんのためにあの氷を浮かべたのか、とか。危なくないのか、とか」

「さてね。それは自分たちで考えてみてよ。あの氷山は本来なら出現するはずのない物体。科学的な側面からオカルト染みた陰謀論まで検討してみるといい。それこそ宗谷《そうや》少年の言うような、なにかの実験かもしれない。君たちの将来と同じく、可能性は未知数で、無限大だ」

「私、答えを聞いてるんだけど」

「教師の役目は答えを教えることじゃない。考え方を学ばせることなんだよ」

大泊は得意気に言って、書いた数式を消した。「なにそれ」羽が口を尖《とが》らせた。

「そもそも僕だって答えを知らないんだ。あれが全部溶けきる頃になってようやくわかるかもしれない。その程度だ。あの氷山が何だったのか。解けたあとに残るものは何なのか――自分の考えが正しかったかどうかなんて、最後にたどり着いてから判断するしかないんだよ」

そんなものだよ、人生なんて結局。大泊《おおはく》は黒板消しを置くと、にこりと笑う。羽《はね》は大袈裟《おおげさ》にため息を吐《つ》いてから、「あっそ」と窓の外に視線を逃がした。

「まあ、これから情報がどんどん出てくるだろうから、君たちもニュースをよく見て過ごすように。さ、それじゃあ夏の奇跡の話からは一旦離れて、補習の本筋に戻ろうか——」

最後まで核心を突かない大泊に、進《すすむ》はその時、心底興醒《きょうざ》めした。結局何もわからないじゃないか。目の前に現れた超自然的な現象に興奮しているだけの夢想家じゃないか、と。

——なにが奇跡だ。そんなものが起きるなら、あんな無意味な氷の塊なんかじゃなくて。

頬杖《ほおづえ》を突き、窓の向こうに視線を投げる。

——天音《あまね》が戻ってくれれば良かったんだ。

「どうした、宗谷《そうや》?」

「いえ、なんでも」

そんな奇跡を願う自分も夢想家で、嫌気が差した。


シーリングファンの駆動音が進を今に引き戻す。——そうか。結局くだらない話ばっかりで。思い出し、進は呆《あき》れがちに麦茶を啜《すす》った。——なにもわからなかったんだ。

「そうだっ。そういえば今日ね、天音ちゃんのお母さんに会ったよ」

キッチンから飛んできた不意打ちに、進はこふっと噎《む》せ返る。

「海岸通りの百円ショップで会ったんだけど、向こうはちょうど病院の帰りだったみたい。天音ちゃん、来週にはまた会えるようになるって」

「来週……そう、ですか」

「お見舞い行くなら、自転車じゃなくてバス使いなね。もう夏だし、汗だくで行くと嫌われちゃうかもよ——はい、おそうめん一丁」

優月《ゆづき》が差し出したそうめんを一息に啜り上げ、進は二階にある自室へと戻った。

部屋に戻ると扉に鍵をかけ、カーテンを開けた。サッシを一窓隔《へだ》てた向こう側には夏が広がっている。成熟した陽が、広大な青空が目に痛い。進はおもむろにカーテンを閉め、瞼《まぶた》を閉じた。

——天音。

瞼の裏側に彼女が映る。富士《ふじ》天音。進の幼馴染《おさななじみ》で、濃い海色の髪をした女の子。小さい頃はよく頭上に手で三角形を作って、「私、富士山」なんて、苗字《みょうじ》をもじったしょうもない洒落《しゃれ》をやっていた、快活な女の子。小学校で出逢《であ》ってから、ずっと進の心の奥を占める人。

天音とゲームをするのが好きだった。天音と漫画の話をするのが好きだった。天音と帰り道にコンビニに寄るのが好きだった。天音はいつもカルピスを買っては、「家のやつより味が薄い」と文句を言っていた。

「なら、別のやつにしろよ」

「やだ。だってこれが一番、夏の味がするから」

夏が好きな子だった。彼女が夏を好きだから、進《すすむ》もいつしか夏が好きになっていた。夏は彼女のためにある季節で、夏になると、この世界の主人公は彼女が拝命するのだと信じていた。夏を作った神様はなかなか見どころがあるやつだと、進は身勝手に評価していた。

だから一年前、天音《あまね》が交通事故に遭った時、進は世界の不甲斐《ふがい》なさをようやく知ったのだ。大人も、神様も、天音をベッドから起き上がらせることはついぞ成し得なかったから。

——後ろばっか見てんのは、俺だよな。

眠ったのか、そうでないのかわからない時間が長く続いた。首筋には数滴の汗が這《は》っている。セピアの風景が脳と瞼《まぶた》に流れ込み、聞こえるはずのない声が鼓膜を叩《たた》く。知っているはずなのに知らない、まるで赤子の自分を写真で見た時のような、不思議な感覚が胸を占める。

瞬間、甘い声が耳を撫《な》でた。「——進」

——天音?

記憶に問いかけた時、意識は目覚めた。

進を今に引き戻したのは、階下に響く酔いどれの声。進は首筋を撫でながら居間に下りる。

顔の赤い叔父《おじ》に水を飲ませ、服を脱がせた。

「進ぅ、俺ぁダメな大人だぁ」

「知ってるよ、そんなこと。──はい、あとは自分で着替える」

「進ぅ、ごめんなぁ、ごめんなぁ……」

「謝るくらいならそんなに飲むなよ。ほら、早く寝ろ」

叔父を寝室に投げ込み、麦茶を一杯啜《すす》る。眠気はまたすぐにやってきた。

──天音がいない夏って、こんなに退屈なんだな。

進は部屋に戻り、鍵をかけ、そうして再び眠りについた。

○

緑の多い岬だった。波形の歩道の先には円形の木製ベンチがあり、近くには先の丸い灯台が立っている。潮風の浸食を感じさせぬほど真っ白な灯台の先には、磯場と海が広がっていた。

そこに氷山はなく、代わりに入道雲が寝転んでいる。

──ほら、早く行こう。

声を掛けてきたのは女の子だった。聞き覚えのある甘い声。加えて、綺麗な髪色をしている。青をずっと濃くしたような黒い色。進はこの色を知っている。懐かしい、彼女の色だ。

彼女の手を握ってみる。柔らかい手触りが指に伝う。進はこの感触を知らない。感じたこともない。誰の手だ。俺は彼女の手を握る勇気なんて持っていただろうか。

少女は不意に手を解き、駆け出した。傷ひとつない綺麗な手が岬に揺れる。

置いていかないで。引き止めようとする進《すすむ》に、彼女は振り返り、微笑《ほほえ》んだ。

――ねえ見て、あそこの雲。

天に伸びる指は、青い空と太陽を指している。

――かき氷、みたいだね。

楽しげな笑み。進はその表情を知っている。しかし、いつの記憶かはわからない。


涼しい風に目が覚めた。年代物の置き時計が、七月三十一日の朝を告げていた。

夢だった。あの鮮やかな色彩も、不確かな感触も、聞こえぬはずの声も、持ち合わせた覚えのない勇気も、夢だと言い切るのに充分な説得力を有していた。

しかし、進はそう言い切ることに怖さを感じていた。理由はわからない。ただ、言い切っては駄目なのだという予感だけが、背骨の裏側に滴《したた》り落ちていた。

「進くん、トーストは？」

居間に下りると、優月《ゆづき》の整った双眸《そうぼう》が進を迎え入れた。

「あ、じゃあ……一枚で」

「はーい。コーヒーも淹《い》れちゃうね」

そうだ、昨日優月が天音《あまね》の話をしたから、あんな夢を見たのだ。伝聞から生まれる希望や願望が脳幹で綯《な》い交《ま》ぜになって、自分にあらぬ景色を見せたのだ。

テーブルについた進は、そう考えることにした。それが一番、都合が良かった。


補習の二日目も、予定通り午前中に終わった。

三人の帰り道、一輝《かずき》がそれとなく「お昼どうする？」と提案したが、羽《はね》はむすっとした声音で「私、今日バイト」と言い捨て、改札に逃げてしまった。

結局、一輝と進もなんとなくふたりじゃ気まずくて、三人はそのまま別れることになった。

寄り道もせずまっすぐ家に帰った進だったが、帰宅早々、鉄矢《てつや》に捕まった。言われるがまま、炎天の中、庭の草むしりとバイクの手入れを手伝わされ、ぐったりと精魂尽き果てる。

「鉄《てつ》ちゃんさぁ……いい加減新しいの買いなよ。電子制御でもいいのあるでしょ？」

「ばか野郎。なんでもかんでも電子に制御されてちゃ、いざって時に自分で動けねえだろうが」

「いざって時っていつだよ。具体的に」

「んなもん……わからねえから、いざって時だろ」

「はあ……ほんと適当つーか……まあいいや。俺、シャワー浴びてちょっと寝るから」

「おい、アイスは？　報酬受け取らなくていいのか？」

「いい。鉄ちゃんがふたつ食っといて」

進はガレージを出てシャワーを浴びると、眠気に誘われるままベッドに倒れ込んだ。

――で、結局あのまま寝ちゃったのか。

しっとりと暗い部屋の中、進《すすむ》は凝《こ》り固まった背筋をぐいと伸ばし、置き時計を見る。

八月一日、水曜日。午前一時四十分。知らぬ間に、八月に突入していた。

最悪だ。愚痴《ぐち》とともに胃がくぅぅと情けない音を立て、空腹を告げる。欠伸《あくび》を吐きながら居間へ下りると、テーブルには電子メモパッドと、ラップのかかったチキン南蛮《なんばん》が置いてあった。

『600Wで2分チンして！　優月《ゆづき》』

夕食に降りてこない進のために、優月が作り置きしてくれたのだろう。進はメモ書きのとおりに温め直し、一杯の麦茶とともに鶏肉を食《は》んだ。胃に食べ物を含ませれば消化の作用で眠くなるかと思ったが、なぜだかやたらと目が冴《さ》えた。

身体《からだ》の節々まで熱と糖が行き渡る感覚に、進は手持ち無沙汰《ぶさた》を覚える。

散歩にでも行こう。眠る代わりに、そんなことを考えた。

出掛けに居間の壁掛け時計を流し見る。現在、八月一日の午前二時ちょうど。

氷山が現れて、すでに二日が経《た》とうとしていた。

海岸通りに出ると、太陽の残り香を含まない夜の潮風が身体を撫《な》でた。気持ちがいい。気持ちがいいはずなのに、全身には未だ、不明瞭《ふめいりょう》な夢の残滓《ざんし》がまとわりついている。

——なんなんだろう、二日連続で見たあの夢。記憶にはない、天音《あまね》との思い出のような。

考えてみても、結局わからない。目の前に浮かぶ氷山と同じで、未知のままだ。

「でけぇー」「どこから来たの、あれ」「知らねえよ」「南極でしょ」「てか、崩れないのかな」

通りには、まばらだが見物客がいた。カメラを構える者。酒を片手に騒ぐ者。祈りを捧げる者。進みたいに、ただ横目で見ながら歩く者。この道を行く誰もが氷山に目を奪われていた。

「というか、そういう団体のPR活動なんじゃやない？　地球温暖化反対とか、環境保護とか」

誰かが訳知り顔で言った。「ありそー」と呑気《のんき》な声が返る。ねえよ。進は内心毒づくが、たしかに海洋観測艦のサーチライトに照らされたその光景はまるで現実味がなく、よくできた三次元像投影《ホログラフィー》や立体映像投影《プロジエクシヨンマツピング》だと言われた方がまだ腑《ふ》に落ちる。

実際、最近の屋外イベントではそういった映像表現が多いのだ。

「ねえ、それより写真、写真撮ろっ」

浜辺にはさらに多くの人がいた。歳の若い者が多く、駐車場には県外ナンバーも窺《うかが》える。大学生か、はたまた平日の概念のない大人だろうか。どちらにせよ、そういった野次馬根性の強い者は、進の好むところではない。細く息を吐いて、歩調を速めた。

あてもなく進んでいると、三浦《みうら》海岸の南端、菊名《きくな》海水浴場を過ぎ、南下浦《みなみしたうら》中学の前まで来ていた。予想以上に歩いてしまったと踵《きびす》を返す瞬間、視界の端に光るものが映り込む。

——なんだろう。浜の方、波打ち際だ。

気になる。どうにも気になる。進《すすむ》は首を回すふりをし、周囲に人がいないことを確認してから家屋の間に延びる路地を下った。まるで野次馬みたいだと思う気持ちは、ぐっと押し殺す。浜に出ると、左手は人家の明かり、右手は自然の闇にきっぱりと分かたれていた。その闇の中に、夜の薄光を捉えて輝くものがある。進はサンダルが砂を噛《か》むのをいとわず、光る物体に近付き、かがみ込んだ。——なんだ、これ。

手に取るとそれはひやりと冷たく、進の肌をゆっくりと刺激した。

「氷の欠片《かけら》だ」

大泊《おおはく》の危惧《きぐ》したとおり、氷山が崩落したのだろうか。辺りには親指ほどの欠片から、拳大の塊までもが漂着していた。それは闇の濃い方ほど、密度が濃くなっているように思われる。

進は、どうしてだろう、いつの間にか氷の標《しるべ》に従うように歩いていた。

少しすると岩場に突き当たった。辺りは暗く、波の音がやたらと煩《うるさ》い。突然、周囲の闇が希釈されたように白みはじめる。空を見る。雲が切れ、月が顔を覗《のぞ》かせていた。

進はそこでようやく気が付く。波打ち際に、小さな影が倒れていることに——。

「おいっ、大丈夫か！」

砂を蹴《け》り、駆け寄る。近付いてすぐ、肩を抱いた。

「しっかりしろ！」

幼い女の子だ。顔や服装からではなく、手から伝わる感覚がそう告げた。不思議なことに、その子の纏《まと》った水色のワンピースは上半分が濡《ぬ》れておらず、砂もたいして付着してはいなかった。——溺《おぼ》れたわけじゃないのか？　進は手早く推し量る。

「おい、聞こえるか？」

訊《たず》ねるも、返事はない。念のため水を吐かせようと考える。そっと身体《からだ》を横向きにし、背をさすった。少女の口から、「うぅん」と寝ぼけた声が零《こぼ》れ、進は、ほっと息を吐く。

——なんだ、大丈夫そうだ。

胸を撫《な》でおろした瞬間、彼女の顔に言葉を失った。

見覚えがあった。かつて何度も見た顔だった。濃縮した青を思わせる黒い髪、薄氷のように透き通る白い肌。熟《う》れた苺《いちご》みたいに赤い唇。脳裏に、網膜に、心に焼き付いた彼女の顔だ。

「天《あま》、音《ね》……？」

言下に唾《つば》を呑《の》んだ。浜に倒れるその少女は、進の幼馴染《おさななじみ》、富士《ふじ》天音の幼い頃に限りなく——いや、〝似ている〟どころではない。まるで本人そのものだと思える外見を有しているのだ。

しかし、それはあり得ないことだ。天音は進と同い年で、つまりは現在十七歳である。十七年生きたという印象は、体格からも、服装からも、わずかに漏《も》らした声からも、この少女を構成するすべての要素から感じられない。

仮に、進の方が寝ぼけていて——ここ数日よく見る夢のせいで寝不足だとして——天音が幼い姿に見えるとしても、彼女がここにいること自体が本来あり得ない話だった。

なぜなら富士天音《ふじあまね》は、一年前に起きた交通事故で昏睡《こんすい》状態に陥り、今でも丘の上の病院で眠り続けているからだ。それは違《たが》うことのない事実であり、今の進《すすむ》を構成する悲劇であり——羽《はね》や一輝《かずき》と疎遠になった原因であり——変えようのない過去なのだ。

「おまえ、一体……」

弱々しい呟《つぶや》きが波間に落ちる。刹那《せつな》、鋭い頭痛が進を襲った。

緑の多い岬。波形の歩道。円形の木製ベンチ。白磁色の灯台。広大な海。入道雲。不明瞭《ふめいりょう》な景色がフラッシュバックする。

——また、みんなに会えるよね。

進の手を離れ、記憶の中の少女が駆けていく。——待ってくれ！

進は彼女を追おうとして、腕の中の温《ぬく》い重みに引き止められた。月光を吸った白い肌が、傷ひとつない綺麗な手が、進の腕の中で逃げることなく、だらりと垂れている。

——おまえは一体、誰なんだ。

少女は眠ったまま、か細い唸《うな》り声を漏《も》らす。

遠くに浮かぶ氷山に、微《かす》かな亀裂《きれつ》がひとつ走った。

八月一日、午前三時十五分。宗谷《そうや》進《すすむ》が浜辺を訪れてから一時間後。

海洋観測艦しょうなんの艦橋は、暗い海に浮かぶ一峰の氷山を見つめていた。

艦長である天塩《てしお》涼花《りょうか》の瞳も、月明かりを受けて鈍く発光する氷山に向けられている。あれが現れてからの数日、まともな睡眠はとれていないが、眼光の鋭さは未だ鈍ることはない。

また、鈍らせるわけにもいかなかった。ややもすれば、あれは国を揺るがしかねない存在であることを、涼花は短くはない自衛官人生の中で理解していた。

そう、あれは危険な存在。そんなこと、言われなくてもわかっている。

『……――というわけだ、天塩二佐。中国海軍の動きも穏《おだ》やかではない。アジア諸国をはじめ、海洋に面した国々に安全保障上の緊張が生じてしまっている。どうやら彼らは、あの氷山を日米の開発した海洋兵器の一種だと考えているらしい。米国がだんまりを決め込んでいることも、邪推を呼んでいるのだろう。――つまりだ。君たちには一刻も早く、あれが無害であるという証明をしてもらわなければならない。科学的なデータを以《もっ》てしてね』

「了解しました。海洋観測部隊の威信にかけ、任務を遂行《すいこう》いたします」

『頼もしくて助かるよ。――ああ、それともし、あの氷山の無害性を損なうような何か、または有用性を示す何かが採取された場合は、すぐに報告してくれ。加えて、潜水艦含め、周辺海域の警戒も怠《おこた》らないように。ちょっかいをかけてくる輩《やから》がいないとも限らない』

「わかりました」

衛星電話の向こう側で、男が満足そうに頷《うなず》くのがわかる。『では、頼んだよ』と語る声の裏側は、不安よりも高揚が貼り付いていた。まるで、新しい玩具を手に入れた時の子どもみたいに。

――まったく、現場《こちら》の気も知らずに呑気《のんき》なものだ……。

涼花は握っていた衛星電話を置き、音もなく息を吐く。

今は台風の季節だ。氷が崩落したらどうする。貨物船の航行は乱れるか？　海水温が下がって地元の漁業に影響が出る可能性は。危険な細菌が含まれていたら。もし、他国からの攻撃だった場合はどうする。なくはない話だ。いや、あると考えて動くべきだろう。海に浮かぶあれは、常識の範疇《はんちゅう》に収まらない。なにより、突然現れたという点が脅威《きょうい》だ。地元の漁師や海上保安庁、気象庁の観測衛星にも見つからずに、どうやって……。

――やれやれ、台風、地震のみならず、今度は氷山か。災害大国の名は馬鹿にできんな。

「先ほど発生した異音の調査はどうなっている」

艦長である涼花の一言に、通信機を操る三等海曹が顔を上げた。

「同時刻に発生した微細な亀裂《きれつ》と共に、現在気象庁、海上保安庁と連絡を密に調査進行中です」

「あれの崩落は考えられるか」

「可能性は低いと見積もられます」

「そうか。日が昇り次第、内火艇《ランチ》を降ろす。有人調査だ。徹底的にやると各所に伝達しろ」

了解。キレの良い返事が発せられる。それから一息つく間もなく、今度は眠たげな声が艦橋に転がり込んだ。「艦長、お呼びですか」涼花《りょうか》は声の方をちらりと見て、おもむろに襟《えり》を正す。

「寝られたか？　副長」

「まさか。あんな氷の塊が浮いている海で熟睡なんてできませんよ」

橋立陽介《はしだてようすけ》。防衛大における涼花の二期後輩で、現在の階級は三等海佐。切れ長で狡猾《こうかつ》な瞳を有しており、今春からしょうなんの副長兼船務長を任されている。オーストラリア国防大学への留学から帰還後、すぐの海洋観測部隊着任という異例の人事発令を受けた俊才だ。

「砕氷船《しらせ》の連中が聞いたら怒るだろうな」

「でしょうね。ま、私には南極に行く機会なんてないもんで」

橋立は薄い唇の端を上げ、静かに笑う。

「まあいい。寝不足の副長殿に嬉《うれ》しいニュースだ。いましがた統幕より入電があった」

「ほう。——で、なんと」

「当海域に潜水艦の存在は見積もれるか調査せよ、とのことだ」

橋立の細い目が、きゅっと引き締まる。

「護衛艦《てるづき》が出せないからと対潜警戒までこちら持ちですか。これは観測艦ですよ」

「百も承知だ。——だが、西の情勢を鑑《かんが》みるに、こちらに艦を割けないのもまた事実。氷ひとつに武力のにおいをさせるのも、現状得策ではない。揚げ足取りはそこかしこにいる」

「そもそも海上漂流物の所管は海保や国交省でしょう。なぜ我々が、とは考えないんですか？」

「あまり言うな。情報本部がなにか掴《つか》むまで、我々は課せられた任務をこなすだけだ」

「まったく、なにを掴んでくるんですかね。昨日みたいに、第二次大戦時の氷山空母や、どこかのデザイナー集団が考えた製氷潜水艦やら、くだらない情報を握ってこなきゃいいですけど」

ぐちぐちと皮肉を紡ぐ橋立に、涼花ははっきりとした声音で告げた。

「各部に伝達しろ。対潜警戒を厳《げん》となせ」

橋立はそれを緊張の気もなく復唱し、持ち場であるＣＩＣ《戦闘指揮所》へと向かった。ゆるやかに揺れる部下の背。涼花はその背中から視線を切り、闇の向こうに目を向けた。

「陸《おか》は遠いな」

○

八月一日、午前八時二十分。天塩《てしお》家。

一輝《かずき》は三つ目の目玉焼きに、少し逡巡《しゅんじゅん》してから、もうひとつ卵を割り落とした。卵四つ分、随分と増えた目玉を皿によそい、食卓に着く。焼けたベーコンの香りが鼻をくすぐった。

掃き出し窓から射し込む朝日は、日に日に鋭さを増していた。夏が本番を迎えたことを朝起きるたびに思い知らされる。夏休みの補習は、残り三日。もう、三日しかないのだ。

——残りの期間、なにして過ごそう。

自《おの》ずと顔が曇る。沈んだ瞳の端に、線の太い影が映った。

「おはよう、光二《こうじ》」

「……おう」

素っ気無く返事をしたのは一輝《かずき》の双子の弟、光二だ。

台所に立った光二は、食器棚から粉末タイプのスポーツドリンクをいくつか握り取り、ショルダーバッグに詰め込んだ。部活に行く際の毎度の前支度。竹刀袋《しないぶくろ》を担《かつ》ぎ上げ、居間を出る。

「母さんの乗る船」

その背中に、一輝はベーコンを齧《かじ》りながら呼びかけた。

「呉《くれ》からこっちに引き返してきてるって。ニュース見た？」

「見た」

「今日は戻ってくるかな。場所、近いし。泊《とま》るなら布団も出しておくんだけど——」

「知らん」

短く、尖《とが》りを帯びた声が飛んでくる。返答に窮《きゅう》する一輝に、光二は続けざま「泊って欲しいのか？」と視線を向けずに放った。

「別に、そういうわけじゃ……」

「じゃあ、聞いてくんな」

言い捨て、光二は出ていった。竹刀袋が壁にぶつかり、ちっ、と舌を鳴らした。

——泊って欲しいのか？

ひとり残された居間で、一輝は無心で朝食をかきこむ。

静まり返った居間の端で、光二の言葉が胸で疼《うず》く。

——そんなの、決まってるじゃないか。

この疼きの原因はわかっている。冷蔵室を満たす食材は、いくら食べ盛りといえど二人分と呼ぶには多すぎる量がある。今週の買い出し担当は一輝で、だから、原因はわかっている。

冷えた緑茶を一杯流し込んでも、ひりついた胸は冷めやしない。

子どもの頃は仲の良い双子だった。周りもそう言っていたし、一輝自身もそう思っていた。幼い光二は人前に出ると気持ちをうまく言葉にできなくて、すぐに泣きだしてしまうような子だった。それでいじめられることもあったから、一輝はいつだって光二の前に立ってきた。

だからというべきか、二人は双子というより年の近い兄弟のように育ってきた節がある。生まれた時間もたいして違わないけれど、一輝が兄で、光二が弟。その認識は互いにあった。

二卵性双生児ゆえに、そのうち身体《からだ》つきにも差が出はじめた。兄の一輝はその役割に見合うような、厚く、強い身体に育っていった。

今にして思えば、それが良くなかった。

中学生になると、小柄な光二《こうじ》は一輝《かずき》の前に立とうとすることが多くなった。こと剣道に於《お》いて、それは顕著で、「兄貴に勝つ」「おまえには負けない」面と向かって言われることも何度かあった。「いつもまでも見下してんじゃねえぞ」睨《にら》まれたことも、少なくない。

──光二が追っているのは、いつだって兄である僕。そんなこと、わかってるんだ。

時計を確認してから、居間のソファに腰を落ち着ける。張った胃がやけに苦しい。

「っつ……」

お腹をさすっていると、突然、痛みが走った。腹にではなく、頭に、鋭く。

理由もわからず呻《うめ》く。脳幹を楊枝で突き刺されたような衝撃に、一輝はぎゅっと、目を瞑《つぶ》った。

瞼《まぶた》の裏に、緑の多い岬が映った。波形の歩道の先に円形の木製ベンチがあり、近くには先の丸い灯台が立っている。視界の先には、海が広がっていた。

──なんだこれ……夢、か……?

困惑した。たしかに目を瞑っているはずなのに、映像が流れ込んでくる。潮風の浸食を感じさせぬほど真っ白な灯台。それを見上げていた誰かの視線が下に向けられる。手首に巻かれた見慣れぬ端末を誰かの指が操作している。──これは、僕？　思うも、確証はない。

勝手に動く指が浮かび上がらせたのは、どうやら電子アーカイブのようだった。

──濃い緑の表紙……小説……？

「一輝、そろそろ──」

聞き慣れた声に振り返ろうとして、一輝の意識は引き戻された。

白昼夢から醒《さ》め、誰もいない室内を見渡すと、急に孤独感に襲われた。

肩を落とし、息を整える。不意に、視線の端に写真が映り込む。家族四人が揃《そろ》っている一枚きりの写真。三浦《みうら》半島の南端にある城ヶ島《じょうがしま》公園に家族で出かけた時のものだ。

──ああ、今の夢……城ヶ島に行った時のことを思い出したのかな……。

いつからだろう、家族がひとつでなくなったのは。そしてこのまま光二も母も、父みたいに離れて行ってしまうのだろうか。一輝ひとりを残し、広い海へと流れてしまうのだろうか。

そしてそれは、やはり自分のせいなのだろうか。自分が、こんな人間だから……。

これ以上ばらばらになってしまうのなら、今のままでいい。海に浮かぶあの氷山みたいに凍り付いてしまえばいいと、一輝はその時、そう思った。

◯

八月一日、午前十一時三十分。補習が終わって三十分後の、三浦海岸。

つんざくような陽射《ひざ》しの中を、羽《はね》と一輝《かずき》が、並んで歩く。

「あっつい」

「だね」

「夕方からバイトだし」

「そりゃ大変だ」

「進《すすむ》のやつ、会ったら絶対殴る」

久しぶりに弾む、羽の悪態。一輝の頬がわずかに緩む。

「ダメだよ。風邪かもしれないんだから」

「あの馬鹿が風邪なんか引くわけないじゃん」

蝉《せみ》の鳴く声に、波の寄る音。真昼の三浦《みうら》海岸は夏の響きで騒がしく、歩道を行くふたりの身体《からだ》をじわじわと叩《たた》く。今すぐに右手のマクドナルドに駆け込んで、涼みたい。そう思える。

彼らが並んで歩いているのには訳があった。太陽が一番高い位置で照る時間、暑さは加速的に増し、日陰のない通りは歩くのには滅法不向きで、楽しい寄り道というわけでもない。

補習三日目の今日、進が突然休んだためだ。

事前の連絡はなく、事後の報告もなかった。補習が始まる直前に一輝が電話をかけても出なかった。自称面倒見の良い教師である大泊《おおはく》も「三日遅れの不良行動かぁ」と呑気《のんき》に言っていたのだが、講義中に心変わりでもしたのか、「ふたりで様子見てきてよ」と肩を叩いてきた。

羽も一輝もそれぞれ彼の頼みを断る理由がなく、結局、酷暑の行進を続けている。

「その理屈で言うと、羽も風邪引かないね」

「あんたも後で殴る」

「ごめんごめん。冗談だから」

わざとらしく頭を振る羽に、一輝はにこりと微笑《ほほえ》みかける。

「なんか、久しぶりだね。こうして羽と話すの」

「別に、あんたとは二年になってからも話してるでしょ」

「違う違う。こう、話の中心に進がいてさ、羽が楽しそうに悪態をつく感じ」

「なにそれ」

淡白に言い放ったが、本当は羽にもわかっていた。天音《あまね》がいなくなってから、進とは疎遠になり、いつしか話題にのぼることもなくなっていた。こうして、文句を言うことすら。

「羽、たぶんだけど、天音ちゃんがいなくたって僕らはやっていけるよ」

「……どうだか」

「新しく僕ら三人の関係を作っていけばいいんだよ。ゆっくりとでもさ」

羽は数秒、押し黙る。別に三人でいる必要ないじゃん。言おうとして、喉《のど》に留《とど》めた。

——三人でいようとしてくれてるんだ、こいつは。

一輝が進との仲を取り戻したいという理由もあるだろうが、結局はたぶん、羽のためだ。羽の願いを後押しするために、一輝《かずき》は関係性を取り持とうとしてくれている。天音《あまね》不在の隙《すき》を突くことを良しとせず、一度は進《すすむ》から身を引いた羽《はね》の背を、それでも一輝は押そうとしている。

それに気付いた羽は、喉《のど》の奥に詰まった言葉を取り換えて、小さな声で押し出した。

「まあ、そうかもね」

「そうだよ」

力強く笑う一輝は輝いて見える。本当に、強い人間だ。

天塩《てしお》一輝と出逢《であ》ってから、羽は驚かされてばかりいる。人はここまでひたむきになれるのか、強くいられるのかと。それは行動ひとつをとってもそうだ。一輝はわざわざ出なくてもいい補習に参加している。周りから訝《いぶか》しい目で見られることも恐れず、自身で決断してあの場にいる。

私とは大違いだ。自分のことばかり考えてる狡《ずる》い女なんかとは、全然。

「そういえば、話変わるんだけどさ」

胸の痒《かゆ》さを隠すように、羽はそっと話題を転がす。「今朝、変な夢見た」

「え、羽も？」

「も、ってなに？　あんたも見たの？」

「まあ、うん。たいしたことなかったけど……で、羽はどんな夢を見たの？」

「……なんか、本読んでた。なにが書いてあったかまでは覚えてないけど、すごいリアルだったのは覚えてる。夏なのに、わざわざ外で読んでた」

羽はその夢を思い出す。白い灯台が作る影の下、芝生に座ってなにかを読んでいた。今どきめずらしい、紙の本。それを途中まで読んで、誰かの名前を呼んだのだ。

「……その本って、緑色の表紙だった？」

「え？　ううん。緑じゃなかった、と思う。どうして？」

「いや、なんでもない。僕も似たような夢を見たからさ」

一輝は呟《つぶや》き、通りを右に折れる。「あ、羽。進の家、こっち」と、直進する羽に声を掛けて、丘を登っていく。夢の話題は、気が付けば流れる汗に攫《さら》われて、坂を転げ落ちていった。

○

「ここ？」

「うん。そうだよ」

一輝は呼び鈴に手を伸ばし、「一年の夏に何度か来たんだ」続けて言った。

「あの時の進、すごい落ち込んでたからなんか不安でさ。様子、見に来てた」

「誘ってよ」

「誘ったら来たの？」

「……行かなかったけど」

羽《はね》は俯《うつむ》いた。一年前の——恋敵《こいがたき》が事故に遭った時の乱れた感情。それを思い出して胸が重い。「でしょ?」と微笑《ほほえ》む一輝《かずき》の顔も見たくなくて、そっと、家の外観に視線を逃がす。

今ではめずらしくなってきた木造の二階建て住宅。築年数こそ経《た》っていそうだが、手入れが行き届いているためか古ぼけた印象は感じない。それどころか、年季の入ったレッドシダーの外壁は上品な秘密基地を思わせた。

——へえ、進《すすむ》、こんなところに住んでるんだ。

一階の奥にはこぢんまりとした庭と開け放しのガレージがあるが、中は空だ。二階にはウッドバルコニーが備えられ、洗濯物が干されている。白いキャミソールと紺のショートパンツなど、よく見れば女性ものばかり。それらは大人びてはいるが、若い雰囲気も滲《にじ》ませている。

揺れる洗濯物に目を細める羽。ややあって、インターホンから声がした。

『はい、どちらさまでしょう?』

玄関ポーチに響いたのは、柔らかい声音。羽の背筋が、ぴんと伸びた。


「ごめんねー。いろいろあったから散らかってて」

「いえ。突然押しかけた僕らが悪いですから」

居間に着いたふたりは、優月《ゆづき》に勧められるがままL字形のソファに腰を下ろしていた。彼女が語るように、部屋の隅には女性ものの衣類がいくつか放り出されたままになっている。

それも、薄手のチュニックばかり。

「ごめんねー、ほんと。——あ、麦茶とカルピス、どっちがいい？」

「あ、僕はカルピスで。羽は？」

「私は……麦茶」

「じゃあ、麦茶とカルピス、ひとつずつお願いします」

はぁーい。優月が冷蔵庫のドアを開く。同時に、一輝は羽に耳打ちをした。

「進、夏の間は叔父《おじ》さん夫婦の家で暮らしてるんだって。親が仕事で忙しいから」

「へえ、そうなんだ」

落ち着きなく視線を漂わせる羽に、一輝は微苦笑を浮かべ、倣《なら》うように室内を見回した。

相変わらず賑《にぎ》やかな雰囲気を漂わせている部屋だ。物も多く、色も多い。けれど、なにか足りないものがある気もする。なんだろう。重大な何か。……誰かの声？

ああ、そうだ。一輝はすぐに思い至り、製氷室の氷を掬《すく》う優月に声を掛けた。

「あの、鉄矢《てつや》さんもいないんですか？」

「そうなの。ふたりで買い出しに出てもらってて。もうすぐ帰ってくるとは思うんだけど」

優月に聞こえぬ声量で、「ほら、サボりじゃん」羽がぼそりと呟《つぶや》く。

「まあまあ。なにか事情があるかもしれないし——」

一輝がなだめたのと時を同じくして、低く唸《うな》るエンジン音が窓を揺らした。

「あら、噂《うわさ》をすれば」

優月《ゆづき》が麦茶の入ったピッチャーをテーブルに置く。とぽんっと容器の中に波が立ち、玄関からは続けざまに「優月ぃ、麦茶くれぇ」と汗まみれの声が転がってくる。

「ちょっと鉄《てつ》ちゃんさぁ、ちゃんと最後まで運んでよ。俺こんなに持てないよ」

「うるせぇ。若い奴が運べ。体力余ってるだろ、どうせ」

廊下から届く進《すすむ》の声は、学校で聞くものよりもわずかに丸い。羽《はね》にはなぜだか、それが聞いてはいけないもののように思えてしまって、肺の裏側がざわざわと騒いだ。

家での姿を見られるなんて、自分だったら絶対嫌だ。

「ふたりともぉー、お客さんいるんだからあんまりみっともないとこ見せないでよねー」

「客だぁ？　まったくこんな忙《せわ》しない時にどこの馬の骨――って、なんだおまえかよ、一輝《かずき》」

「お久しぶりです。鉄矢《てつや》さん」

「はいどうも、久しぶり。で、隣の嬢ちゃんはなんだ？　おまえの彼女か？」

「いや、こっちは――」

「羽です。安庭《あにわ》羽」

羽は食い気味に答える。「こいつと進の同級生の」

その勢いに鉄矢は一瞬面食らった様子だったが、すぐに持ち直し、「ほう、そうかい」とつまらなそうに返事をした。「彼女じゃないんか」

「鉄ちゃん、玄関にまだ袋残って——あれ、一輝。それに、安庭も」

鉄矢の意地の悪い呟《つぶや》きから少し遅れて、進が顔を出す。驚きの貼り付いたその表情に、一輝が「よっ」と手を上げると、隣に座る羽も倣《なら》うように「よっ」と手を挙げた。

「よっ、じゃなくてさ、おまえらここでなにしてんの？」

進の声は先ほどよりも少しだけ角張っている。

「透弥《とうや》先生に言われてさ、不良生徒を見てこいって」

「なら、俺んとこじゃねえだろ。俺、不良じゃないし」

「まあ、たしかに。不良生徒は律義《りちぎ》に買い出しとかしないよね」

一輝は進の手からぶら下がるポリ袋を眺め、目尻を下げた。

袋には多くの物が詰められていた。チョコレート、スナック菓子、オレンジジュース、菓子パン、甘口のカレー、苺《いちご》ジャム、ブルーベリージャム、小玉スイカ、コーラ、カルピス、プリン、はちみつヨーグルトなど。どれも歳の低い子どもが好きそうなものばかり。

「それ、進が食べるの？」

口を噤《つぐ》んでいた羽も、思わず訊《たず》ねた。

「ちげぇよ。俺はこんな甘いの食べない」

「進う、女子の前だからってカッコつけなくていいぞ。おまえ、辛いのも苦いのも苦手だろ」

「鉄ちゃん、ほんとにさ——」

進《すすむ》が額を押さえたところで、奥の部屋から音がした。衣が擦《こす》れ、布が乱れるもの。

突然のことに、客人ふたりの背がぴんと伸びる。「お、ようやく起きたか」と手を打ち鳴らした鉄矢《てつや》が、音の漏《も》れた部屋に近付く。もぞもぞ、ごそごそ。音は止まない。

居間と部屋を隔《へだ》てるふすまも、かたかたと揺れ、次の瞬間、大きく開け放たれた。

「お腹空いたー……」

奥の部屋から現れたのは、ひとりの少女だった。優月《ゆづき》の白いチュニックをワンピースのように纏《まと》い、艶《つや》のある黒髪をシーリングファンの風になびかせている。寝汗を這《は》わせるその肌は老いを知らず、絹のようになめらかに夏の陽射《ひざ》しを吸っていた。

「この寝坊助《ねぼすけ》め。何時間寝てやがった」

言いながら、鉄矢が歩み寄る。少女は寝ぼけ眼《まなこ》のまま「おじさん、誰?」と首を傾《かし》げた。

「……あれぇ?　ここ、おうちじゃない……?」

続く、ぽつりと小さな、さざ波のような呟《つぶや》き。

窓の外で鳴り響く蝉《せみ》の合唱が、その声の心細さを際立たせていた。

◯

「これがいい」

細い指が苺《いちご》のジャムを求め、優月《ゆづき》は「じゃあ、パン焼こうか」と柔らかに笑んだ。

少女は柔らかな乳歯を光らせ、「うんっ」とあどけない笑みで応えてみせる。「ありがとう、ございます」たどたどしく感謝も添えて。

「おう、ガキ」

腕組みをした鉄矢《てつや》が、少女の頭に声を落とした。「ちょっとこっち向け」

「なに、おじさん」

「おじさんじゃねえ。俺の名前は鉄矢だ。てーつーや」

「おじさん」

「てつやっ」

「おじさん！」

「てつやっ！」

「おじさん！」

「もういいよ、ちくしょう」

「鉄《てつ》っちゃんいいの？　諦《あきら》めて」

「コミュニケーション能力の高い、良いガキじゃねえか。親に挨拶したいくらいだ」

ソファにどかりと座り込んだ鉄矢は、明らかに不貞腐《ふてくさ》れていた。「それができないから困ってるんでしょう」優月がそっと、口を尖《とが》らせる。

会話を聞いていた羽《はね》が控えめに問うた。「えっ、その子、親がわからないんですか？」

「うーん。実はそうなのよ。進《すすむ》くんが浜辺から連れ帰ってきたんだけど、なにもわからなくって。——ね、可愛《かわい》い人魚さん」

「えっと、ごめんなさい」

肩を竦《すく》めた拍子に、少女はお腹をくぅぅと鳴らした。「はいはい。今できるからねー」と焼き上がったパンを皿に盛り付け、優月が再び笑いかける。

一方の羽は、笑顔には程遠い表情で進を睨《ね》めつけていた。

「似てるね、あの子」

「……誰にだよ」

「わかってるくせに」

羽は言い捨て、進に向けていた視線を切る。そのあまりの粗暴さに、進はむっと眉根を寄せた。似ていたから連れて帰って来たわけじゃない。そう言いかけて、唇を噛《か》んだ。

「ねえ、進」

不穏な空気を察した一輝《かずき》が、咄嗟《とっさ》に口を開く。

「どういう状況だったの？　浜辺でたおれてたんでしょ？」

進はちらりと視線を泳がせてから、大袈裟《おおげさ》に息を吐いた。

「ほんと、偶然だったんだ」

襟足《えりあし》を掻《か》き上げ、身体《からだ》をソファに深く預ける。そのまま天井に独白するように、十一時間前に起こった出来事について、ぽつぽつと語り始めた。


八月一日の午前二時頃のことだ。浜辺で倒れていた少女を発見した進《すすむ》は、いの一番に救急車を呼ぼうと考えた。しかし、手首には腕輪型電子端末《セージ・ブレスレット》が巻かれておらず、外したきり枕元に置いたままだと気が付いた。

「ああ、もう、最悪だ」

舌を鳴らした進はわずかな逡巡《しゅんじゅん》の後、少女を背負い上げ、家まで歩いた。少女は呼吸こそしっかりしていたが、意識は朦朧《もうろう》としたままで、このまま夜の浜辺に置き去りにするのはさすがに憚《はばか》られたからだ。

「鉄《てつ》ちゃーん、優月《ゆづき》さーん」

家に戻った進は汗を拭《ぬぐ》うこともなく、鉄矢《てつや》と優月を起こし、手短に事情を説明した。鉄矢は「おいおい、冗談だろ」と渋い表情を浮かべていたが、優月は話を聞くや否や、手際よく湯船にお湯を張り、タオルを用意し、着替えの確保に奔走した。

お風呂から上がった少女は依然ぼんやりとしたままだったが、優月を見ると一言、「あかねおばちゃんだ」と言った。優月は少女の髪を乾かしながら「ううん。違うよ」と優しく諭す。

「私は優月って言うの。若草《わかくさ》優月」

「あれぇ……違うの？」

「知ってる人じゃなくてごめんね。でも、違うの」

　優月の答えに、少女は「そっかぁ」と寂しそうなそぶりで肩を揺らした。

　それから少女は用意された服を纏《まと》い、温かいスープを飲んだ。少しすると、意識がはっきりしてきたのか、会話が繋《つな》がるようになってくる。

「ところで、あなたのお名前は？」

　優月が柔らかい声音で訊《たず》ねる。

「んー……えっとねー……あれ、なんだっけ……」

「あらら。それじゃあ、なんて呼べばいいかな？」

「んー、わかんない」

「そっかぁ……」

　どうしても、名前が思い出せない。わかったことと言えば結局、些末《さまつ》な情報のみだった。

　少女の年齢は九歳であること。住所はそもそも知らないこと。親の名前も憶《おぼ》えていないが、とても優しい人なのは間違いないこと。父親におやすみを告げたと思ったら、いつの間にか砂浜に倒れていたこと。目を閉じる前、その優しい父親が泣いていたこと。

「ねえ、ここに来る前、あなたのお父さんはどうして泣いてたの？」

「……知らない。でもね、絶対泣いてたよ。お父さん、いつもは全然泣かないのに」

言い終わり、少女はふわぁと欠伸《あくび》を漏《も》らし、ほっそりとした指で目を擦《こす》った。

「夏休みが終わる前に、お父さんのところに帰らなくちゃ」

少女は眠気に重くなった瞳をとろんと俯《うつむ》ける。その首元に、優月《ゆづき》は銀色の輝きを見た。

「それ、ネックレス？」指さし、返事を促す。「首から下げてるやつ、見覚えある？」

「んー……よくわかんない。けどこれ、失《な》くしちゃダメなやつだった気がする」

おどおどと肩を揺らす少女を見かねて、優月は表情を作る。「それ、ちょっと見せてもらってもいい？」優しく尋ねると、「うん。いいよ」少女はあっさり首肯した。

「じゃあ、失礼して」

細い首から外されたそれは、推察通りネックレスではあったが、飾られているのは宝石の類いではなかった。チェーンの真ん中にぶら下がっていたのは、ドッグタグのようなアルミ合金プレートと、親指大のニトロケース。そして、総務省の刻印が入ったＩＣタグ。

もうひとつなにか繋《つな》いであったような形跡もあるが、波に流されたのか実体はない。

「これ、ＭｙＩＤ《マイ・アイディー》タグじゃない？　随分小さいけど――ほら、総務省の刻印も入ってるし」

「おお、じゃあ読み取ればどこの誰かわかるな」

鉄矢《てつや》が急いで手首の端末をかざす。すると、ピロリンと明るい音がして、文字が浮かんだ。

〈この身分情報は無効です。-This identity information is invalid.-〉

「故障？　外国の人なら、査証《ビザ》とか出るもんね」

「いや、それこそ故障なら故障って出るはずだ。これは……」

鉄矢は手首の端末で〝無効な身分情報〟とはなにかを調べてみる。が、残念ながら手に入ったのは、いくつかの不穏な手掛かりのみ。日本国の戸籍がない人物。または不法入国者。それはどれもこれも、この少女が危うい環境で生きてきたことを示唆《しさ》していた。

「他のも見てみよう」

鉄矢が促す。優月は頷《うなず》き、次にニトロケースを手に取った。

ドッグタグはともかくとして、ニトロケースは通常、心臓病用の硝酸剤を入れておくものだ。だとすれば、この子はなにか持病があるのだろうか、と優月は推し量る。

「これ、開けてもいい？」

「うん。いいよ」

きゅるっと音を立て、蓋《ふた》が開かれる。ニトロケースの中には乳白色の粉末が入っていた。粒度は細かく、特徴的なにおいもないが、やはりなにかの薬剤らしい。

「お胸が苦しくなったり、痛くなったことはある？」

「覚えてないけど、たぶんないよ」

「じゃあ、咳《せき》がたくさん出たり、熱が出たりすることは？」

「ううん。ない」

少女は首を横に振った。あわせて、欠伸がまろび出る。優月はニトロケースの蓋を締め直し、

「そっか。ありがとうね」と彼女の頭を優しく撫《な》でた。

「とりあえず明日、警察行くか?」

鉄矢《てつや》が落ち着かない様子で言う。「捜索願とかそういうの出しておいた方がいいだろ」

「そうね……でも、身分情報がない子って、どうなるのかしら」

「さあな。まあ、法務省の施設かなんかで保護されるんだろ、たぶん。不法入国だったら強制送還の手続きとかもあるし、自由はないと思うが、夏が終わるまでにはどうにか——」

「あたし、おうちに帰れないの……?」

大人ふたりが滲《にじ》ませた焦燥《しょうそう》に、少女の喉《のど》が微《かす》かに震えた。

ぽつりと響いたその声には、不自然なほどに抑揚がなかった。揺れる感情を無理矢理抑え込んだような、か細い発声。不安な気持ちを一音でも乗せてしまえば、今の境遇を自覚してしまえば、泣き出してしまうことにこの少女は気付いていた。

「あたし、帰りたい……」

放たれた言葉の余韻《よいん》は湿っていて、鉄矢と優月《ゆづき》は、思わず顔を見合わせる。

「帰れないかどうかは、まだわかんねえよ——な、優月」

「うん。そうそう。今、お姉ちゃんたち考えてるから」

少女はチュニックの裾を両手で握り締め、口を引き結んでいた。小さな瞳に大粒の涙が浮かんでいる。ガラス玉のような一滴は、零《こぼ》れてしまえば容易《たやす》く割れてしまいそうで——膨《ふく》らんだ不安を破裂させてしまいそうで、優月はそっと、彼女の目元に指をあてた。

「大丈夫。大丈夫だから」

優月の慰撫《いぶ》に少女は頷《うなず》くことすらできない。

「どうするよ、優月」

「そうねえ……」

そもそも、彼女が浜辺で倒れていた理由はなにか。その実、不法入国者なのか。はたまた経済的理由による育児放棄など、他の理由なのか。そしてなにより気に掛かるのは――。

「にしても似てるよなぁ。富士《ふじ》さんとこの、一人娘によ」

「そうね。ほんと……天音《あまね》ちゃんの小さい頃にそっくり」

富士天音に似ている。その印象は、彼女を知っている者ならば誰でも抱くものらしい。

――やっぱり、ふたりもそう思うんだ。

黙していた進《すすむ》は、ゆえに、その胸中に望みすら抱いていた。長い眠りについてしまった幼《おさな》馴染《なじみ》。彼女によく似た少女の登場。これはあるいは、人智を超えた奇跡なのではないか。そんな、馬鹿げた希望。

進が「あのさ」と言いかけた時、鉄矢の手が少女の首元に伸びた。

「んで、このアルミのプレートはなんだ？」

「さあ……なにかしら、この文字」

優月《ゆづき》はアルミのプレートを覗《のぞ》き込む。

「ジャパック、シーティーエス……?」

たどたどしく唱え、眉根を寄せた。

プレートの表面には、〈JAPAC.CTS.〉という英字の刻印があり、その反対、裏面には黒いインクで〈Never comes the same summer again.〉と走り書きされていた。

「鉄《てつ》っちゃん、これ知ってる?」

怪訝《けげん》な声色で訊《たず》ねる。鉄矢《てつや》ものそりと身を揺らし、プレートを覗き込んだ。

「いや、ジャパックなんて聞いたこともねえし、その裏の英文も……」

言いかけ、言葉を切った。「どうしたの?」優月が聞いても、鉄矢は答えない。

「おい、小娘。おまえ、この首飾り誰からもらった」

低い声に、少女は寝ぼけた身体《からだ》をびくりと強張《こわば》らせた。

「この英文について、なんか知ってることねえか。いや、あるだろ」

「えっと……」

「言えよ。怒りはしねえ、ただ知りたいだけだ」

「ちょっと鉄ちゃん、どうしたの、急に」

優月は咄嗟《とっさ》に、ふたりの間に身体を差し入れる。「怖がってるでしょっ」

妻の鋭い眼差《まなざ》しに、鉄矢は後頭部を乱雑に掻《か》き上げた。そのまま、ソファにどかりと腰をおろす。「わるい」短く言って、両手で顔を拭《ぬぐ》った。

――なんだってんだよ、一体……。

鉄矢が引っかかっているのは――渋い顔をしたままなのは、なにもひとつの理由だけではない。故郷の海に現れた奇々怪々な氷山。突如《とつじょ》来訪した甥《おい》の幼馴染《おさななじみ》に酷似した少女。極めつけに、その少女の首元で揺れていたのは見知った英文。それらすべてが鉄矢の心を騒がせた。

――これは、俺たちに託された〝なにか〟なのか？

直感がそう告げた。〝なにか〟がなにを指すのかは、わからない。けれど、欠片《ピース》が揃《そろ》いすぎている。この小さな来訪者は鉄矢の、いや、この家の今後を左右するなにか……。

「この子、やっぱり警察に――……」

「いや、ちょっと待ってくれ」

優月の言葉の先を、鉄矢が制する。「こいつ、うちで預かれねえかな？」

「……ちょっと、どうしたの、急に？」

「いや、信用に足る理由じゃねえ。言っちまえば勘みたいなもんなんだけど……でもなんかよ、わかるんだ。こいつは俺たちの手から離しちゃダメだって」

「そ、そうだよっ」

傍から見ていた進《すすむ》も言葉を添えた。「ここで預かろうよ。短い間でいいからさ」

進と鉄矢の威勢に、優月は止むを得ず頷《うなず》く。

「……ふたりが、そこまで言うなら」

「よしっ、決まりだ」

鉄矢《てつや》は強引に話を終わらせ、すっと、少女に身を寄せた。

「なあ、俺たちが帰る方法探してみるからよ、おまえ、しばらくうちに居ろよ。な?」

「んー……うん」

少女は頷《うなず》くと、静かに眠りについた。すぅ、と穏《おだ》やかな寝息が零《こぼ》れる。

「ったく、こんな時に良い寝顔しやがって」

毒づいてはみたものの、鉄矢はすぐに自省した。気疲れの果てに眠りに落ちた少女、その頬には涙の跡がある。戸惑っているのは、なにも自分たちだけではないのだ。

「……まあ、なんだ、その……目ぇ醒《さ》めちまったし、もうちょいなんか調べてみるわ」

言い残し、二階の仕事部屋へ逃げる。「うん。お願い」掛かる声には、背中で応えた。

部屋に着くとすぐ、鉄矢はノートパソコンを立ち上げた。画面が点灯する時間が焦《じ》れったい。デスクトップに置かれた『執筆中』のフォルダを急いで開く。

視界の真ん中に、気取った英題を冠したテキストデータが映る。〈Never comes the same summer again.〉数分前に見た文字列に、改めて肺から息が零れた。

「やっぱりなぁ……」

先ほど鉄矢が詰問《きつもん》したのには相応の理由――このテキストデータの存在があった。つまりは少女の首元で揺れる英文が鉄矢の未発表小説の題と同じだったからだ。

但し、正確にはこれは仮題だ。海外のＳＦ作品を好む鉄矢は小説を書く時、仮の英題をつける。その方が書く時にイメージしやすいからだ。そして、仮題ゆえに知る者も少ない。

たしかに、この題被《かぶ》りが偶然という可能性はある。しかし、有名な言葉とか、なにか既存のタイトルということもない。題を付ける前に内容含め、当時の担当編集と調べた事実がある。

それに、鉄矢がこの小説を書きはじめたのは、もう十年以上も前のことだ。出版社から依頼を受けたが途中で書けなくなってしまい、結局、お蔵入りさせた物語。〝同じ夏は二度と来ない〟をテーマにした群像劇は、十年もの間、このパソコンの中で眠ったままだったのだ。

また書き始めたのは、進《すすむ》が十八歳の成人を迎える前にもう一作という焦燥《しょうそう》があったから。あの小説を完成させれば、出来の悪い叔父《おじ》としてではなく、ひとりの大人として進になにかを伝えることができるのではないかと、止まった時間が動くんじゃないかと期待したからだ。

そうして秘密裏に執筆を再開した小説。このことを知っているのは自分だけ。

そのはずだった。

――やっぱり、偶然にしちゃできすぎだ。

鉄矢はノートパソコンを閉じ、暗い部屋に四肢を投げ出した。

というのが昨晩のこと。その後、買い出し等で忙しく、補習に行く余裕なんてなかったのだと、進《すすむ》は説明した。

事の経緯を聞いた一輝《かずき》と羽《はね》は、静かに顔を見合わせた。「おまえらもなにか知らないか？」

と、進がネックレスを見せてくれはしたけれど、ふたりは首を横に振るだけだった。

「なんとなく、状況はわかったんですけど……ニトロケースの中身はどうしたんですか？」

一輝は自分の頭を整理するように口を動かす。「なにかの粉が入ってたんですよね？」

「うん。あれはあとで実家の方で調べてもらうつもりなの」

優月《ゆづき》の言葉を受けて、羽は視線で進に問うた。実家？　どういう意味？

「――ああ。優月さんの家、製薬会社でさ、お兄さんが薬学研究者なんだよ」

気付いた進が説明すると、羽は「ふぅん、そうなんだ」と澄まし顔で相槌《あいづち》を打った。

「というかその前にさ、この子のこと、警察とかには言わないの？」

相槌の勢いのまま、羽は続けて訴える。「行方不明とかじゃないの？」

その問い掛けに進はもごもごと口ごもる。瞬間、背後から鉄矢《てつや》の声が飛んだ。

「いいじゃねえか、夏休みだぜ？　一年に一回こっきりの夏休みをよぉ、警察任せにするのは
あんまりじゃねえか？　こいつ、悪いことなんてなんもしてねえのに」

なあ？　と同意を求められ、進は「そうだよ」とたしかめるように呟《つぶや》く。

「どういう事情にしたってさ、ここで放り出すのはちょっと薄情すぎるだろ」

「おっ、進もようやくわかるようになったか。人間結局のところ、人情が大事なんだ。みんな

古臭《ふるくせ》えって言うけどよぉ、今もそういうのがあっていいだろ」

鉄矢は腕を組み、うんうんと満足げに頷《うなず》く。

男たちの呆《あき》れた連帯に、羽はふいっとそっぽを向いた。「うちで預かるんじゃないんで別にいいですけど」なんて素っ気ない言葉を残すことは忘れない。

周囲の心配を余所《よそ》に、渦中の少女はもそもそとトーストを食《は》んでいた。「おいしい？」優月が微笑《ほほえ》みかけると、少女は「うんっ」と口の端に付いた苺《いちご》ジャムを舌先で舐《な》めとった。

「あたし、これ好き。家にいつもある」

「へえ、そうなんだ」

「うん。お父さんお母さんも、あたしがこれ好きって言ってから、こればっかり食べてるよ」

一夜明け、優月にはだいぶ慣れた様子の少女。彼女が浮かべた得意気な笑みに、進の喉《のど》がこくりと動く。薄紅の唇、洋猫のように丸い瞳、眉間に寄る笑い皺《しわ》。似ている。記憶の中の少女にも、寝たきりの幼馴染《おさななじみ》にも、酷似している。

——やっぱり天音《あまね》となにか……。

進の唇から言葉が落ちかける。トーストに追加のジャムを塗ろうと、少女の手がジャムナイフに伸びる。その時、ジャムナイフが皿の上に落ち、ちりんっと音を立てた。

「あっ！」

少女が突然張りのある声を上げる。牛乳を注いでいた優月の手がびくりと強張《こわば》った。

「ど、どうしたの？」

「思い出した」

少女は口をぽかんと卵形に開き、勢いのまま鉄矢《てつや》を指さした。「小説家の、鉄《てつ》ちゃん」

「ねえ、おじさん、鉄ちゃんでしょ？」

不意に呼ばれた鉄矢は、瞳を揺らしながら声を漏《も》らした。

「おまえ、なんだ、やっぱり俺のこと知ってるのか？　どこで……どこで知った？」

「どこって……あれ、どこだろう」

「おいおい、なんでそれがわからないんだよ。やっぱりおまえ、なんか知ってるんじゃないのか？　おまえの父ちゃん、出版社に勤めてたりしないか？」

首を傾《かし》げた少女に鉄矢が言い寄る。「なあ？　どうなんだ？」

その様子を見た一輝《かずき》が進《すすむ》にこっそり訊《たず》ねた。

「鉄矢さんが小説家って知ってるのって……」

「そんなにいない。鉄ちゃんが小説家を名乗れるほど書いてたのは、俺が小さい時だけだし。

一輝以外だと、周りの奴らはほとんど誰も知らないはず」

――だから、知っているのは家族以外に、天音《あまね》くらいだ。

進は全部を言葉にはせず、鉄矢に問い詰められる少女の顔を、じっと見つめた。

「……わかんない。でも、鉄ちゃんは小説家で。おじさんは鉄ちゃんで……」

「なあ、おまえ、俺の他の小説読んだことあるのか？　俺名義の小説なんて、もう町の古本屋にも、電子書店にも置いてないっていうのに……おい、おまえ一体どこで——」

「鉄ちゃん。おまえおまえって、そんなに責め立てないの」

さっと身体《からだ》を差し込み、優月《ゆづき》が少女の前に壁を作る。バツが悪くなった鉄矢は「やっぱ、名前ねえと不便だな」と見当はずれの言い訳をひとつ零《こぼ》して、再びソファにもたれかかった。

「それで、人魚姫さんは結局、どうしたい？」

このおうちにいたい？　昨夜の提案を、優月はやり直す。

「あたしは——」

眠気を感じさせない顔で、少女は答えた。


庭先は夏の空気に支配されていて、それは鼻から喉《のど》へと抜けるたび、なにか大切なことを忘れてしまったような錯覚を催《もよお》した。高い位置で照る太陽すらも、薄雲のベールに霞《かす》んでいる。

「ねえ、鉄ちゃん」

足をぶらぶら弄《もてあそ》びながら、少女は言った。「なんかここ、懐かしい感じする」

「あ？　縁側がか？」

「うん。なんか、ここに座ってたことある気がするの」

「へえ、そうかい。ま、これから好きなだけ座れや。うちにいる間は無料《ただ》だからよ」

「うん。ありがと」

少女が腰を下ろす縁側からは、海が見えた。庭の土色、低い林の緑、県道の黒、その先に青く広がっている。白い氷山は視界の左端に漂っていて、出現から二日経《た》った今も、大きさや形、荘厳《そうごん》な印象はさして変わらない。

「ねえ、あれ。あの環《わ》っか、なに？」

少女は空を指さしながら、もう一方の手で鉄矢《てつや》のズボンの裾を引っ張った。「はあ？　環っかぁ？」鉄矢が大儀そうに顎《あご》を持ち上げる。

「ああ、ありゃ、日暈《ひかさ》だ」

「ひかさ？」

「ハロとも言うんだが、なんだ、薄い雲に陽の光が反射してるんだよ。難しいことは知らん」

へえ、と手庇《てびさし》で影を作る少女。その背後からお盆を運んで来た進《すすむ》が「さすが小説家」と茶化すと、鉄矢は「今は名乗れるほど書いてねえけどな」と皮肉まじりに鼻を鳴らした。

「おい、ガキ。あんま陽ぃ見すぎるなよ、目が焼かれるぞ」

「でも、綺麗だから」

「そんなに気に入ったのか、あれ」

「うん——ねえ、あたし、あれがいい」

「ん？　なにが？」

「名前。あたしの名前、ひかさがいい」

少女は言って、鉄矢の双眸《そうぼう》をじっと見つめた。その眼差《まなざ》しはひどく純粋で、健気《けなげ》で、鉄矢もなかなか振り払えない。三秒ほど黙した後、鉄矢は観念したように両手を打ち鳴らした。

「よしっ、わーった！　それじゃあ、今日からおまえは日暈だ」

「ほんとにっ？」

「ああ、本当だ。嘘吐《つ》く理由も道理もねえ。この家にいる間、おまえは日暈だ」

「あら、素敵じゃない」

台所から戻ってきた優月《ゆづき》が、少女の肩に飛びつく。「日暈。可愛《かわい》い名前！」

「えへへ、いいでしょっ」

黒い髪の少女はにっと笑い、弾《はじ》けるように縁側から飛び降りた。

「あたし、日暈！」

青空の下、大の字で立つ日暈。白いチュニックは陽光を反射し、ガラス玉のようにきらきらと輝いた。その無邪気な振る舞いに、優月と鉄矢の顔が、やにわにほころぶ。

「日暈ちゃんは、なにかしたいことないの？　ほら、夏休みなんだし」

と、訊《たず》ねる優月に、少女は「うん、あるよ」と大きく首を縦に振る。

夏空のように澄んだ瞳が、深い海色の髪が、きらりと輝きを放つ。進は無自覚に、その笑顔を直視してしまう。――ああ、おまえは。言いかけて、縁側から立ち上がる。

「日暈《ひかさ》ね、夏の間、友達とたくさん遊びたい！　プールに行って、お出かけして、流しそうめんして、最後はみんなでどーんって花火するの！」

そういうことしたいの！　日暈は言って、両手を広げた。

蝉《せみ》の音が、陽射《ひざ》しが、空気が、汗が、白雲が、陽炎《かげろう》が、たしかな質感をもって日暈の輪郭を描き出していた。庭先に立つ進《すすむ》も、縁側に座る羽《はね》も、横に腰掛ける一輝《かずき》も、その眩《まぶ》しさに思い出さずにはいられない。

胸の中で凍り付いていたものが、じわり、解けていく。

──私ね、今年の夏、みんなとやりたいことたくさんあるんだ。プールに行って、カフェでお洒落《しやれ》な写真撮って、流しそうめんして、最後はみんなで花火して。

天音《あまね》が夏空に浮かべた言葉が、今頃になって、庭先にぽろぽろと落ちてくる。去年、どれだけ願っても叶《かな》えられなかった些細《ささい》な出来事が、今年はできる。できてしまう。

「そうだな。やりたいこと全部しよう。夏休み、俺も暇だからさ」

進は頷《うなず》き、その輝きに触れようと、歩み寄る。しかし、指先が触れかけた瞬間、後ろから弱い力で引き剝《は》がされた。「──進、ちょっと」

「……なんだよ、安庭《あにわ》」

軒下の影に連れ込まれた進は、不機嫌を隠さない声音で言った。

「ねえ、進。ほんとはわかってるんだよね？」

あなたが頷いたのは夏休みが暇だからって理由じゃない。この子を天音に重ねているだけ。

羽の目がそう言っている気がして、進はさっと視線を逸《そ》らした。

「……何を聞きたいか知らねえけど、困ってるから助ける。それの何がいけないんだよ」

「それは……」

言い淀《よど》む。ここで正論なんて、ずるい。本音を隠した正しさで逃げるなんて、あんまりだ。

羽だってこの子を――日暈を助けることに異論なんてない。けれど、似てるとはいっても、この子は天音じゃない。だって、天音は今も病院にいて、生きている。起きないだけで、死んだわけじゃない。日暈を天音に見立てたところで、なにも前進しない。救いにならない。

――それを一番わかってるのは、進、あなたのはずでしょう？

「なんだよ。なんかあるなら言えよ」

「……ううん。やっぱ、いい」

羽はそのまま進に背を向けた。縁側に戻ると、一輝が複雑な面持ちでこちらを見ていた。

天音の面影を色濃く滲《にじ》ませる少女がどうして現れたのか、わからない。それも、なぜ今なのか。再出発を誓った今日という日に、なぜ……。

――せっかく、三人でやり直すって決めたのに。

天音がいない隙《すき》に進に近付こうとしたから罰が当たったのか。そんなことを考えてしまうくらいに、気持ちは沈み込んでいる。頭から落ちた感情のせいで、肋骨《ろっこつ》の内側が苦くて、熱い。

けれど、羽《はね》の気持ちなんて露《つゆ》も知らず、進《すすむ》は黒い髪の少女と庭先で笑い合う。

「ねえ見て、あそこの雲」

彼女は進と向き合ったまま、無邪気に笑んだ。

「かき氷、みたいだね」

その顔を、声を、進はやはり、知っている。

——ようやく、ようやくはじまったんだ。

一年前の夏空が、進の胸を青く染めた。

○

午後九時すぎ。進の家を出た後、バイトを終えて羽は帰宅の途についた。

久里浜《くりはま》霊園の近くに立つ茶色いマンションが羽の家だ。高校までは歩いても三十分はかからないし、電車に乗ればもっと早い。バイト先——海岸通りに面した瀟洒《しょうしゃ》なカフェ——からも徒歩十分程度と、生活するには悪くない立地だ。

それでも羽は、ここが好きではない。夕方から降り出した雨に容易《たやす》く濡《ぬ》れる外廊下。排水溝に溜《た》まった腐りかけの枯葉。照明はくすんだ光を垂らすばかりで、住人の帰宅を迎え入れる気はまるで感じられない。

「ただいま」

羽が声をかけても、明かりのついた居間から返事はなかった。短い廊下を歩き、扉を開ける。もう一度だけ「ただいま」と、今度はさっきよりも大きく発した。

「あらおかえり、羽ちゃん。遅かったねぇ」

しわがれた声がソファから返ってくる。

一回で返事してよ。行き場所のない憤懣《ふんまん》に胸が詰まった。

「今日バイト。朝、言ったでしょ」

「そうだったかしら。だめね、最近物忘れが激しくて」

祖母は弧を描く背を左右に揺らしながら、テーブルを支えにゆっくりと立ち上がる。

立たなくていいから、黙って座っててよ。無遠慮に向けられる優しさに、心が毛羽立つ。

「羽ちゃん、お腹減ったでしょう。ごはん、作ろうね」

「いい。先にシャワー浴びる」

「あら、そう」

祖母は続けて「ごはん、食べたくなったら言ってね」と紡いで、テレビ前のソファからダイニングテーブルに腰を移した。その手に握られているのは、不格好な湯呑《ゆの》み。小学生だった羽が体験教室で作ったもので、羽がもう使うのやめてよ、と何度も言っているものだ。

羽は「ん」と返事にもならぬ声を落として、居間を出る。祖母に顔を見せたくなかった。

安庭《あにわ》家は三人家族だ。母の和美《かずみ》は多忙で、朝は早く、夜は遅い。ゆえに祖母が母親代わりとなって羽《はね》を育てた。授業参観に来るのも、お弁当を作るのも、国語の宿題の音読を聞くのも、全部全部祖母の役目だった。

授業参観に来る、誰よりも年老いた祖母。蓋《ふた》を開けるたび気持ちが滅入《めい》る、地味なおかず。優しいくせに、宿題だけは絶対に見逃してくれない融通の利《き》かなさ。

羽は、いつだって苛立《いらだ》ちを祖母に向けていた。

——普通の家なら、こんなにイラつくこともないんだろうな。

自分の人生がうまくいかないのは、きっとこの家のせいだ。友達も呼べないダサい空間。裕福とは決して言えない、冴《さ》えない生活。その中で暮らしていると、自分も母のように不幸な女になるんじゃないか、気が付けば祖母のように老いるのではないかという不安が、いつだって羽の首を掴《つか》んで止まない。だから、羽はこの家が嫌いで。

そして、そんなことを考えてしまう恩知らずな自分が、本当に大嫌いなのだ。

苦し紛れに開く口から漏《も》れてしまうのは、ちっ、と舌を打つ音。母に何度も「また舌打ちしたでしょ」と、注意されたかわからない無自覚の意思表示。でも羽だって、好きでやっているのではない、苦しいから、息苦しいから、鳴ってしまう。

「……湿気、やば」

脱衣所に着くとすぐ、羽は結わいていた髪を解いた。ばさり、重量のある毛束が肩を叩《たた》く。

口うるさい母にもう何度も「切ったら？」と言われた髪は、今ではおろすと肩甲骨を覆うほどに長い。正直、母の言うとおりに切った方が夏場は楽なのだが、羽はなによりこの長い髪を気に入っていた。中学生までは親のいいつけで短くばかりしていたから、水をたくさん含み、風を感じられる今の髪が好きだった。

「いたっ」

シャワーから出るお湯に肌が泣く。視線を落とせば前腕は日に焼け、赤く腫《は》れていた。海岸通りをあんなに長く歩いたからだと気が付いて、息を吐く。視界の端のシャンプーボトルに白い髪が一本、巻き付いているのがわかって、唇を噛《か》む。

――うまく生きられないのは、全部全部、私のせいじゃない。

周りが私をわかってくれないから、うまくいかないだけ。そう思い込むと少し楽で、あとからもっとつらくなる。頭の中で他者を貶《おとし》めるのは、自傷行為と大差ない。

それでも、やめられないのだ。やめてしまえば、みじめな自分が残るだけだから。

苛立ちを指にのせ、羽はシャワーハンドルを左に回した。水圧を少し弱めて、先に髪を湿らす。自慢の髪は水を含むと、ずしりと重くなった。

その重みに羽の記憶はずるずると引きずり出されていく。進《すすむ》と、一輝《かずき》と、あの子と過ごした短い日々。棘《とげ》だらけの飴玉《あめだま》みたいだった、高校一年生の一学期。

入学式を終え、数日経《た》ったホームルーム。羽《はね》と進《すすむ》は初めて互いの存在を知った。

「じゃんけんの結果、図書委員は安庭《あにわ》さんと進に決定！」

十分前に学級委員になったばかりの天音《あまね》が、「進は適任だね！」と教壇の上で拍手を送る。

その隣では、同じく学級委員を拝命した一輝《かずき》が、使い古された黒板に名前を記していた。

図書委員—安庭羽、宗谷《そうや》進。

「安庭さんと一緒かぁ」「あいつ、羨《うらや》ましいな」「いや、安庭さんと二人とか緊張するだろ」

すでにグループを形成した男子生徒たちが密《ひそ》やかにはしゃぐ声は、もちろんふたりにも届いている。羽も進も、それに別段反応を示さなかった。こんなことで騒ぐのは馬鹿のやることだ。

「よろしく」

「おう、よろしく」

ふたりはその言葉だけ投げ合って、席に着いた。それ以上のやりとりは必要なかった。

週に二度ある委員活動は、その後、つつがなく進行した。事務的な会話だけして、深入りはせず、黙々と図書委員の活動をやり遂げた。この時点で羽は既に、進に対して悪くはない印象を抱いていた。今まで纏《まと》わりついて来た男たちとは少し違うかも。その程度の薄ぼけた好印象。

それからその印象は——進の与《あずか》り知らぬところで——徐々に浮き彫りになっていく。

「ねえねえ、安庭さんってどんな本読むの？」

進の印象を際立たせたのは、とある男子生徒の存在だった。

「別にないです。じゃんけんで負けて、図書委員にされただけなので」

「えー、そうなの？　じゃあ、俺のオススメ教えるからさ、良かったら読んでみてよ」

ひとつ上の学年の彼は、羽に興味があるようで、彼女がカウンターに立つ日は決まって図書室を訪れた。それはもう、狙いすましたかのように。

「結構です。私、バイトもあって忙しいので」

「そう言わないでよ。めちゃおもしろい本だからさ、ね？」

彼は自身の手首に指を這《は》わせた。「プレゼントするし」

その言葉の後に、羽の手首に通知が映る。〈shoheiからギフトが届きました〉

「じゃ、俺行くから。もし読んだら、感想聞かせてよ」

彼はそう言い残し、去っていった。端末のギフト設定を知人までに設定しておかなかったことを、この時ほど悔やんだことはない。羽は早速スワイプして通知を消そうとした。

しかし、指先がぶれた。「あっ」という間に羽の手首に投影されるたのは、ブルーとピンクを基調とした装丁。本を読まない羽ですら聞いたことがある、流行中の恋愛小説。

——これを、私が気に入ると思ったってこと？

途端に、眉間に醜悪《しゅうあく》な皺《しわ》が作られた。ふざけないでよ。ほんと。既読をつけてしまった自分の迂闊《うかつ》さにも腹が立った。

「なあ、安庭。このでかい本ってどこに戻せばいいかわかる？」

「え？　ああ、それは」

不意にかかった声に、羽《はね》は気を取り直す。「人文系の大判本はあっち。下の段」

「助かる。サンキュ」

進《すすむ》は感謝もそこそこに、「図鑑とか、今どき電書でいいのにな」と愚痴《ぐち》をこぼしながらカウンターを出た。その背は不格好に歪《ゆが》んでいて、見るからに性根が悪そうに見えた。

羽は、そんな進を——他の男子とはちょっと違う男の子を——試してみたくなった。

「ねえ、宗谷《そうや》」

「ん？　なに？」

「この本、知ってる？」

羽は手首に映ったブルーとピンクの表紙を見せた。告白シーンが素敵だとＳＮＳで話題の恋愛小説。羽からすればお寒いこのラブロマンスに、進がどういう反応をするのか興味があった。

素直に苦手と言うだろうか？　それともわざわざ見せられたからって話を合わせる？　まさかまさか、好きとは言わないよね？　羽は好奇心が顔に出ないように、唇を引き結ぶ。

進は大判本を担《かつ》ぎ直すと、表情一つ変えず、

「ああ、あのくだらなそうなやつか」

あっさり言ってのけた。それは羽が呆気《あっけ》にとられるほど、取り繕《つくろ》いのない回答だった。

「あ、悪い。そういうの好きな人？」

無言の羽に、進は悪びれもせずに言う。羽も呆然《ぼうぜん》としたまま、「ううん、全然」と答えていた。

「宗谷も、こういうの嫌いなんだ」

なんとか続けて、ようやく羽は、自分の顔が緩んでいることに気が付いた。ああ、宗谷もやっぱりこれ嫌いだよね。予想を裏切られなかった満足感が、べったりと頬に這《は》う。

「嫌いっつーか……まあ苦手寄り、みたいな。いや、ちゃんとは読んでないんだけど……でも、色恋云々《うんぬん》ですべてが救われるっていうのは、ちょっと傲慢《ごうまん》だろ？　好きって感情って、そこまで万能なのかなって思うし。いや、生きる助けとか、気休めにはなるだろうけど」

彼の声には重たい感触が伴っていた。自分の置かれた世界に滲《にじ》む黒い染みは、色恋なんかですべてを塗り潰《つぶ》せるわけじゃない。好きという感情をどれだけ盲信しても、結局気休めに過ぎない。だって、俺はこんなに生きづらいんだ。そんな叫びが聞こえた気がした。

羽はその叫びの手触りをたしかめるように、ただ「うん」と相槌《あいづち》をひとつ打つ。

「俺、思うんだけどさ。辛《つら》い時に必要なのは恋みたいな刺激物じゃなくて、家族みたいな安心感で。そういう面では恋愛みたいな感情って、贅沢品《ぜいたくひん》なんだと思う。だからかな、登場人物の悩みがそこまで深刻に見えなくてさ。なんか、そういうの醒《さ》めるっつーか……」

そこまで言って、進は自分が捲《まく》し立てるように喋《しゃべ》っていたことに気が付いたらしい。前髪を摘《つ》まみ、バツが悪そうに視線を隠した。その姿がなんだか可愛《かわい》くて、羽は口を結び直す。

「で、安庭《あにわ》は？」

摘《つ》まんで伸ばした前髪の隙間から、進《すすむ》が漏《も》らした。「おまえは、どう思うんだよ」

「え？　私？」

「いや、宗谷《そうや》もって言ったじゃん。安庭《あにわ》も言えよ。これだと、俺だけ口悪いみたいだし」

進は大判本を抱えたまま、気恥ずかしそうに身じろぎした。羽《はね》はそんな彼の様子を見て、まるで撫《な》でられるのを待っている子犬のようだと、口の端を上げた。

もう、この同級生の前で繕《つくろ》う必要はない。確信が電気みたいに、足の裏からつむじへ走る。

「私は……うん。私も宗谷と似た感じ。幸せの模造品を読まされてる気がして、なんか醒《さ》める」

「ふぅん……そっか」

「うん。そう」

その日から、羽は進と積極的に言葉を交わすようになった。ほとんどが親の愚痴《ぐち》とか、なにかへの悪口とか、自分の外側、世界がどれだけくだらないもので溢《あふ》れているかについての話。

傍《はた》から見れば、到底褒《ほ》められた会話ではなかっただろうけど、羽はそのやりとりをとても気に入っていた。暗い世界を淡く彩る最高に贅沢《ぜいたく》な気休めは、舌触りが快い。

「宗谷、見た？　今日、三組のやつがフォロワー千人超えたって廊下ではしゃいでたの」

「ああ、見てた。あいつ、自分が有名になれるとか思ってんのかな」

進と話す度、羽はいつも思う。ああ、私は今、この人とつまらない世界の外側にいる。

「宗谷、あの映画見た？　なんか人気俳優が出てるってやつ」

「見てない。でも、めっちゃつまんないんでしょ、あれ」

溺《おぼ》れている蟻《あり》をふたりで観察しているような、ありのままの汚い自分でいる感覚。互いに辛《つら》い世界から裸のままで抜け出して、傷を舐《な》め合うみっともない関係。

「進、今日さ──」

何度話しても、何日経《た》っても、この快さは摩耗《まもう》しなかった。

「ふたりで帰らない？」

進も、そんな羽を「冷めてる」だとか、「他人を見下している」なんて言わなかった。

だからこそ、進がその本性を隠してまで隣に居ようと努める富士天音《ふじあまね》のことが、ただうらやましくて、たまらなかったのだ。

結局、二人ではなく進が天音と一輝《かずき》を誘い四人で帰ることになったその日の帰り道。

「進、聞いた？　三組の佐伯《さえき》くん、ついにフォロワー二千人超えたんだって！」

「……いや、興味ねえけど、すげえの？　それ」

「いや、すごいよ！　私もなんかはじめてみようかなぁ。ジュースの新商品を、こう、びしっとレビューしてく、みたいな！」

「天音、カルピスしか飲まねえじゃん」

なんで進がそこまで合わせるの。なんで私にはその顔を見せてくれないの。たかが気休めなら、私でいいじゃん。並んで歩くふたりの後ろで、羽は唇を噛《か》む。

――いや、当たり前か。

羽《はね》も気が付いていた。羽と進《すすむ》の矢印は、いつも他の誰かに向いている。誰が馬鹿で、誰が嫌いか。それだけ。世界の外側から攻撃的に伸びてばかりの矢印は、双方向には決してならない。

「進だってコーラしか飲まないくせに」

「わるいかよ」

「わるくないけど、ごはんの時に飲むのはどうかと思う」

「うるせえなあ、好きなんだからしょうがないだろ」

――ああ、進って、コーラ好きだったんだ。

ふたりはその日も、悪意を含まない会話をしている。自分の内側について、世界の中で好きなものについて、互いに矢印を向け合って、とりとめない会話をして笑っている。

彼の安心したような横顔を見ると、羽はようやく、自分が勘違いしていたことに気が付いた。進は家族みたいな安心感を欲していたのではない。その感覚を、すでに手にしていたのだ。

彼の叫びは「だって、俺はこんなに生きづらいんだ」なんて生々しい現在《いま》を含んではいなかった。「だって、俺は天音《あまね》がいなきゃ、きっと生きづらかったんだ」という空々しい仮定を語るものだったのだ。そんな致命的なことに、羽は気が付かなかったのだ。

――ばかみたいじゃん、私。

お気楽な自分を省みると、まるでくだらない恋愛小説の登場人物みたいで、眩暈《めまい》がした。それもきっと端役《はやく》で、主役の背中を眺めるだけのみっともない役。主役にはいつだって、それに見合う素敵な相手が用意されている。――そう、進にとっての天音みたいな。

それでも、手放したくないと願ってしまう自分が嫌いだ。たとえ気休めでも、暗い世界を彩ってくれるこの感情を捨てたくない。これを失ったら、私はこの先どうやって……。

「進はショート派？　ロング派？」「断然ロング派」「えー、長いとお手入れ大変だよ？」「いや別に、俺が伸ばすわけじゃねえし」「でもさぁ――」

耳に流れ込んできたその会話を聞いて、髪を伸ばす決心をした。ちょうど梅雨を控えた五月の終わりに、羽は決めた。短い髪とは、過去の自分とは、決別すると。

伸ばしてみると、これが存外心地良かった。自分の意志でどうとでも変えられ、覚悟も、憧れも、すべてを結い上げ、まとめることができる、髪の力強さが好きになった。

たしかに手入れは大変だったけど、もっと伸びろと日々願った。彼に早く、見せたくて。

けれど世の中はよくできていて、自分のどこかを好きになると、嫌いなものも生まれてくる。

口にすれば三音で、文字にすれば一語に過ぎないそれは、制御できない羽の本音だ。

友達だと言ってくれる天音と居ると、長い髪が好きだと言った進と話すと、並んで歩くふたりを見ると、それは途端に顔を出す。妬《ねた》み、疑い、傷付き、そして勝手に恋願う、そんな弱い心だ。

羽は自分の心が嫌いだ。天音が倒れてから、その嫌悪感は輪をかけて深まった。なにせ、天《てん》真爛漫《しんらんまん》な天音《あまね》はおらず、長い髪が好きだと言った進《すすむ》はそこにいる。

ほら、進の隣が空いている。囁《ささや》く心が、ひどく憎い。

空いている椅子を取るのは狡《ずる》い。椅子は自分で用意するべきだ。そもそもそこは天音の居場所で、私には合わない。居心地が悪いだけの場所だ。わかってる。全部わかってる。

私は天音じゃない。天音とは違う。でも、それでも、思ってしまう。

――なんで私は、あの子みたいになれなかったんだろう。

湯気に濁った鏡の向こう、見慣れた瞳が自分を見ていた。せっかく伸ばした髪の毛に、彼が一言でも触れたことはあっただろうか。鏡を見ると、したくもない自問がいつも噴き出す。

だから羽《はね》は、真っ赤な肌にわざとシャワーを浴びせかける。

鋭い刺激に思考が乱れ、目元が尖《とが》りを帯びていく。ひどく性格の悪そうな女が鏡に映った。

それでいい。その方が、都合がいい。罵《ののし》る相手の人相は、悪い方がいい。

○

羽が浴室から戻ると食事はすでに用意されていた。ほうれん草のおひたしに、いんげんのごまよごし、祖母自慢の里芋の煮っころがしはいつだって食卓の中心を占めていて、メインディッシュのコロッケを端に追いやる。

羽は一言も食べるなんて言っていなかったのだが、祖母は結局、その優しさを隠せない。

「羽ちゃん、ごはんできてるよ」

「ねえ、また私のシャンプー使ったでしょ」

「あら、そうだったかしら？　ごめんねぇ、おばあちゃん、忘れっぽくて……」

羽は冷蔵庫から炭酸水を取り出して席に着いた。「別にいいけど」それとなく呟《つぶや》くが、祖母の耳に届いているかはわからない。

「はい、ごはん。炊き立てだから美味しいよ。コロッケも、揚げたらまだあるからね」

「……こんな食べないし」

「残してもいいから。先、揚げようか」

「いいって、ほんと」

「でも羽ちゃん、コロッケ好きだったでしょう？」

「それ、昔の話」

羽は言って、顔を背ける。居間のテレビから垂れ流される民放のニュースが、次に心をざわつかせた。——今どき、テレビって。毒づくが、情報だけは嫌でも耳に流れ込んでくる。

『三浦《みうら》海岸で発見された謎のカプセルについて、新たな情報です。国土交通省の物流管理ＡＩ〈オグン〉が、カプセルを製造元不明、所有者不明の非管理産業物と診断したことが、国土交通大臣の発表によって明かされました』

ニュースキャスターの硬い声が無遠慮に鼓膜を叩《たた》く。

『先日、三浦《みうら》海岸で発見されたカプセルは長さ一・五メートル、直径八十センチ。子どもならすっぽりと入ってしまうこのカプセルを発見したのは地元の漁師の方で、発見当時の映像をSNSに投稿し、現在世界中で大きな注目を集めております』

視界の端でテレビの画面が切り替わる。魚群を探すための漁獲用無人航空機《フイッシャーマンズ・ドローン》。その下部に付けられた小型カメラが、海面に浮かぶ銀色のカプセルを映し出している。一昔前の酸素カプセルのような形状。出入口らしきところが開いており、中にはクッションが敷き詰められている様子が窺《うかが》える。しかし、肝心の中身は見当たらない。

『SNS上では、このカプセルはバイオテロの装置なのではないかと囁《ささや》かれておりますが、防衛省はその認識を明確に否定。カプセル表面に氷片が付着していることから、回収を行った海上自衛隊をはじめ、発生地域不明の巨大氷山――通称「三浦氷山」との関連性も視野に官民合同の調査を進めると発表しています』

世間ではあの氷の塊は危険なもので、「三浦氷山」なんて、つまらない名前で呼ばれているらしい。羽《はね》は口を拭《ぬぐ》いながら、振り回されている人々を内心せせら笑った。――ばかみたい。あんなのただの氷だよ、絶対。

『また、本日海上自衛隊により行われた有人調査には危険が伴うとして、今後は産業用ロボットを使用した無人調査のみに絞って行う旨も発表され、防衛省は――……』

テレビから意識を引き剥《は》がす。本当に、どうでもいいことばかりだ。夕方のニュースも、くすんだ色の食事も、この家の事情も、年金暮らしの祖母の余生も、心底自分には関係ないことで、SNSに流れる洒落《しゃれ》たパスタの写真の方が、よほど自分の関心を惹《ひ》く。

「ソース、ここに出しとくね」

「ん」

羽はなにもかけずにコロッケをひと齧《かじ》りし、ごはんを少しだけ口に含んだ。短く咀嚼《そしゃく》し、嚥下《えんか》を終える。「ごちそうさま」静かに告げて、すぐに居間のソファに腰を移した。

「羽ちゃん、もういいの？」

「うん。お腹減ってない」

「どこか体調悪い？」

「悪くないって。ダイエットだよ、ダイエット」

「ダイエットって、羽ちゃん充分細いじゃない」

「うるさいなぁ。気を抜くと太るの」

――そんくらいわかってよ。

鳴りそうになる舌先を押さえ込むように、ペットボトルの炭酸水をぐびりと呷《あお》った。舌がぱちぱちと痛み、顔に皺《しわ》が寄る。細くなった視界の中で、つまらないことが気になった。

使い古したソファの汚さ、型落ちのテレビのダサさ、色褪《いろあ》せた壁紙、祖母の手料理。生活感の溢《あふ》れる部屋に、今日ばかりはいつも以上に嫌気が差した。進《すすむ》が夏限定で住んでいるというあの家とは、雲泥の差。製薬会社の子女だという若草優月《わかくさゆづき》の顔が脳裏にちらつく。

——ほんと、なんでこんな家に生まれちゃったんだろ。私だって、他の家に生まれていれば。なんて、そんな憎まれ口を叩《たた》く自分がやっぱり醜《みにく》くて、鏡を覗《のぞ》き込んで罵《ののし》りたくなる。ひとりじゃ生きていけないくせに。この、恩知らず。

「それじゃあ、おばあちゃんはもう寝るからね」

「ん」

「羽《はね》ちゃん、明日も学校あるんでしょう？　夜更かし、しすぎないようにね」

「わかってるから」

「そう。それじゃあ、おやすみなさい」

羽は居間を出ていく祖母の背中を見もせず呟《つぶや》いた。「おやすみ」わざと、聞こえない声量で。

補習は八月三日の金曜日、つまり、明後日まで。そんなことは誰よりも自分が理解している。祖母も母も、言わなくてもいいことをいちいち言ってくる。羽にはそれがどうにも、癪《しゃく》だった。

嘆息まじりに窓の外を見る。夕方から降り出した雨はもう止んでいるようだ。

「……明日も、暑いのかな」

重くなった頭を支えきれず、羽はソファに寝転がる。ごろんと身を横たえると、頭の中に溜《た》まっているものが、ペットボトルの中の水みたいに、ちゃぽんと揺れた気がした。

――ねえ、進。本当はわかってるんでしょ。

天音《あまね》みたいな願いを語っているけど、その子は天音じゃないんだよ？　その子を――日暈《ひかさ》を助けても、贖罪《しょくざい》にはならない。天音のためにならないのに、どうしてそっちを向くの。私に背中を見せるの。そっちに、私たちのこの先なんてないのに――。思うけど、口にはできない。

「ばかみたい。ほんと」

こんな毎日、凍り付いてしまえばいいのに。羽は不意に、そんなことを考えた。

あの氷山みたいに冷たく、硬く、凍ってしまえば、誰にも触れられないところに浮かべてしまえば、そうすれば、散らばったこの感情たちも胸を騒がせなくて済むのだから。

○

八月二日。午前九時四十分。県立北下浦《きたしたうら》高校。

「うわっ、羽か。びっくりした」

扉が硬い音を立て、羽のシルエットが浮かぶ。教室でひとり、女性向けファッションサイトを見ていた一輝《かずき》は、広い肩に纏《まと》った緊張をゆるりと解く。「驚かさないでよ」苦笑いも忘れない。

「ごめん」羽は呟き、一輝の隣席に目を向けた。「……進は？」

「飲み物買いに行った。透弥《とうや》先生もまだ来てない」

あっそ。短く言って、羽《はね》は席につく。それから澄ました顔で窓の外を向き、ただじっと夏の空に視線を漂わせた。何事もなかったかのように、ただじっと。

やはりと言うべきか、一輝《かずき》にはわかっていた。羽とはもう一年半の付き合いになる。彼女が悩んでいる時にどんな声色になり、顔のどこに皺《しわ》が寄り、視線をどこに向けるかなんてことは、おおよそ理解しているつもりでいる。

きっと、昨日のことだ。天音《あまね》によく似た少女の登場に。進《すすむ》の情けない立ち振る舞いに。どうしていいかわからず、眠れなかった自分の弱さに思い悩んでいるのだ。

——僕が経験豊富なら、羽の相談にも乗ってあげられるのに。

一輝は自身の恋愛に対するハードルが高いことを知っている。それはなにも主観的な理由だけではない。彼を取り巻く環境のすべてが、その困難さを確固たるものにしていた。

色恋は、だってそれだけで難しい。行動を起こす人間は誰であれ尊敬してしまう。たとえば玉砕覚悟で羽に告白する男子なんかも一輝にしてみれば勇者に等しい。だから、いくら差し金と批難されたって、邪険に扱えないのだ。羽には、悪いけれど……。

「羽、ジュースでもおごろうか?」

「いい。変な気遣いやめて」

了解。一輝は言って、薄く笑う。

色恋の話ができないことに、一輝は度々負い目を感じていた。この胸のつかえを知ってくれている友達が近くにいなければ、必要以上に卑屈になっていたかもしれない。

一年前の梅雨の夜、ドラッグストアで出逢《であ》って以来、一輝を支えてくれる友人。本人は今、絶賛自分を卑《いや》しめている最中だけど。


「――同じクラスの天塩《てしお》、だよね？　宗谷《そうや》と仲良い。あんた、化粧品とか買うんだ」

暑い中、わざわざ帽子とマスクで身を隠して行ったドラッグストアで声を掛けられた。

「ああ、それ、やめた方がいいよ。下地なら、こっちの方が断然オススメ」

気持ち悪いとか、思わないの？　訊《たず》ねる一輝に、彼女は言った。

「別にいいんじゃない。他のくだらない男子たちより、ずっと芯があると思うし。それに、顔を隠してでも買いに来るのって、なんか臆病者《おくびょうもの》って感じでいいじゃん」

私は嫌いじゃないよ、あんたみたいな弱いやつ。


あの夜、羽が話しかけてくれたから、一輝は今も〝自分〟を続けられている。たとえ彼女が話しかけてくれた理由が一輝自身になかったとしても、一輝はあの時、たしかに救われたのだ。救われたなら、救いたい。その理由が、一輝に羽の隣を歩かせている。

――帰り道、もう少しだけ背中押してみようかな。

そんなことを考えていると、遅れていた進《すすむ》と大泊《おおはく》も、いつの間にか揃《そろ》っていた。

「それじゃ今日も補習をやっていこうか。相変わらず、気は進まないけど」

大泊が額の汗を拭《ぬぐ》い、補習がはじまる。羽《はね》が進の横顔を見ている間、一輝《かずき》はただ一心に、前を見つめていた。黒というよりも濃緑の壁。そこを走る炭酸カルシウムの白い糸。糸を紡ぐ大泊の手。彼の長い指がチョークを支え、細い手首が上下に弾む。

首筋にわずかに這《は》う汗は、夏の光を拒まず、受け止めていた。


同日。午前十一時十分。

駅まで向かう帰り道。炎天下に口数が少なくなる中、一輝が唐突に口を開いた。

「ねえ、頼まれてる学会の手伝い、どこで打ち合わせしようか。進の家かなって僕は勝手に思ってるんだけど」

「参加者に水と弁当配って、アンケートに答えろって頼むくらいだろ。打ち合わせすることなんてなくないか？　てか、なんで俺の家？　別に一輝の家でも、安庭《あにわ》の家でもいいだろ」

「えっ、むりむり。むりだって、うちは」

脳内に浮かんだ茶色い食卓を振り払うように、羽は手と首をぶんぶんと左右に振った。「てか、女子の家に来る気？」じとりと睨《にら》み、焦りを隠す。

「いや、そう言われると……まあ、そうか」

「僕が進の家を提案したのは、ほら、日暈《ひかさ》ちゃんもいるし、遊び相手になるかと思ってさ。それに、タイムテーブルの確認くらいはした方がいいでしょ？」

「……ならまあ、別に俺ん家でいいよ。俺ん家ってか、鉄《てつ》ちゃん家だけど」

「じゃあ、進の家でやろう。三人で。――羽もいいよね？」

差し向けられた視線に、羽は一瞬言い淀《よど》む。

「私も……うん。それでいい」

頭の中では理解しているつもりだった。きっとここで立ち止まっては、新しい関係は――天音《あまね》のいない三人は――成立しえない。たとえ日暈の存在に思い悩もうと、羽の答えは最初からひとつに絞られていたはずだった。本当なら、即答すべきことだった。

「じゃあ、今から行く？　どこかでご飯食べてからでもいいし」

一輝の提案に、進が間髪入れずに言葉を挟む。

「わるい。俺、今日は用事あるんだよ」

「そっか……あっ、というかごめんね、突然」

「いいよ、別に。つうか、明日やろうぜ。鉄ちゃんにも言っておくしさ」

「わかった。ちょうど明日は補習の最終日だし、打ち上げがてらいいかもね」

かもな。言い残し、進は駅舎に駆けていく。羽も彼の背に瞳を固定して、しばらく追いかける。改札の向こうに彼が消える。自転車じゃないってことは、天音のお見舞いに行くのかな。

そんなことが頭に浮かんで、嫌になる。嫌になって、潮の匂《にお》いのする方へ瞳を逃がして――、

「――ッ」

次の瞬間、鈍い頭痛に視界が揺らいだ。世界の輪郭がぶれる。すべての色が反転し、明滅する。病院が見える。進《すすむ》が立っている。看護師からの一言で彼の身体《からだ》が弛緩《しかん》して、膝が床に落ちる。そんな幻覚が、頭蓋《とうがい》の内側から溢《あふ》れ出る。

「羽《はね》っ！」

世界から振り落とされそうになる寸前、羽の身体を一輝《かずき》が支えた。羽は荒い呼吸の中、咄嗟《とっさ》に痛み止めを取り出して、炭酸水で嚥下《えんか》する。炭酸のガスが食道を圧迫し、胸が苦しい。ゴホッゴホッ。咳《せ》き込むうちに痛みは次第に、脳の奥へと収縮していった。

「羽、大丈夫？」

「大丈夫、ありがと。ちょっと、くらっときただけ」

なんとか歩き出す。少し離れてついてくる一輝を振り向く余裕もなく、海岸通りへ下る。

羽の視界の中心には、三日前よりも小さな氷山があった。塵《ちり》に汚れてなお強い光を放ち、言葉を発さずとも、時間とともに衰弱しようとも、世界の中心で輝き続けているその様はまるで、

――進にとっての天音《あまね》みたいだ。

思ってしまった途端、羽はあの氷の輝きを直視できなくなった。

そしてなぜだか、わかってしまった。進はたぶん、いや絶対、これから天音のお見舞いに行

くのだ。わかってしまうと、悔しくて、みじめで、でも誰も責めることができなくて、この辛《つら》さは自分のせいで……後ろ向きな考えが止まらなくなった。

まるでふたりは恋愛小説の主役みたいだ。幼馴染《おさななじみ》なところとか、仲の良いところとか、悲劇に見舞われてしまうところとか。羨《うらや》ましいと思ってはいけないところさえも、羨ましく思えてしまう。

この物語の主人公は宗谷進《そうやすすむ》で、ヒロインは富士天音《ふじあまね》。誰もがそう言うだろう。

——じゃあ、私は一体なに?

○

水の一滴が落ちただけでもすべてが崩れてしまうくらい、静かな空間だった。

——いつの記憶だ?

セピア色の景色の中、進はぼんやりと思考を巡らせる。

周囲の人間は見知った顔ばかりだ。鉄矢《てつや》、優月《ゆづき》。進の両親こそいないが、代わりに天音の両親がいた。みな一様に項垂《うなだ》れ、祈るように両手の指を搦《から》めている。呼吸は深く、空気は重い。

——ああ、そうだ。これはたぶん、あの時の記憶だ。

進は、またも朧《おぼろ》げに思う。

彼女が事故に遭ったのも今日みたいに暑い日で、空調機は冷風を吐き、進もポロシャツを纏《まと》っていた。だからあの日の記憶だとして不都合はない。進の両親はあの時いなかったし、祈る理由もすぐそこにある。振り返ると、今より少し髪の短い羽《はね》がこちらを見ていた。いつ着替えて来たのか、制服ではない。白いシャツにデニムを纏っている。

廊下の奥から若い看護師が駆け寄って来た。進の身体《からだ》に緊張が走る。

「天音は大丈夫なんですか?」

無意識にそう言っていた。夢の中では起こったままにしか動けないことに、進はすぐに気が付いた。聞きたくはないのに。あの事故の結果を、天音を襲った悲劇をもう一度聞くなんて堪えられないのに。耳を塞《ふさ》ごうと躍起になる。だが、夢は身体の自由を許してはくれない。

看護師が目の前まで来ている。小ぶりな唇がゆっくり開く。――やめろ!

「おめでとうございます」

看護師はそう言うと、満面の笑みを進に向けた。進の身体から、力が抜けた。

同日。午前十一時五十二分。

運転手が暑がりなのか、運行会社の都合なのかはしらないが、ひどく冷房の効いた車内だった。おかげで寝汗はかいていないが、身体の芯まで嫌な冷たさに侵されている。

――夢、か。それにしても、なんで祝われたんだろ……。

車窓の向こう、はっきりとした輪郭が、まだ病院に着いていない現実を進《すすむ》に伝える。三角屋根の住宅群。台形の町工場。四角いドラッグストア。もう何度も見た、半島南端の町景色。

『次は栄町《さかえちょう》。栄町。市立病院においでの方は、こちらでお降りください――』

目的地を知らせるアナウンスが凍りかけの車内に響く。進は降車ボタンを押すと、氷柱《つらら》のように強張《こわば》った首筋をひと撫《な》でし、一足飛びにバスを降りた。


「あの、入院中の富士天音《ふじあまね》のお見舞いに来たんですけど……」

「富士天音さん、ですね。――申し訳ございません。集中治療区画の患者さんへのお見舞い、ご面会は、ご家族様以外はお断りさせていただいておりまして」

「いや、あの、彼女の家族から許可はもらってて、宗谷《そうや》進って言うんですけど」

「少々お待ちください。お調べいたしますね」

受付の看護師は進の顔を一瞥すると、視線を落とし、手元の紙型電子端末《ペーパー・タブレット》に指を這《は》わせた。

待っている間、進は先ほどのセピア色の夢を思い出していた。おめでとうございます。その言葉が示すものは、なんだったんだろう。やはり天音は入院したままで、なにもめでたいことなどないのに。目の前の看護師が言ったわけではないが、少し腹が立った。

二分ほどして看護師の顔が上がる。「お待たせしました」と語る口元には敵意のない柔和《にゅうわ》な笑みが貼り付けられていて、進も慌てて表情を繕《つくろ》った。

「宗谷進さんですね。たしかに承っております。それでは本人様確認のため、こちらの端末にMy ID《マイ・アイディー》をかざしてください。注意事項を簡単に説明しますね。集中治療区画では――……」

たっぷりと説明を受けたのち、進は黙々と廊下を進んだ。

集中治療区画は滅菌された空気に満ちていた。各ベッドを区切るガラス板の仕切りはなく、ひと昔前みたいに夥《おびただ》しい数の治療器具が床の脇を埋めることもない。その代わり、天井から吊《つ》り下げられたいくつかの非接触型測定機器《ノンコンタクト・メジャー》が、患者の身体《からだ》にまだらな影を落としていた。

「遅くなってごめん。夏休みがはじまってから、いろいろあってさ」

微笑《ほほえ》みがちに声を掛ける。濃縮した青を思わせる黒い髪。薄氷のように透き通る白い肌。傷ひとつない綺麗な手。形の良い唇は色を失っているが、紛れもなく彼女のものだ。

「天音、調子はどうだ?」

やはり彼女は応えない。バイタルサイン測定機が奏でる規則的な電子音が響くのみだ。

天音が昏睡《こんすい》状態になるきっかけ、つまり交通事故に遭ったのは、今から約一年前の七月二十一日。夏季休暇前の終業式の日のことだ。原因は一台の半自動運転車《セルフドライブ・カー》。海岸通りを走っていたそれは突如《とつじょ》挙動を乱すと、彼女の体を数十メートルの彼方《かなた》に弾《はじ》き飛ばしてみせた。

挙動が乱れた原因は、本格運用がされてからまだ幾年も経《た》ってない、完全自律型無人配送機《ドローン》の不具合だった。制御を失い、木の葉のように舞った無人配送機《ドローン》は、半自動運転車《セルフドライブ・カー》の電子制御を容易《たやす》く乱した。当時の自動運転AIは、車体上部への対応が未成熟だったのだ。

「天音《あまね》、知ってるか。今、外めちゃくちゃ暑いんだぜ」

知ってるよ。とは返ってこない。

「なあ、天音。おまえが一番好きな季節だろ」

よく覚えてたね。と彼女は笑わない。

「いつまで寝てんだよ」

それは氷の人形に質問をするみたいに、周囲の空気を揺らすだけだった。

○

八月三日、金曜日。午後三時七分。若草《わかくさ》家。

「鉄《てつ》ちゃん、牛乳！　牛乳買ってくるの忘れないでねっ」

「あいよー」

台所に立つ優月《ゆづき》が「昨日も忘れたんだからっ」と声を上げている。彼女の後ろにはダイニングテーブルがあり、そこには掌《てのひら》でコップを弄《もてあそ》ぶ日暈《ひかさ》がいた。

「日暈ちゃん、進《すすむ》くんたち終わったみたいだし、これ、渡してきてくれる？」

お疲れ様ですって言って。優月がお茶菓子の乗ったお盆を渡すと、日暈はおずおずと居間の中心に目を遣《や》った。

高校生三人組はソファに座ったまま談笑している。先ほどまでの「スケジュールがどう」とか「集合時間は」とか、日暈抜きのお出かけ計画を立てていた顔は、もう見えない。

日暈は小さく喉《のど》を動かすと、背の高い椅子からぴょんと跳ね降り、小さな両手でお盆を支えた。「気を付けてね」優月の微笑《ほほえ》みに、こくりと頷《うなず》く。

「おつかれさまです」

あどけない声にいの一番に振り向いたのは一輝《かずき》だった。口の周りを白く染め、上目遣いでこちらをみつめる天使の姿に、一輝の顔から笑みが零《こぼ》れる。

「ありがとう。日暈ちゃん」

お盆を手渡すと、日暈は「ん」といじらしく顔を俯《うつむ》けた。

そのままもじもじと何かを言いあぐね、自由になった指先を弄ぶ。

「どうしたんだよ日暈。やけに静かじゃん。昨日も今朝も騒がしかったくせに」

進に茶化されると、日暈は口をへの字に曲げた。

しばらくそのまま考え込み、それから意を決したように「ねえ、進」と喉を震わせる。

「今度、三人でどっか行くの?」

「え?　おお、まあな」

「三人は友達だから?」

年上に直球勝負を仕掛けた緊張か、わずかに声が揺れていた。感情のすべてを隠せるほどまだ大きくない手も、ぎゅっとグーの形に握り込まれている。頬だって、少し紅い。

「そんな真正面から聞かれるとあれだけど……まあ、うん。そうだろ」

「ふーん……そっかぁ」

と言った唇が、つんと尖《とが》る。瞳はつま先に落ちていて、次の言葉は出てきそうにない。

一輝《かずき》は日暈《ひかさ》がなにを求めているのか、すぐに察した。それはすごくシンプルで、真《ま》っ直《す》ぐで、口にするのも野暮《やぼ》なお願い。だから、進《すすむ》や羽《はね》からは絶対出てこないし、日暈だって言葉にするのは恥ずかしいはずで——さらに言えば今回は年上相手だ。気おくれもするだろう。

「ね、日暈ちゃん。今度、僕たちとどこか行かない？」

考えて、一輝から提案した。進も羽も虚を突かれた様子で一輝を見ている。わかってるよ、言いたいことは。言葉を呑《の》んで、目を瞬《またた》かせる日暈と向き合う。

「ほんとに⁉」

「うん。実はさ、日暈ちゃんがこの前言ってた夏にやりたいこと、僕もやりたいんだよね」

友達になってさ、一緒にやろうよ。一輝が言うと、日暈は顔をぱあっと綻《ほころ》ばせ、「うんっ！いいよっ！」と首を大きく振った。

「あのね、じゃあ日暈が考えた夏休みの計画があって——進、昨日作ったあれ見してっ」

鼻息荒く進の手首に縋《すが》りつく日暈。「はやく、はやく！」と急《せ》き立てられて、進はメモ帳アプリを起動する。「ちょっと待てって、今他のアプリ開いてて——」「いーからはやくー！」

その様子を眺めていた一輝は、隣から刺さる視線に振り向いた。

「そんな目で見ないでよ」

羽にだけわかるように、一輝はそっと苦笑する。羽は黙ったまま、そっぽを向いた。

日暈は天音《あまね》ではない。その前提が羽の胸中にあるのは明白だ。ゆえに、天音に似ているから と特別扱いする進を許せずにいる。つまり、一輝が日暈と友達になった理由も、そこに依拠す るものではないのかと勘ぐっているのだろう。実際、疑われてもしかたがない。

「僕はただ、日暈ちゃんと友達になりたいだけだから」

日暈ちゃんと、の部分を強調しつつ、小声で告げる。ここで頭ごなしに進を否定して、衝突 してしまえば、それこそ三人の関係は決定的になってしまう。

羽は意固地だから、僕がうまくやらなくちゃ。そんな覚悟は伏せたまま、笑ってみせる。

「一輝くん、送ったやつ見て。まだ完成してないんだけどね、これが今考えてるやつで――」

一輝の端末に届いたのは『日暈の夏休み作戦』と題された共有データだった。画面に箇条書 きで並ぶ、プール、夏祭り、花火の文字。この前彼女が語った〝やりたいこと〟の数々だ。

「いいね、楽しそう。じゃあ今日から僕と日暈ちゃんは、この作戦を一緒にやる友達だね」

一輝の笑みに、日暈も「うんっ！」と同じものを返す。

「一輝くん背も高くて大人だから、遊びたいって言ってくれると思わなかった」

「僕らも夏休みだからね。他にも遊びたい人はいると思うよ。――たとえば、羽とか」

一輝《かずき》は空いている右手を伸ばし、隣にある華奢《きやしや》な肩をぽんっと叩《たた》く。髪に手櫛《てぐし》を通していた羽《はね》は、一瞬たじろぎ、次の瞬間「え、私も？」と露悪的《ろあくてき》に眉根を寄せた。

「……まあ別にいいけど。でも、仮ね。カッコ仮の友達ならいいよ」

「カッコ……？　えっと……？」

小さな目が一輝と羽を交互に見遣《みや》る。一輝は「羽、意地悪しないで」とたしなめるが、正直、留保付きで了承しただけでも驚きだった。考えが通じた？　――いや、羽のことだ。進《すすむ》を思えばこそ、日暈《ひかさ》を邪険に扱うことができないのだろうか？　なんて邪推も生まれてしまう。

「別に意地悪じゃないから。私まだこの子のこと全然知らないし。そんな急に友達とか……」

「なんだよ、それ」

横から進の苦笑が転がり込む。「うるさい」羽は再びそっぽを向いた。

「私のポリシーというか、友達って対等な存在であるべきだと思ってて、だからこの子とも対等な関係になったら友達というか……とりあえずまだ仮でって、それだけだから」

羽は毛先をきゅっと握り、窓の外へ言葉を逃がした。

「ねえ、一輝くん、対等って？」

「うーん。なんだろう、立場とか関係性が同じってことかな。少し難しいけど」

「同じ？」

「うん。簡単に言えばね」

そう答えてはみたものの、「同じ……」と口の中で反芻《はんすう》する日暈を見て、一輝は自省した。今の表現は簡単じゃなかったかもしれない。だからと言って、羽の考えを代弁するのも。

――ダメだな。僕がそこまで干渉することを、羽は嫌う。

「日暈ちゃん、難しいことは一旦置いておいてさ、あとは進とも友達になろうよ」

「俺もかよ。まあ、いいけどさ」

「ううん。進はいい」

間髪入れずに放たれた答えに、三人の口はぽかんと開いた「え、なに、進振られたの？」羽が笑いを含んで言う。「そうみたいだね」と続ける一輝を、「勝手なこと言うなよ」と進が肘で小突く。勝手に話を転がす三人に、日暈は「ちがうくて」と、その場で踵《かかと》を上下させた。

「進は、家族って感じする、から」

言って、すぐに俯《うつむ》いた。髪から覗《のぞ》く小さな耳が、綺麗な朱に染まっている。

進も頬を掻《か》くのに精一杯で、気の利《き》いた返しなんて、まるでできなかった。


からんっと氷の音が響き、注がれたカルピスが希釈されていく。居間の空気は涼やかで、湿り気もない。空調機は休むことなく滔々《とうとう》と風を吐いている。夏の裏側の空気。窓の外に広がるものとは表裏一体で、相容《あいい》れない、特別なにおい。

夏の四時は夕方と呼ぶにはまだ若々しくて、この季節は長いのかもしれないと、錯覚してしまう。「おぅい」と低い声が進《すすむ》たちを呼ばなければ、きっと彼らは時間の存在すら忘れていた。

「箪笥《たんす》でいいもん見つけたんだけどよぉ、おまえら見るか？」

いいもん？　と首を傾《かし》げる四人に、鉄矢《てつや》は小脇に抱えた一冊の本を指さし、にかっと笑う。

「おう、いいもんだ」

「あれ……？　もしかして、それ、アルバムですか？　紙の写真をまとめた」

「おっ、やるな一輝《かずき》。正解だ。これには無愛想でお馴染《なじ》み、進少年のお宝写真が詰まってる」

鉄矢の言葉が床に着く前に、羽《はね》が「えっ」と身を乗り出す。その姿を横目で捉えた一輝も苦笑を口の端に浮かべつつ、「いいですね」と乗りかかる。これは良い会話の種になる。

「いや、よくねえよ。なんでそんなもん持ってきたんだよ」

「色が良いんだよ。もうほとんど絶滅しちまった、フィルムのカメラで撮ったんだけどよ」

「聞けよ！」

進が肩をいからせると、玄関から「鉄《てっ》ちゃーん」と伸びのある声が聞こえてきた。

「ちょっと来てー」

「おーう、今行く。――んじゃ、おまえら、好きなだけ見とけ。進、変に隠すなよ？」

うっはっはと笑いながら、鉄矢は去っていく。なんて男だ。進は額を押さえた。

「じゃあ……」

と、羽が伸ばした手を追い越すようにして、日暈《ひかさ》がぱっと飛びついた。「昔の進見たい！」

と無垢《むく》な声が天井に跳ね返る。テーブルに置かれた藍色《あいいろ》のアルバムは、多少埃《ほこり》こそ被《かぶ》ってはいたものの、状態は良く、中に収められた写真も日に焼けることなく保たれていた。

「これ、進？　日暈よりちっちゃいね」

「そりゃ、こんとき俺五歳だし……」

昼下がりの居間の端で、みな、思い思いに進の過去に目を通していた。盛大にこけて泣きじゃくる進、祖父母の膝の上で笑う進、鉄矢と優月《ゆづき》に挟まれて縁側でスイカを齧《かじ》る進。

「進、海行ってる！　日暈も海行きたーい！」

「昔の話だろ。それに、今は氷山があるから海水浴場閉まってるんだよ。プールで我慢な」

「進のけち！」

「俺はけちじゃねえよ。なあ、一輝」

「いやぁ、進はけち寄りだよ。ねえ、羽」

「……けちっていうか、ずるい」

「はあ？　なんだよそれ」

おかしいだろ、と進がむくれる。

懐かしい会話が顔を見せた時、日暈の声が「あっ」と響いた。

「ここ、見たことあるかも」

日暈が指さしたのは、一枚の写真だった。

緑の多い岬。波形の歩道。円形の木製ベンチ。先の尖《とが》った灯台。広大な海。それらの背景である空には、入道雲が高く伸びている。中央に映るのは紛れもなく彼女本人。隣に立つ進《すすむ》に寄りかかるように、当時九歳だった富士天音《ふじあまね》が、笑っていた。

空気が凍てつく。改めて見て羽《はね》も一輝《かずき》も驚かされた。日暈《ひかさ》と天音はこんなにも——。

「ねえ、この子誰？」

日暈がぽつりと漏《も》らした言葉に、凝固した空気が怪しく震える。

「俺の幼馴染《おさななじみ》。天音って言うんだ。日暈とすげえ似てるだろ？」

「そうかなぁ。日暈とこの人、そんなに似てる？」

「ああ、似てる。……なあ、日暈。この写真見て——」

唇をそっと舐《な》め、進は続けて言った。「なにか思い出さないか？」

「ちょっと、思い出すって、なに」

その問い掛けをきつい声音で刺したのは、羽だった。

「進はこの子に何を思い出してほしいの？」

「なんだよ、急に……」

「ここに来る前の日暈のこと？　城ヶ島《じょうがしま》に行ったことあるかもって話？　違うよね。だって今、そんな話じゃなかった。進が日暈に言ってほしいことって、結局さ——」

——日暈が、本当は天音だったってことじゃないの？

言えないで、呑《の》み込む。「やっぱいい。忘れて」代わりに短く吐き出した。

馬鹿げた希望に妄執する進に腹が立った。私が天音じゃないように。一輝が進じゃないように。誰かの輪郭を自分に重ねられても、ぴったりはまるわけがない。そんなこと少し考えればわかることだ。天音のお見舞いに行ったのなら、なおさらわかっていなきゃいけないことだ。

こんな簡単なこと、言われるまで気付かないつもり？　羽はそれが悔しくて、唇を噛《か》んだ。

「……なんか、よくわかんねえけど。安庭《あにわ》、おまえ、日暈が嫌いなのかよ」

「日暈が嫌いなわけじゃない。私、そういう話してるんじゃない」

嫌いじゃない。その言葉に嘘はない。天音に似た少女に苛立《いらだ》ってしまう自分が嫌なだけで、この子自体を拒絶したいわけじゃない。ただ、進の目を覚まさせたいだけだ。

日暈は天音じゃないと、進に自ら認めてほしいだけだ。

「じゃあなんだよ。日暈は迷子なんだぞ？　今は預かってる俺らが優しくしないと――」

「預かってる。ほら、本当はわかってるんじゃん。この子には帰る場所があるって。本当の家族だって、同い年の友達だっているはずだって。日暈には日暈の人生があるって。進はそれをわかろうとしてない」

「わかってるよ、それくらい」

「わかってない。この子はそのうち自分の家に帰る。その意味をちゃんとわかってない」

ここまで言っても気付かないものか。羽は自分の言葉の頼りなさに絶望した。

「ふたりともやめようよ。日暈《ひかさ》ちゃんの前で喧嘩《けんか》するの。このままじゃまた――」

ぎゅっと奥歯を嚙《か》み締め、一輝《かずき》も口を引き結ぶ。やめようよ。その子に頼らないと、僕らはまた繋《つな》がれないのに――。利己的な考えで焦っている自分に気付き、言葉を失った。

なんでこうもうまくいってくれないんだろう。

三人の高校生が急に黙り込む。空気はぴりぴりと痛く、呼吸するにも重苦しい。

「あ、あのね」

その剣呑《けんのん》な空間に、あどけない声がひとつ落ちた。

「日暈はちゃんとわかってるよ。夏が終わる前に帰るんだって。お父さんやお母さんのところに戻るんだって。日暈はずっとここにいられないこと、わかってるよ。でも――」

日暈は俯《うつむ》いて、意を決したように顔を上げた。

「だから、今だけでいいから仲良くしたいな、なんて。だめ?」

えへへ、とはにかむ日暈に、三人の胸はきつく絞られた。

「……もう、やめとこう。この話」

進《すすむ》がそっと置くように言った。吐き出された細い息が、会話の終わりを匂《にお》わせる。

「ごめん。そうだね。私も、バイトの時間だし」

その態度に嚙みつく気力がもうなくて、羽《はね》もぽつりと零《こぼ》した。「行こ、一輝」

羽が立ち上がるのにあわせて、一輝も腰を持ち上げた。

「みんな、帰っちゃうの?」

細く、震えた声で、日暈は言った。

「うん、また来るから」

一輝は鞄《かばん》を担《かつ》ぎ上げ、羽を追う。今、日暈の顔を直視する勇気はない。

「羽、いいの?」

上がり框《かまち》に腰掛けながら一輝は訊《たず》ねる。羽はぶっきらぼうに「知らない」と答え、髪と同じ色のローファーに足先を挿し入れた。

「とりあえず、私もあいつも頭冷やした方がいい。それだけ」

横顔でわかる。羽は悔しいのだ。自分の考えが伝わらなかったことに。ちゃんと言葉にできなかったことに。それは一輝も同じで、だから彼女の背になにも言えないでいる。

悔しくて俯いていると、ふたりの制服の裾が、くっと後ろに引っ張られた。

「今日は、喧嘩しちゃったけど……でも絶対、みんなで遊ぼうね」

少しだけ強引なところ。それが許されてしまう、可愛《かわい》らしいところ。左右に揺れる、湿った目さえも、やはり彼女を彷彿《ほうふつ》とさせる。——でも、それだけだ。

似てるだけの、はずなのだ。

○

同日。午後七時七分。若草家《わかくさ》。

「日暈《ひかさ》、忘れずにやっとけよ。優月《ゆづき》は怒ると怖いぞお」

「ちょっと、鉄《てつ》ちゃん」

「うそうそ。冗談だって。でも、自分のためにもちゃんとやっとけよ」

風呂上がりの鉄矢《てつや》は顎先《あごさき》に滴《したた》る汗を拭《ぬぐ》いながら、人差し指をびしっと伸ばした。

日暈はそれに「はぁい」とつまらなそうに返事をして、渋々奥の部屋へと向かう。少しして持ってきたノートは今ではめずらしい紙製のもの。日暈はそれを居間のテーブルに広げた。

進《すすむ》も既に部屋に戻ってしまっていて、数時間前の活気は、欠片《かけら》もない。

「どうしたの？　難しい顔して」

洗い物を終えた優月が問う。日暈はわざと下唇を突き出して「あたし、タブレットの方がいい」と愚痴《ぐち》を漏《も》らした。「紙はつまんないもん」

「つまらないかなぁ。それよりもほら、早くやっちゃおう。私も手伝うから」

テーブルの上に投げ出されたノートの表紙には、拙《つたな》い文字で『ひかさの日記』と題されていた。日暈はそれを気の進まない様子で開くと、唇をつんとさせたまま鉛筆を握り込む。

「手で書かなきゃダメ？」

「手書きで日記を付けると記憶力の改善に効果あるのよ。兄の受け売りだけど」

折れてくれない優月に、日暈はさらにむすっとする。

「ねえ、優月ちゃん。ひかさってこの字であってる？」

「無理に漢字で書かなくてもいいのよ」

「書きたいの」

「そうね。じゃあ……あ、でも、まずはここの間違い直さないと。晴れは日が左で、青が右」

日暈は耳を朱に染めて、消しゴムを擦《こす》りつけた。

「あと、ここも反対」

「反対？　どこ？」

優月はあどけない筆跡の日付を指さし、「ほらここ。上下逆でしょ？」とそのまま指先で三、五と宙に描いてみせる。日暈は眉尻を下げつつも、再び消しゴムをぐりぐりと動かした。

それから不意に、小首を傾《かし》げる。「優月ちゃん、カレンダーみして」

「いいけど。別に嘘吐《つ》いてないよ？」

ほら、と優月が手首にカレンダーを投影すると、日暈はむっと眉根を寄せてから、「八月三日は金曜日」と呟《つぶや》いた。

「なに？　曜日が知りたかったの？」

優月の問い掛けに日暈は目も合わせず、黙って頷《うなず》く。

その様子に、優月は訊《たず》ねた「……日暈ちゃん、なにかあった？」

日暈《ひかさ》は暫《しば》し黙し、鉛筆をきゅっときつく、握り込んだ。

「……ねえ、優月《ゆづき》ちゃん。日暈、ここにきて良かったのかな」

「どうしたの、急に」

「だって、日暈がいるせいで、みんな今日、ケンカしちゃったし」

「ううん。日暈ちゃんのせいじゃない。そんなこと、あるわけないじゃない」

「日暈のせいじゃない？」

「せいじゃない。むしろ逆。きっとみんなが仲良くなれるように、日暈ちゃんが来たのかも」

「そうかなぁ」

「そうよ。居ちゃダメな人なんて、いないのよ」

優月があまりにも力強く頷《うなず》くものだから、日暈の心はむくむくと立ち直った。

「なら、仲良くなれるように、頑張ろうかなっ」

「うん。それがいいと思う」

日暈は鉛筆を投げ置き、いそいそと油性ペンを握り込む。

『この夏にやりたいこと！』

表紙裏にひときわ大きく記し、その下に、箇条書きで綴《つづ》っていく。

「まずやることはぁ――」

幸いにも、「友達」の漢字は知っていた。

○

八月三日、金曜日。午後四時十分。東京都新宿《しんじゅく》区、防衛省本省庁舎A棟。

三浦《みうら》氷山（仮称）特設処理対策本部、市ヶ谷《いちがや》分室。

『それで状況は。どうなっている』

対策本部の事務局長を拝命した責任感か、内閣官房副長官の参加者を見る目は鋭い。

人数のわりに室内に余白が多いのは、超低遅延回線による疑似対面会議システム〈Pseudo《スードウ》–F2F《エフトウエフ》〉を使っているからだ。会議は仮想空間上で行われ、参加者は現地に集《つど》う必要がない。

ゆえに、実際部屋にいるのは防衛省所属の運用政策統括官と現場指揮権を任された海将補のふたりのみ。事務局長が放つ眼光も、彼らにしてみれば映像信号に過ぎない。

「えー、現在の状況ですが……」

進行を務める運用政策統括官の笠木《かさき》が、マイクに向けて口を開いた。

〈三浦氷山（仮称）特設処理対策会議〉と銘打たれた会議には、内閣官房副長官をはじめ、気象庁次長、国土交通省運輸安全政策審議官、外務省総合外交政策局長、海上保安庁海洋情報部長、経済産業省産業技術環境局長ら、錚々《そうそう》たる役職が揃《そろ》っていた。

「関係各所には機密情報漏洩《ろうえい》を危惧《きぐ》し、海洋に流出した重油を凍結除去する新造機器の暴走事故によって生じた、人工氷塊の可能性があると伝達済みです。本機器の開発元はベトナムの民間企業とし、その開発データを窃取《せっしゅ》した過激派の海洋保護団体が、太平洋沖にて、無断で使用実験を行ったとしています。外交上の影響を理由に全員に緘口令《かんこうれい》も敷き、また念のため、観測部隊には防衛大臣直轄の情報保全部隊員を派遣済みです。——本日はその指揮官もここに」

笠木《かさき》は隣にいる海将補に目配せをした。

「情報保全隊司令の飛島《とびしま》です。本作戦の情報統括及び現場指揮権を預かっております」

『ご紹介ありがたいが、私はそういうことを訊《き》いているんじゃない』

下げられた頭に、事務局長は苛立《いらだ》たし気に言う。

『結局、あの氷山はタイムマシン、タ、イ、ム、マ、シ、ンでいいんだな?』

その声に、参加者全員は押し黙り、一点に視線を向けた。周囲の目に包まれたのは、文部科学省研究開発企画課の課長だ。彼は細い顎《あご》をひと撫《な》でしてから、こほんっ、咳払《せきばら》いをする。

『タイムマシン、という呼称が正しいかどうかはさておき、あれが強大な重力波を生み出す装置だということは紛《まが》うかたなき事実です。二〇二九年に欧州の素粒子物理学研究所が重力波を用いたタイムマシンの理論モデルを発表してから、早六年。我が国でも少ない科学研究予算をふんだんに投じ、米国と共同で重力波の研究を行ってまいりました。今回、氷山の出現とともに観測されたものは、まさしく我々が追い求めていたものでして——ですよね、能登呂《のとろ》教授』

『ええ、いかにも』

有識者として参列している壮年の男、国立文京大学宇宙線研究所の能登呂所長が頷《うなず》いた。

『あの氷山、というよりその中にある物が、人為的に重力波を生み出す装置ということで話を進めても問題ないでしょう。加えて、それが先日生み出したとされる重力波は、現在、日米合同で研究中の〝通過可能なワームホール《traversable wormhole》〟の生成実験――つまりタイムトラベル実験で検出されるアンチチャープ信号と同じ特徴を有しています。もちろん、我々が現在生み出せる重力波とは規模も精度も比べものになりませんが』

能登呂所長が言葉を切ると、経済産業省の産業技術環境局長が口を挟んだ。

『能登呂先生、重力波やらワームホールの理屈はようわからんのですが、ということは結局、あの氷の塊は未来人が送って来たタイムマシンってことでよろしいんですな？』

『我々学者は断言を嫌う生き物ですので、言い切ることは難しいのですが……あえていうなら、可能性は非常に高い、といったところでしょうか。未来人か、はたまた宇宙人かはわかりませんが、現在の人類より高度な文明を持つ存在が作った物だと推測されます。時間移動は欧州でもまだ理論段階ですから。――また今回観測された重力波は、五年前、二〇三〇年に北米で観測され、各国が関与を否定した〝大規模重力波《LSGW》〟と同じ波長の信号を発しており、それとの関連も気になるところです。まあ、科学以外の側面から見れば、米国がやたらと躍起になっていることが、あれになにがしかの価値があるというなによりの証拠でしょう』

能登呂所長が締めくくると、仮想空間を繋《つな》ぐスピーカーから一斉に感嘆の吐息が漏《も》れた。

「他になにか質問ある方いますか。現状の疑問点はここで洗い出してしまいましょう」

進行役の笠木《かさき》が促すと、『なら、いいかな』と、海上保安庁海洋情報部長が手を挙げた。

『ちょっとした質問なんだが、中身のカプセルがタイムマシンかもしれない、ということはわかった。じゃあ、あの周りの氷はどういう意味だ？　なぜカプセルを凍らせる必要があった』

彼の発言に場は黙する。ふと誰かが、『氷の話なら、環境省の領分だろう』と呟《つぶや》くと、次は環境省の人間に視線が集まった。

『お、乙仲《おつなか》教授っ』

環境省の地球環境局長が隣の女性に目配せをする。『どういう意味か、説明を』

話を振られた女性はしどろもどろになりながら、マイクに口を近付けた。しかし、声が鳴らない。慌ててずれた眼鏡を押し上げる。ようやく気付き、マイクのミュートを解除した。

『す、すみません。北日本大学流体科学研究所の乙仲です。あの高度粘性流体――ここでは便宜上〝氷〟と呼びますが――、あれはおそらく、保護材の役割を担《にな》っているかと推定されます。ま、まず、特筆すべきは解けるのが異様に遅いという点です。これは液晶を応用した技術かと思われますが、あの氷は、自然界の氷とはまったく異なる振る舞いをしています』

乙仲は氷と液晶の共通点を述べ、あの氷が不融性の流体であることを説明した。どうやら人工氷膜により、陽射《ひざ》しや海水による温度変化から精密機器である装置を守っているらしい。

『この技術に関しては十年以上前から生鮮食品の輸送現場で蓄冷剤として実用化されています

ので、その延長と考えればなんとか理解も及びます』

乙仲が言い切ると、『なるほど』と参加者の多くが首を縦に揺らした。

『あ、すいません、乙仲教授の説明に補足いいですか？』

割って入ったのは、活発そうな雰囲気を持つ短髪の男だった。

『あ、どうも。京阪大学産業科学研究所の風見《かざみ》です。今回は経産省のお招きで来ました』

で、ですね。と、捲《まく》し立てるように、産業工学の見地からの意見が付け加えられる。

『――なので、時空移送時の空間座標のズレを粘流体で守ったんでしょうな。かのジョン・タイターも言っていましたが、タイムトラベルで一番難しいのは安全な場所に出現する事らしいですので。おそらく地中に埋まることを嫌い、海洋上の少し高い位置に出るようにセッティングされているんでしょう。つまり、着水する際の衝撃を防ぐための緩衝材ですよ、あの氷は』

『緩衝材の規模のわりに本体の装置は随分と小さいな。エネルギー源はなんなんだ？』

『オーバーテクノロジーですから、調べてみないことにはなんとも。――ただ、あれを手に入れれば人類の技術が飛躍的に向上することは明らかですね、ええ。これはビッグマウスになりそうで恐縮なんですが、あの氷山の謎を解明することで、人類は第四次産業革命に突入し、次のステージに行けるんじゃあないかと。いわゆる、技術的特異点《シンギュラリティ》というやつですな』

産業工学研究者の風見が、かっかかっと笑うと、能登呂《のとろ》所長も静かに賛同した。

『同感です。タイムトラベルの研究は、正直、現在の人類が持ちうる技術レベルでは頭打ちでした。卵が先か鶏が先かの話になってしまうのですが、あの氷山――タイムマシンが現れたことで、人類は今後、タイムトラベルできる未来へ進むのではないでしょうか』

『学者さんたちがそう言うんなら、なおさら手中におさめたくなりますなぁ。一体どれだけの経済効果が生まれ、経済成長率が伸びるのか。これもまた経済的特異点《シンギュラリティ》だ』

経済産業省の役人が、口の端を高く上げる。

「みなさん、気がはやるのはわかりますが、くれぐれもご内密にお願いします。本件は日米相互防衛援助協定等に伴う秘密保護法に基づき、特別防衛秘密に指定されています。米国からも厳しい情報統制が求められていることをお忘れなく。仮にこれを破れば、タイムマシンの研究で充分な協力が得られないかもしれません」

水を差された経済産業省の役人が、上げた口の端をむすりと歪《ゆが》める。

笠木《かさき》はそれを横目で受け流し、話を続けた。

「さて、装置の役割、仕組みの疑問が払拭《ふっしょく》されたところで、現在の状況について――」

『ちょっといいかな』

会議が本筋に戻りかけた時、今まで黙していた気象庁の次長が挙手をした。

「いかがされましたか？」

全員の視線を一身に受けた次長は、干柿のような喉《のど》を『んんっ』と鳴らしてから言った。

『いや、仕組みとかはさておき、結局あれは、誰がなんのために送ってきたのかな、と』

全員が顔を見合わせ、『それは……』と曖昧《あいまい》な言葉を漏《も》らす。
『こ、これはうちの領分じゃないですね』
地球環境局長がわずかに声を張り、周囲を見渡した。『そうですよね、乙仲《おつなか》教授』
『え、あ、はい……そう、かと……』
仮称、三浦《みうら》氷山。タイムマシンと目されるそれが一体なんの目的で現れたのか。
その質問に答えられる者は、この場に誰もいなかった。

八月六日、午後八時十八分。海洋観測艦しょうなん艦橋。

艦長、天塩《てしお》涼花《りょうか》の前には数人の隊員が並んでいた。

「次に、無人航空機《ドローン》によるリモートセンシングの結果報告ですが」

三浦《みうら》氷山（仮称）調査チームである彼らは、紙型電子端末《ペーパー・タブレット》を胸元に広げ、各担当領域の報告を行っていた。彼らの声を妨げるものは波の寝息と計器の奏でる歌のみ。報道用無人航空機《プレス・ドローン》の立てる大袈裟《おおげさ》な風切り音は、この時間にはすでに聞こえない。

「……——以上、流体科学研究所からの報告も踏まえ、一日ごとの体積の推移などから、推定自然解氷時期は八月末から九月頭にかけてだと見積もられます」

「夏いっぱいか、長いな。気象庁はなんと」

「同意見です。また、熱放射などによる人為的な解氷は避けてほしいとのことです」

「大気及び水質の汚染可能性が完全にないと判明した場合、その手段も考えうると伝えておけ。念のためつくばの気象研にもだ。人為解氷の可能性がゼロとは、断じて言うな」

　了解。涼花の鋭い視線に、隊員は目礼で応える。

「大宮《おおみや》の化学科はなんと言ってる。成分の調査はとっくに終わっているはずだろう」

「氷山を構成する成分の多くは、金田湾《かねだわん》の海水と一致がみられたと報告がきております。ただし、それに該当しない微量な検出物については、現在、国立感染症研究所及び関連機関との連絡を密に調査進行中、とのことです」

「急がせろ。氷ひとつに国民の夏を奪わせるな」

防衛省をはじめ、海洋研究開発機構、国立極地研究所、国立感染症研究所、国総研気候変動適応研究本部、日本雪氷学会、宇宙航空研究開発機構、米国防総省、NOAA《アメリカ海洋大気庁》など。国内外の多くの機関が三浦海岸に現れた氷山の解明に熱を上げていた。ましてや、氷中から未知のカプセルが露出して以降、その過熱ぶりは青天井で、もはや強迫性すら帯びている。

――氷山の前に、最前線に浮かぶこの艦が溶かされてしまうかもしれないな。

涼花は部下から見えないよう、俯《うつむ》きがちに目を細める。

「……艦長」

「どうした？」

「我々が調査しているあれは、本当に人工氷山なのでしょうか……」

「なぜ気になる」

「いえ、情報本部からの報告を疑っているわけではないのですが、いくら経済発展目覚しいベトナムといえど、一民間企業があの規模の氷山を作り出す装置を単独で作れるものかと……それに、無断で使用実験をしたという海洋保護団体の足跡は未だ掴《つか》めないままですし……」

「不安はわかる。だが、我々にできることは与えられた状況で最善を尽くすことだけだ。それが氷山の解明、ひいては国民の安全に繋《つな》がる。大丈夫だ。君の活躍はひとつも無駄にならん。身心ともに休まる時間もなく辛《つら》いと思うが、どうか堪えてほしい」

涼花《りょうか》が部下の肩に手を置くと、彼は黙って首肯をした。

「これにて連絡を終わる。各員、持ち場に戻れ」

部下が去った後、涼花は肩にのしかかるその重圧をたしかめるように、首筋に手を当てた。

緊急事態宣言の発出準備は水面下で進んでしまっている。いち早く氷山の正体を暴き、適切な処置を施さなければ、息子たちの夏休みから海が奪われることになってしまう。

──しかし、宣言の発出自体はもう止められないだろう。どうにか早期解除を……。

「艦長、随分とお疲れのようですね」

艦橋を満たす忙《せわ》しない足音に紛れ、悠長な足取りで橋立《はしだて》が現れた。

「自分は疲れてないみたいな口ぶりだな」

「そう怖い声を出さないでください。指揮官がピリピリしていては、全体の士気は下がる一方ですよ」

「なら、まずはそのへらへらした面《つら》を引き締めてくれないか、副長殿」

「それは難しい相談ですね。今日は愉快なニュースを携えていますので」

「なんだ、湾内に製氷潜水艦でも見つかったか?」

まさか。副長は不敵な笑みを浮かべたまま涼花に近付き、そっと耳打ちをした。

「アメリカからモーリーが来るそうです」

涼花の双眸《そうぼう》がハッと弾《はじ》け開く。

「退役間近の艦とはいえ、自国の観測部隊まで送り込むというのか、あの国は」

「そうする意味があるということです。それに、ニュースはこれだけじゃありません」

橋立はさらに声を潜めた。

「横須賀《よこすか》に在日米軍を主体とした臨時観測所を立てる、というお達しが今夜中に来ます」

「それは、たしかなことか？」

「たしかです。昨日見つかったカプセルに加え、先ほどの調査で発覚した氷中に埋まったままのもうひとつのカプセルの存在。それらがトリガーになったんでしょう。各国がかの氷山に純粋な善意ではない興味を示しています。米国としても、悠長に構えてはいられない」

「だからといって、随分と急だな」

「有事はいつだって急ですよ。それは艦長もおわかりでしょう」

副長は笑いを堪《こら》えるように、くつくつと肩を揺らす。

「おまえは情報屋の方がお似合いかもしれないな」

「……ご冗談を」

橋立が一瞬口ごもった気がして、涼花は見とがめた。「どうした、橋立？」

「いえ別に。それより、お疲れの艦長のためによもやま話のひとつでもしたいのですが」

薄い笑みで躱《かわ》す橋立《はしだて》は、やはり訝《いぶか》しい。

「言ってみろ。疲れが和らぐのなら、今は雑談でもありがたい」

「それでは今回の氷山に絡《から》めてひとつ。――十四年前の二〇二一年、ロシアの生物学研究所がシベリアの永久凍土から二万四千年前の微生物を蘇生させたことがあったのをご存じで？」

「ああ、知っているが。それがなんだ」

「ロマンですよ。ロマンの話です」

話の意が汲《く》み取れず、涼花《りようか》は目を細めた。

「本件にはそういう側面もあるということです。つまり、ああいった氷塊には大国を動かすロマンも眠っているんです。未知との邂逅《かいこう》、神秘の解明。あの氷塊から検出された海水以外の成分、合成高分子のゲル剤、不凍タンパク質と金ナノ粒子。それらもロマンというわけですよ」

「そんなものベトナムの企業を問いただせば済む話だ。その企業がもしあればの話だがな」

「上を疑うのはやめましょう。それより、もう少し夢を見た方がいいですよ、あの氷山に」

「ならば、まずは寝る時間をいただきたいね」

「まあまあ、そうおっしゃらずに。軽い冗談ですよ。僕だってわかってますから、残念ながらロマン云々《うんぬん》は表層も表層。本件の底は深く、暗いということも。――ええ、氷山の一角とは、よく言ったものです」

まったくだ。涼花は胸に手を当てる。「隠れて見えない部分が、本当は一番怖いんだ」

橋立もその言葉を否定するでもなく、ただ小さく、頷《うなず》いた。

○

八月七日、午前七時四十二分。進《すすむ》の家で学会の打ち合わせを行ってから、四日後の朝。

「日暈《ひかさ》も行きたいっ」

「だめ」

「なんでっ」

「日暈にはまだ早いから」

「なんでっ！」

「なんでも」

ズボンの裾にへばりつく日暈はなかなか強情で、引き剥《は》がすにも一苦労だ。まさか靴を履くのに三分も苦心するとは、進も起きた時には思いもしなかった。

「羽《はね》ちゃんと一輝《かずき》くんも行くんでしょ？　なら、日暈も行く。行って、たくさん話す！」

「あのなぁ、行ってもつまらないぞ。何時間も理科と算数の話を聞かされるだけなんだから」

「あっ！　日暈それちょうど聞きたかった！」

「嘘吐《つ》け。それに、聞いたってわからないだろう」

「日暈《ひかさ》、九九言えるもん」

進《すすむ》はがくりと肩を落とし、玄関から内へ向かって「優月《ゆづき》さぁーん」と情けない声を発した。

「はいはーい。ちょっと待っててねー」

居間から現れた優月は日暈の身体《からだ》を後ろからぎゅっと抱き寄せ、「日暈ちゃんはお姉ちゃんとお買い物行こうか」と甘い声で囁《ささや》いた。拭いたばかりの手から、洗剤の匂《にお》いがぷんと舞う。

「いい。今日は進についてく」

「ええー、いいの？　今日はお菓子もジュースも好きなの買ってあげようと思ってたのにぃ」

「お菓子もジュースも向こうで進に買ってもらうからいい」

「いや、買わねえよ」

「ふーん、私なら三時のおやつにケーキも買ってあげられるのになぁ」

え、ケーキも。日暈の眉がぴくりと動いた。

「進くんはケーキまで買ってくれるかなぁ？」

「うーん……でもやっぱいい！　クリームは太るから」

優月ちゃんも太るからやめたほうがいいよ。日暈は無慈悲に言い捨て、玄関を飛び出した。

面食らった様子の優月が、口の端をひくつかせている。

「進、行こっ！　遅れちゃう！」

友達待たせたらダメなんだよ！　と、勝手に走って行く日暈を見て、進は鞄《かばん》を担《かつ》ぎ直した。

——こいつは結局、なにがしたくて俺の前に現れたんだろう。

日暈にとって、友達とはなんなのだろうか。羽《はね》や一輝《かずき》になにを求めているのだろうか。一緒に遊びたいという欲求は、どこから来るものなのか。寂しさか。無邪気さか。——それとも、天音《あまね》が残した一年前の後悔か。いずれにせよ、日暈は一輝や羽と過ごす夏を欲している。それだけはわかる。だからたぶん、応えた方がいいのだ。多少自分が、気まずい思いをしても。

「わーったよ。今行くから、そこで待ってろ。道路に飛び出すなよ」

「進くん、本当にいいの？　今日、先生のお手伝いなんでしょう？」

「大丈夫ですよ、たぶん。そんなにやることないですし」

「日暈もお手伝いするし——！」

離れたところで胸を張る日暈に、進は一言飛ばす。「おまえは大人しくしてろ」その言葉に続くように、進も家を出た。

玄関の向こうに横たわる膨張した空気が、鼻の奥に、むんっと香った。

三浦《みうら》海岸駅の改札をくぐり、プラットフォームで汗を拭《ぬぐ》っていると赤い電車が滑り込んできた。裂かれた空気が風となり、進の首筋を手荒く撫《な》でる。出がけに整えた髪が、少し乱れた。

車両に乗り込むと弱冷房が快い。ふたりは並んで座って、また汗を拭った。

「今日はねぇ、羽ちゃんといっぱいお話しして、友達のカッコ仮、取ってもらうんだ」

「なんだ。さっきは理科と算数の話聞きたぁーいとか言ってたくせに、目的は安庭《あにわ》かよ」

「どっちもなのっ」

いじらしく唇を尖《とが》らせる日暈《ひかさ》は、やはり愛らしい。

「まあ、いいや。日暈、俺着くまで寝るからさ、ちゃんと座ってろよ」

「はぁーい」

目を閉じて日暈の声を聞くと、身も心も九歳の夏に戻った気がした。窓の外に立つでたらめな大きさの入道雲や、自転車を漕《こ》ぐ小学生、青く茂る道端の木々。それらが霞《かす》むくらい、その感覚はたしかな質感を有していた。

――安庭が言ったように、夏が終わる時、こいつは本当に自分の家に帰っちゃうのかな。

それは、なんか嫌だな。そんなことを虚《うつ》ろに考えていると、思考が遠のいていく。

今日の進《すすむ》は寝不足だった。それは昨晩、天音《あまね》の母親と長電話をしたからで、天音に歳の離れた従妹《いとこ》はいないとか、日暈が言っていた「あかねおばさん」なんて人物も親族にいないとか、そんなことを確認したからで、日暈が天音じゃないと言われた気がして、寂しかったからで。

でも結局、一番の原因は、ベッドの中で奇妙な夢に苛《さいな》まれたからだった。

夏を過ごす家の、小さな庭だった。進は縁側に座り、ちりちりと燃える火の玉を見つめていた。火薬の匂《にお》いがやけに鮮やかに香ったのを覚えている。

庭の中心では、日暈によく似た――幼い頃の天音によく似た黒髪の少女が、手持ち花火から噴出する火花で円を描いていた。夕暮れの庭に、赤と黄色でくるくると、日輪が浮かぶ。

そうだ。天音は切なげな線香花火よりも、派手なススキ花火を好んでいたのだ。

花火を持ったまま少女が駆け出す。黒い髪が夜の闇に揺れた。

――ほら、急に走るなよ。

呼び掛けてから、進は何度感じたかわからない罪の意識に囚《とら》われた。

あの日もこうやって呼びかけていれば、天音は今も、この夏を――……。

○

汐入《しおいり》駅に着くと、きつい光に目が眩《くら》まされた。太陽が地上に胡坐《あぐら》をかいているのかと思えるくらい、その輝きは近い。実際は、駅前のロータリーに聳《そび》える銀柱のモニュメントが陽の光をギラギラと反射しているからなのだが。何度来たって、この不意打ちには慣れない。

「遅い」

「いや、遅れてないだろ」

進は駅舎にかかる時計を見ながら言った。午前八時二十三分。集合時間より、二分早い。

「二分も早いし」

「二分だけ、ね。――で、なんでなの？」

「なんでって、時刻表見たらすげえ早く着くやつか、これしかなくて」

「私、そういうこと聞いてるんじゃないんだけど」

羽《はね》は時計に視線を向けたまま、平坦な声で言い放った。「なんでその子がいるの？」

「いや、えっと……」

「日暈《ひかさ》がね、連れてってってていったの。みんなが来るなら、日暈も行きたいって」

「ふうん……」

「別にいいんじゃない？　日暈ちゃん、お利口さんだし。邪魔なんかしないよ」

一輝《かずき》が「ね」と語り掛けると、日暈は「うんっ」と首を縦に振った。

「日暈もお手伝い頑張る！」

「……邪魔しないなら、まあいいけど」

日暈の純な瞳から逃げるように、羽は手元のペットボトルに視線を落とした。炭酸水を一口含む。舌先がぱちぱちと麻痺《まひ》した。この辛さには、やっぱり慣れない。

「じゃあ、揃《そろ》ったし行こうぜ」

「おーっ！」

皮膚を打つ蝉時雨《せみしぐれ》。瞳を灼《や》く陽射《ひざ》し。空高くしがみつく白雲の群れ。

その遥《はる》か下、夏の地上を這《は》う影は、二つ、三つ、四つある。進《すすむ》、一輝、羽が並んで歩く。彼らを先導するのは、ひとりの少女。濃縮した青を思わせる黒い髪。薄氷のように透き通る白い肌。熟《う》れた苺《いちご》みたいに赤い唇。

「ねえ、帰り、アイス買ってこうよ」

「ばか、気が早えよ」

羽は目線を動かさずに、歩く速度を少しだけ上げた。それは自分が顔に出やすい性質《たち》だと知っているからで、つまりは進と日暈の半歩前に出るためだった。

進にはわからないのだ、と羽は思う。私が髪を伸ばす理由も、今こうして先を歩く理由も、集合時間よりも早く来て化粧室で鏡を見る理由も。日暈に少し冷たく当たってしまう理由も。全部全部、どうせわからないのだ。

羽は一度だけ、振り返る。風に揺れる海色の髪。それを撫《な》でる彼の手。強い光。咄嗟《とっさ》に目を瞑《つぶ》る。銀柱のモニュメントから照り返される夏が、羽には少し、眩《まぶ》しすぎた。


「おおーっ、大人ばっか」

五百席近くが並ぶ会場内には人が溢《あふ》れていた。パンフレットで首を扇《あお》ぐ者、撚《よ》れたハンカチで汗を拭《ぬぐ》う者、立ったまま雑談に興じる者。服装もわりとラフな人が多い印象だ。

「お手伝い、頑張らなくちゃ！」

鼻息荒い日暈の頭に、進はぽんっと手を置き、壇上の垂れ幕に視線を送る。

『日本先端物理学会 - Japan Advanced Physics Academic Conference - 』

硬い楷書体で書かれた、大げさな文字列。ひとつひとつの単語は理解できるが、まとめられると判然としない。難解な理科の話をする場だということしかわからない、白地の垂れ幕。

その垂れ幕の下で男がひとり、手を振っていた。

「やあやあ、ちゃんと来てくれたね――おや？」

駆け寄ってきた大泊《おおはく》は日暈《ひかさ》を見ると、「誰だい？　そのお嬢さんは」と目を丸くした。

「こいつは……その、今うちで預かってるというか、今日は勝手についてきちゃって」

言い淀《よど》む進《すすむ》を見上げ、日暈は口を尖《とが》らせる。「勝手じゃないよっ」

「へえ、預かってる。親戚の子、とかかな？」

「まあ、そんな感じ」

進が弱く首肯すると、大泊はその場で膝を折り、日暈の高さに目線を合わせた。

「こんにちは、お嬢さん。僕は進くんが通う学校で理科の先生をやっている大泊透弥《とうや》っていうんだ。よろしくね」

「日暈ですっ。今日は一日頑張ります！」

日暈のお辞儀の後ろで進が苦笑する。「おまえはそんなにはりきらなくていいんだよ」

「ははっ、いや、元気なのはいいことだよ。――よし、それじゃあ日暈さんにはお水配りの任務を命じようかな。重要な任務だけど、できそうかい？」

「できる！　あのね、日暈そういうのいっちばん得意」

「いつも俺に牛乳注がせといてよく言うよ、こいつ」

「うんうん、自己ＰＲも得意とは心強いね。よし、じゃあ、待機所に行こうか」

大泊は「特等席を用意したから」と軽く笑い、進たちを連れて会場を縦に突っ切った。なだらかな下り坂の途中、左に折れて通用口に入ると、そのまま舞台袖へと移動する。

ついたよ、と大泊が指し示したのは、舞台袖の暗所。まさに特等席だった。

「ひろーい！　あ、一輝《かずき》くん、あそこにおっきなプロジェクターあるよ！」

「大きいかな。普通の大きさだと思うけど」

「おい日暈、機械に触るな」

「んじゃ、頼んだ仕事があるとき以外は、そこに置いてあるパイプ椅子で適当にくつろいでて。退屈だろうけど、あくまで静かにね」

「わかってるよ、そのくらい――あ、日暈！　機械以外も触るなって！」

ははは、と微苦笑を零《こぼ》した大泊は、長机に置いたままのジンジャーエールに手を掛けた。細い指で蓋《ふた》を回すと、ぷしゅぅと気の抜けた音がする。続けて、黄金色の液体が大泊の口元で波を打ち、隆起した喉仏《のどぼとけ》がこくっと上下した。

「――あ、先生ジュース飲んでる！」

垂れ幕から引き剥《は》がされながら、日暈は「ずるい！」と大泊を指さした。

「ああ、これはね、ちょっとした願掛けなんだ。見逃してもらえるとありがたいんだけど」

「ガンカケってなに？」

「日暈《ひかさ》、頼むから少しは大人しくしてくれよ。急に元気になりやがって」

「願掛けは神様へのお願いごとだよ。ジンジャーエールを飲むとね、ＳＦの神様が夏への扉を開いてくれるんだ」

日暈は口をぽかんと開け、「へえー」とほうけたように言葉を漏《も》らした。

「じゃあ、日暈も夏の神様にお願いしようかな」

「いいね。日暈さんはなにをお願いするの？」

「みんなとたくさん遊べますようにって」

カルピス飲んで！　日暈がにっと笑うと、進《すすむ》は小さくため息を吐《つ》いた。

「そんなもん、神様じゃなくて俺に頼めよ」

日暈の頭に、進の手がそっと置かれる。

その様を遠巻きに見ていた羽《はね》は、自分の髪の先っぽを、きゅっと握った。

厳《おごそ》かな雰囲気の場内にアナウンスが淡々と溶けていく。登壇者の奏でる靴音だけが、いやに不規則に響いた。参加者に水を配って以降、袖幕の裏で暇をもてあましていた進たちは、ようやくか、と壇上に注意を向けた。

「えー、よろしくお願いします。北下浦《きたしたうら》高校の大泊《おおはく》です。たった今紹介もありましたが、今回はこのようなタイトルで発表します」

大泊が手元のパソコンを操作すると、背後の空間が白く発光した。透明な立体映像投射幕《ホロ・スクリーン》にプレゼンテーションスライドの一枚目が音もなく表示される。中央には、〈冷凍睡眠による時間的閉曲線の移動可能性〉と、慎ましやかなサイズで題が記されていた。

「まずはじめに、みなさんもご存じのとおり、六年前の二〇二九年、人類はタイムマシンの理論モデルを完成させました。非常に喜ばしいことです。が、しかし、現在の技術発展のスピードでは、実用化までにまた長い年月が掛かると予想されています。これは因果性のジレンマの話になってしまいますが、未来人の乗って来たタイムマシンを解析する機会がなければ、タイムマシンを完成させることはできない、そのくらいの技術的なジャンプアップが必要な状態にあるのです。そのことを念頭に入れつつ、私の夢物語をお聞きいただけますと幸いです」

参列者から大きな反応はない。タイムマシンの研究は、昨今、突飛なものでもないらしい。

「さて、本題に入ります。時間的閉曲線の存在は、一般相対性理論の枠内において、時間遡行《そこう》、つまり過去へのタイムトラベルが禁止されていないことを我々に示してくれています――」

進は寝不足の頭でぼうっと、耳をそばだてた。

冷凍睡眠を用いた双方向性のある時間旅行。発表はまとめると、そのような内容だった。

「――また、タイムトラベルをするにあたり調整が困難なのが、トラベル後の空間座標軸のズレです。そのズレは時間旅行者を地中に埋めるかもしれませんし、あるいは空中に放り出してしまうかもしれません。その解決策として、〈コールド・トラベル・システム〉は到着地点を広く洋上と設定。装置から噴出する粘性流体により海水を凍結、外部的な衝撃を防ぐ機構をとります。ゆえに、時空を超えた時の様は――」

妙な溜《た》めに、進《すすむ》の意識はふっと惹《ひ》かれる。――時空を超えた時の様は？

よどみなく話していた大泊《おおはく》の顔が、にやりと崩れるのを見た。

「〈コールド・トラベル・システム〉が時空を超えた時の様は、まるで三浦の海に現れた氷山のようになるでしょう」

会場が厚いざわめきに包まれた。進も思わず、椅子からわずかに身体《からだ》を浮かせる。

――あの氷山が、タイムマシン……？

大泊が淡々と語る言葉に、進の心は熱を帯びていく。タイムマシンの存在が、過ぎ去ってしまった時間への道を開いていく。――もし、あの氷山がタイムマシンなら。

手はいつの間にか、拳の形をなしていた。

「ここまで長々と話してまいりましたが、冷凍睡眠による時間旅行はもはや夢ではなく、かつてハインラインが描いたようなフィクションでもありません。手の届く未来として我々の眼前に浮かんでいるのです。――以上で私の発表を終わります。ご清聴ありがとうございました」

大泊が会釈《えしゃく》すると、進行役である座長がマイクを握った。

「大泊透弥《とうや》さん、ありがとうございました。ただいまより質疑応答をはじめさせていただきます。ご質問のある方は挙手をお願いします」

そこからは質疑応答が打ち切られるまで、専門的な内容が飛び交った。それは進や羽《はね》、一輝《かずき》も含め、高校生には到底理解できない会話の応酬《おうしゅう》で、退屈なものだった。

大泊はすべてに応え終えると、ふぅと曖昧《あいまい》な吐息を漏《も》らし、壇上をようやく後にした。

彼の靴音を掻《か》き消すように、次の登壇者を呼ぶ声が響く。

『続きまして、北日本大学流体科学研究所所属、乙仲文乃《おつなかふみの》教授による〈分子気体力学から見るナノ気体潤滑現象の解明〉です――……』

○

「先生、発表すごかったです！」

「いやぁ、照れるね。ありがとう」

「日暈《ひかさ》も感動した！」

「……日暈さん、途中から寝てなかった？」

「ね、寝てないよっ」

エントランスの片端、大泊を囲む三人から一歩離れ、進は考えていた。氷山。タイムマシン。

過去への時間旅行。大泊《おおはく》が示した可能性が頭の中で渦を巻き、紡ごうとした言葉は形にならず、ばらばらになる。なにか、掴《つか》めそうな気がしているのに。

進《すすむ》が口を引き結んでいると、羽《はね》がぶっきらぼうに質問を投げた。

「というか、泊《はく》センさ、あんな難しそうな研究してるのに、なんで高校の先生とかやってんの？　大学とかでちゃんと研究すればいいのに」

「そうなんだけどね。好きだった人の夢が教師だったから、この仕事は続けたくてね」

「……あっそ」

羽は返って来た言葉が絡《から》みつかないように、髪を梳《す》く。「のろけとか、聞いてないし」

ごめんごめん。大泊は目尻に皺《しわ》を寄せてから、飲み残しのジンジャーエールを口に含んだ。

「そうだっ、日暈《ひかさ》も訊《き》きたいことあった」

ペットボトルから散る黄金色の輝きに、日暈の目が、ぱっと開く。

「ん？　どうしたのかな？」

「先生はタイムマシンを作る研究をしてるんでしょ？」

「そうだよ」

「じゃあ、先生もいつか、タイムマシンに乗りたいってこと？」

小ぶりな唇から放たれた無邪気な質問。大泊の口辺に笑みが浮かんだ。

「うーん、どうだろうね。日暈さんは、乗ってみたいと思う？」

「……えーっ。わかんないけど……でもね、日暈はジュースを零《こぼ》しちゃったときとか、時間が戻ればいいのにって思うから、ちょっとほしいかもしれない」

純粋な言葉で応える少女に、大泊は満足そうに頷《うなず》いた。

「そうだね。僕たちが過去に戻りたいと思う理由は、きっとそういうものなんだよね。善《よ》かれ、悪《あ》しかれ、嫌なことを消し去りたい時、僕らは過去を変えたいと願ってしまう」

大泊はすっと息を吸い込み、続ける。「ただし、みんなも覚えておくと良い」

「この世界はいつだって表裏一体なんだ。タイムマシンは誰かを幸せにするかもしれないし、その幸せは誰かの不幸かもしれない。間違えた未来、誤った出来事を知った人間が過去をやり直すことで、不幸な未来に進む人が出るかもしれない。未来を知った人間が正しい方向に世界を導こうとすることが、誰しもにとって正しい世界を築き上げるとは限らない」

「……？　先生、もっと日暈にわかるように言って？」

「つまりだ。結局のところ、正しい答えなんて誰にもわからないってことさ。わかるのは、自分がどうしたいかってことだけなんだよ」

首を傾《かし》げる少女に微笑《ほほえ》みかけ、大泊は自身の首に手を掛ける。「まだ難しい？」訊《たず》ねると、日暈は「まだ難しい」と力強く頷いた。「先生、教えるの苦手？」ひどい言われようだ。

「そっかぁ……先生らしいことを言えたと思ったんだけどなぁ」

ネクタイを緩める大泊の横で、しかし進の喉元《のどもと》はある考えにきつく縛《しば》り付けられていた。

それは願いというよりは執着で、推測というよりは望みに近く、祈りにも似た確信だった。

――泊《はく》センは、絶対なにかを知っている。

大泊透弥《おおはくとうや》は、宗谷進《そうやすすむ》にとっての未知を知っている。であるならば、目の前で笑うこの未知の少女のことも、彼はなにか知っているのではないだろうか。可能性は、ゼロではないはずだ。

「……どうしたの？　さっきから進、黙ってばっかりじゃん」

羽《はね》の問い掛けは届かない。進は黙した口の奥で、あらゆる可能性に手を伸ばしていた。

もちろん、血縁者という可能性も考えなかったわけではない。天音《あまね》に歳の離れた従妹《いとこ》はいないと彼女の母親に確認を取るまでは、それがもっともらしい答えだと信じてやまなかった。

しかし、どうだ。たとえば今日、大泊をはじめ、多くの物理学者が語っていた夢物語じみた技術があるとして――たとえそれが未完成な代物だとして、そういった技術を駆使した場合、あの少女が、日暈が天音自身だとは考えられないだろうか。

つまり、日暈《ひかさ》は過去の天音で――。だとすれば、鉄矢《てつや》が小説家だと知っていたことも、度々感じる既視感もすべて説明がつく。こんなにしっくりくる解釈はない。

「泊センは、頭いいんだよね？」

遠のいていく大泊の背に、進は問いかける。「あんな発表、するくらいだし」

周囲はこの可能性を否定するだろう。進の妄執だ、と。でも、執着してなにが悪い。この夏を過ごすために、これからの夏を過ごすために、寝たきりの身体《からだ》を捨て、健康な体で俺の前に舞い戻ってきた。この考えはそんなにあり得ないことなのか？　いけないことなのか？

「まあ、悪くはないと自負してるけど。いったいどうしたの？」

可能性があるなら、手を伸ばさなきゃ損ではないか。

「泊セン、口かたい？」

「質問ばかりだなぁ。生徒からの相談を他言しないくらいのかたさは持ち合わせてるよ」

僕ってそんなに信用無いかな。と、肩を竦《すく》める大泊に、進は続けて言う。

「なら泊セン。この後時間作ってよ」

「時間？　いいけど、一体なにを聞きたいんだい？」

「こいつのこと」

進は視線を前に向けたまま。日暈の頭に手を置いた。

それは八月七日、午後一時三十分のこと。

七月二十一日から始まった夏休みの、ちょうど折り返し地点だった。

〇

同日、午後五時三十分。

学会からの帰り道、羽たちと別れた進は日暈とともに、西日の厳しい海岸通りを歩いていた。

風が吹き、潮の香りが鼻先をくすぐる。昨日よりも小さくなったように思える氷山は、ふたり同様、汗をかいているようで、表面が艶《あで》やかに光っていた。

「日暈《ひかさ》、ここにいちゃいけない子なの?」

進《すすむ》の後ろをとぼとぼと歩く日暈が、ぽつり、漏《も》らす。

「そんなこと、ねえよ」

「日暈は日暈じゃないの……?」

「そんなこと、ねえって……」

「日暈、まだみんなと一緒にいたいよ……」

日暈が立ち止まるのが、気配でわかった。足音が止み、声は微《かす》かに湿気を帯び、揺れていた。振り返れば、進の三歩後ろには今にも泣きだしそうな少女がいて、彼女が泣きたい理由を作ったのは自分で、そんなことを考えると、眩暈《めまい》がした。

ごめんな。それしか言えない自分に、吐き気すらした。

時間は学会終了後まで遡《さかのぼ》る。

エントランスの片隅にあるベンチに日暈は腰掛けていた。視界の高い位置に、進、羽《はね》、一《かず》輝《き》、大泊《おおはく》の四人の顔が浮かんでいる。日暈は彼らの話を黙って聞いていた。会話の内容は、日暈が進のもとに来た経緯や、日暈が抱える謎や問題、すべて自分に関すること。

それらを聞かされた大泊が、「なるほど」と言ったきり沈黙してしまい、居心地が悪い。日暈、またなにか悪いことしちゃったのかな。幼心に、そんな憂慮が湧いて出る。

「それで、これなんだけど」

進が日暈の首から外したニトロケースと、アルミのプレートを大泊に見せた。

「どう、これ。泊《はく》セン、なにかわかることない？」

ニトロケース内の顆粒剤。銀色に輝く板に刻まれた〈JAPAC.CTS.〉の印字と、走り書きされた〈Never comes the same summer again.〉の英文。大泊はそれらをじっと数秒見つめると、特に感慨もなく言った。

「うーん。これだけしかないのは、いただけないね」

「いただけない？　どういう意味？」

「いやね。これだけ色々くっつけたネックレスなのに、肝心の目的が見えない。たとえば、この薬の使い途や、送って来た意味。もしなにかを託す意図があるなら、手紙の一通でも添えるはずだろう？　少なくとも僕ならそうするし、そうしないのは不親切で、なにより不自然だ」

不自然。その言葉に進の記憶がぱちぱちと連鎖した。

――さて、これは非常に不自然な現象だと思わないかい？

――あの氷山は一体誰のために、何のために、どうやって現れたんだろうね。

補習の初日に、この教師が言ったのだ。タイムマシンの研究をする、この教師が。

捨てかけていた望みがむくむくと膨《ふく》れ上がる。不自然に現れた氷山。不自然に託されたネックレス。不自然なまでに幼馴染《おさななじみ》に酷似した少女。――不自然なのは未知の技術を使用したから。すべて、繋《つな》がるじゃないか。

「なあ、泊《はく》センの研究してるタイムマシンって、たとえば、過去の人間を俺たちのいる現在《いま》に連れてくるとかもできるんだろ？」

進《すすむ》の口が矢継ぎ早に言葉を並べ立てる。止まらなかった。

「急にタイムマシンの話に逆戻り？　――でも、うん。ご想像のとおりだよ。一度過去に行って、そこから対象者を現在《いま》へ送るという二段階の手順を踏めば、理論的には可能だ」

「じゃあさ――」

刹那《せつな》、息を呑《の》んだ。進は視界が一気に狭まる感覚を覚えた。喉元《のどもと》までせり上がっていた感情を抑え込むのに必死で、次の言葉が出てこない。言いたい、訊《き》きたい。でも――。

でも、言ってはいけない気がしていた。言ってしまえば、後戻りできなくなると感覚で理解していた。この前みたいに羽《はね》が怒り、一輝《かずき》が失望する。その予感が――いや、確信があった。

だから進は、喉をぐっと締め、ベンチに座る少女の容姿を見ないように目さえ瞑《つぶ》った。

「進、どうしたの？」

けれど、声が聞こえてしまった。腰の高さから聞こえた声は、進の喉の奥から言葉を引き摺《ず》り出すには充分な懐かしさを含んでいた。「日暈《ひかさ》、なんかした？」また声がして、溢《あふ》れ出す。

「じゃあさ、誰かがタイムマシンを使って、過去の天音《あまね》をつれてきたって可能性も、あるよな」

進が放った言葉に、全員の身体《からだ》がぴくりと強張《こわば》った。

「泊センも知ってるだろ、富士《ふじ》天音。ここにいるこいつが天音だってことも、考えられるよな」

日暈のことを見もせずに、進は日暈の居る場所を指でさす。

「だっておかしいって。こんなに似てる人間、普通いねえだろ。泊セン、俺、間違ってないよな？」

進は静かに叫ぶ。願いや希望が言葉尻に滲《にじ》んでしまっても、止められない。

「俺、合ってるよな？　こいつは、天音で――ッ！」

そこまで言ったところで、進の手首に鈍い痛みが走った。

「やめなよ、そういうの」

鋭く尖《とが》りを帯びた目。羽が進の手首をきつく締め上げている。

「そこまでばかだと思わなかった」

はっ、と進が周囲を見渡した時、羽だけじゃなく、一輝さえもが軽蔑《けいべつ》の色を瞳に湛《たた》えていた。

目の前の大泊《おおはく》も、ため息を吐《つ》き、呆《あき》れた様子で進を見ている。

「あの子に似てるからって、この子にそれを重ねても何にもならないでしょ。日暈を天音に見立てたら、あの夏は戻ってくるの？　日暈の願いを叶《かな》えたら、天音の願いも叶えたことになるの？　なにそれ、贖罪《しょくざい》のつもり？　こんなこと言いたくないけどさ、意味わかんないよ、それ」

進《すすむ》もわかっているはずなのだ。日暈《ひかさ》を天音《あまね》に重ねることの空《むな》しさや、哀《かな》しさに。なにより、そんな態度で接される日暈が辛《つら》いということも。進も本当は、わかっているはずなのだ。

「前も言ったけど、この子は天音じゃない。進だって、わかってるんでしょ」

目の前の同級生がこんな簡単なことに気付かないことに――いや、目を逸《そ》らしていることに、羽《はね》の腹の底は、ぐっと熱くなる。この熱源は怒りだ。羽が一番、苦手な感情だ。

「それとも、天音の代わりは顔が似てるってだけで簡単に務まるもんなの？　なら、他の人でもいいよね？　でも、そうじゃないんでしょ？　そんな簡単に務まるもんじゃないから、進にとってあの子は特別なんでしょ？　だったらさ、進の言ってること、やっぱおかしいよ」

怒ると、みっともなく涙があふれてしまうから。

「進、自分のことしか考えてない。人は誰かの代わりになんて、なれないのに」

「羽、もう、そこらへんにしとこう」

強張《こわば》った羽の肩に、一輝《かずき》がそっと手をかける。羽の身体《からだ》はそのまま一輝の手に反転させられ、「その……ごめん……」と呟《つぶや》く進の顔が、もう見えない。

「……私に、言わないで」

言って、羽はばれないように洟《はな》を啜《すす》った。

その音に覆いかぶさるように、日暈の嗚咽《おえつ》が一度だけ響く。「みんな、ケンカしないで……」

掠《かす》れた言葉も、床に転がる。

その只中《ただなか》、進はどうしようもなく、立ち尽くしていた。

自責の念を抱えて海岸通りを歩く。もう何度も口にした謝罪の言葉は言うたびに密度が小さくなる気がして、そんなすかすかなものを渡すくらいなら口を噤《つぐ》んだ方がいいとさえ思った。

進は無言で歩いた。日暈もずっと、喋《しゃべ》らなかった。

大きな海が広がっていた。波打ち際いっぱいに、夕陽の欠片《かけら》が打ち寄せていた。砂浜に吸い込まれる光の煌《きら》めきに、進は唇だけ静かに開く。なあ、綺麗だなって。今から浜辺を少し歩こうか。なんて言えば、仲直りできるだろうかと考えて。

そしてすぐに、できないだろうと思い至った。そういう取り繕《つくろ》いでは、きっと、世界の美しさに甘えるような態度では、本当の意味での仲直りなどできっこない。

——なんて言えば、いいんだろう。

進はひとりで考えこむ。自分の足元に広がるアスファルトだけを見て、答えを探す。

——なんて言えば、俺の気持ちが伝わるんだろう。

家の前の坂道を半分まで登った時、突然、背後からダッと地面を蹴《け》る音がした。

慌てて振り返る。日暈が家とは反対の方向に、駆け出していた。

「あ、おい、日暈っ」

跳ねるように坂道を下り、日暈はすぐに車道に差し掛かった。瞬間、進の脳裏に一年前の記憶が溢《あふ》れ出す。急に走るなよ。言えなかった言葉が、舌の先で滑る。

――ダメだ、日暈《ひかさ》まで行ってしまったら、俺は。

「止まれッ！　日暈ッ‼」

進《すすむ》の制止も聞かず、日暈は車道に躍り出る。車道からは低いロードノイズが聞こえた。通行する車両が近くにいる。進の息が、ひゅっと止まる。

日暈の靴が車道のアスファルトに接地した時、進の視界の端で影が動いた。

対向車線を走る車が――急停止した。

進の息が止まっている間、日暈は二車線道路を弾むように渡り切り、そのまま封鎖中の浜辺に躍り出ていた。進も数秒遅れて車道を渡る。心臓の刻む鼓動のまま、言葉を放つ。

「日暈、待てって！」

しかし、返ってこない。進は日暈がつけた足跡を追い、砂浜をざくざくと走った。砂の上は思った以上に走りづらくて、追いつけるのか、不安が湧き立つ。

けれど、九歳の歩幅はあまりに小さく、気が付けば、進の手は日暈の肩を掴《つか》んでいた。

「こら、危ないだろ！　事故に遭ったらどうするんだ！」

「やだっ、離してっ」

「離してじゃないだろ、ちゃんとこっち見ろよ」

「見ないっ！」

進は反射的に、日暈の肩を強く引いた。ふたりは無理矢理向き合う。瞬間、進の喉《のど》にあった言葉は消えた。振り向いた日暈の顔があまりにも切実で、ぐしゃぐしゃに濡《ぬ》れていたから。

「ばーかばーか！　進のばーか！」

「日暈……」

「進の言うことなんか聞かない！　進のことなんか見たくない！」

泣き腫《は》らした瞳が、柔く嚙《か》まれた下唇が、進に訴える。

「だって、日暈は進のいう子じゃないもん！　日暈はずっと日暈だったもん！」

細い腕が苛《いら》立《だ》ちのままに風を裂き、頼りない足が抵抗を示すように砂を蹴《け》った。

「なんで進は日暈を日暈じゃないなんて言うの。なんでそんな、寂しいこと言うの」

乾いた目元に、再び雫《しずく》が浮かぶ。「日暈は、日暈だもん」澄んだ雫が、ぽとり、砂浜に溶け、日暈は嗚咽《おえつ》する。

「なんで進は、みんなと仲良くしようとしないの。日暈はそんなの、嫌なのに」

「日暈、俺……」

進は、そんなことしか言ってあげられない。砂浜の上、寂し気に立つ日暈が、感情の隙間から絞り出すように言葉を紡いだ。「でも、日暈が日暈だからなのかな」か細く、濡れた声で。

「日暈が日暈だから、みんな喧嘩《けんか》しちゃうのかな。日暈がみんなのいう天音《あまね》さんだったら、みんなともっと、仲良くできたのかな」

だったら、寂しいな。言葉とともに、雫《しずく》がもう一滴、砂を濡《ぬ》らした。

黒く染まった染みを見て、進《すすむ》は喉《のど》の奥で言葉を作る。

──違う、日暈《ひかさ》。違うんだ。

俺はこの子にこんなことを言わせるために、あの日、手を差し伸べたのではない。冷たい砂浜から連れ去ったのではない。

「日暈だって、おうち帰りたいよ……迷惑なんか、かけたくない。でも、帰れないから、こうやって……」

日暈が嗚咽《おえつ》する。「ごめんね、進。日暈が、天音《あまね》さんじゃなくて」

違う、違うんだよ、日暈。作りかけた言葉を呑《の》み込んで、進は日暈を抱き寄せる。

言わなければいけないことがあった。

それはたぶん、ずっと知っていたことで、認めたくないことだった。

好きな人がいた。帰り道、訳もなく怒る子で、休みが来ると、誰よりも笑う子だった。猫みたいな瞳も、空よりも澄んだ声も、どれも愛《いと》おしく、学校の廊下ですれ違う人の中に、いつも彼女の姿を探していた。いつでも会えるのに、目は彼女を追っていた。

もう一度でいい。天音と話したかった。話せるのなら、なにを犠牲にしてもいいと思っていた。でも、違うんだ。犠牲にしていいものなんて、なにもないんだ。

深い呼吸をひとつ挟んだ。言葉が自然とせり上がってくるのを、待つように。

「日暈は、日暈でいい。誰の代わりでもない。日暈は、日暈だ」

言って、進はまた繰り返す。「日暈は、日暈でいいんだよ」

「……それで、いいの？」

「いいも悪いもない。日暈はずっと、今までもこれからも、日暈だ」

俺が間違ってたんだ。言葉を最後まで吐き切ると、波の音がふたりを包んだ。

ああ、情けないな。

その音色は柔らかなのに、ふたりは縛《しば》られたように、しばらく寄り添った。


「あとはねー、アイスとポテチと、カルピスのおっきいやつ！」

「うん。わかった。ちゃんと買うから」

「約束だよ？　それで、ちゃんともう一回、日暈にごめんなさいしてね」

「うん。する。必ずする」

砂浜に続く階段に座って、日暈は足をぶらぶらと弄《もてあそ》ぶ。足を振る度、優月《ゆづき》に買ってもらった水色のスニーカーから砂がぱらぱらと落ちるのが、なんだか小気味よかった。

「あ、そうだ。羽《はね》ちゃんにもごめんなさいしてね。羽ちゃんも怒ってたから」

「うん。言っとく」

「あと、一輝《かずき》くんと先生にも」

「うん。言うよ」

絶対だよ！　と口を尖《とが》らせながら、日暈《ひかさ》は不思議に思っていた。隣に座る人物の匂《にお》いがよく香ることに。絶えず吹く潮風を押しのけ、自分を安心させることに。

不安や怒りが、もうどこにもないことに。

「太陽、あとちょっとで海に落ちちゃうね」

「そうだな」

さっきまでのとげとげしていた気持ちは、どこに消えてしまったのだろう。波が海に連れていったのか、とんびが咥《くわ》えていってしまったのか、それはわからないけれど、日暈の胸は隣に座る人への安心感で満ちていた。

目に映る光景のすべてを、隣に座る人に言いたくなった。あそこに綺麗な貝殻があるよ。砂浜にあるわかめは食べられるのかな。このキラキラしたのは貝殻じゃなくてビーチグラスって言うんだって、小学校の先生が言ってたよ。それでね、あとね、あとね――。

――あれ？

前にも、こんなことがあった気がする。

眩《まぶ》しい夕陽に細めた瞳の奥で、日暈は朧《おぼろ》げに思い出す。無邪気だったあの季節。浜を踏みしめた水色のスニーカー。風になびく黒い髪。赤く焼けた手の甲。ここに来る前、なにか大切な想いを伝えられた気がする。ああ、そうだ。大好きなあの人が言ったのだ。

——いってらっしゃい、日暈。みんなに、よろしくね。

日暈は不意に、首元にぶら下がるドッグタグに視線を落とす。

手に取ると、それはちりんっと鈴のような音を立てた。

何度も見た英語の羅列が、知らないうちに水浸しになっていた。

「どうした、日暈？」

頬に伝う涙を見て、進《すすむ》が狼狽《うろた》える。「俺、またなんか……」

「ううん、違う。違うの」

日暈は嬉《うれ》しそうに、首を横に振る。「これはたぶん、寂しいほうの涙じゃない」

「日暈もう、寂しくないから」

気丈に振る舞うその姿を見て、進はようやく、心の底から理解した。日暈は日暈で、天音《あまね》ではない。その小さな目も、零《こぼ》れそうな大粒の涙も、全部全部日暈のもので、他の誰のものでもない。なんでそんな簡単なことを、わかってあげられなかったのだろう。

日暈はここにいていいんだよと、なんですぐに言ってあげられなかったのだろう。

その言葉が救いになると知っていたのは、自分だったはずなのに。

「日暈、俺は、ずっと寂しかったんだ」

思わず、言葉が落ちていた。呼吸をするたび、無理矢理凍り付かせていた想いが、じわりと解け出してくるのがわかった。それはどうしようもなく自分のことで、天音にも見せることができなかった、不格好で、柔らかい部分。

「夏になると、親が鉄《てっ》ちゃん家に俺を預けるのが寂しかった。俺、要らない子なのかなって。家族の負担になってるのかなって。自分はここにいるべきじゃないのかなって考えると夜も眠れなくて。だから強がってひとりで生きるんだって喚《わめ》いてたけど、それはたぶん、嘘で」

寂しかった。不安だった。自分がここにいていいのかわからなかった。けれど、言わなくてもわかってくれよと言葉を作らず、知っているはずだと気持ちを伝えず、無責任に口を閉ざし続けた日々があった。背が伸びないこと、一年にひとつしか歳をとれないこと、いくら手を伸ばしたって台所の吊《つ》り戸棚を開けられなかったこと。悔しくて泣いた。寂しくて怒った。ひとりでいるには季節のめぐりは遅すぎて、それが怖いのだと伝えたかった。

誰か隣にいてよ。

その一言がずっと言えなかった。要らない子が甘えてくるのは、負担だと思っていたから。

「天音《あまね》がいたから、なんとかなってたんだと思う。ひとりでいたいって強がっても、天音は絶対傍《そば》にいてくれたから。だから、天音がいなくなった途端、本当にひとりになった気がして」

幼い自分にはどうしようもなかったこと。胸に押し込めた寂しさや、噛《か》み潰《つぶ》してしまった本音。言えなかったことがたくさんある。誰かに聞いてほしかったのだ。砂浜が綺麗だねって。少し浜辺を歩きたいんだって。

言ってほしかったのだ、ここにいていいんだよ、と。

「まいったな、まだたくさんあるや」

呟《つぶや》く声はひどく穏《おだ》やかで、波の音に紛れてすぐに聞こえなくなる。

「進《すすむ》、意外と寂しがりやさんだったんだね」

あたし、知らなかった。日暈《ひかさ》が無邪気に笑う。

「俺も、知らなかったよ」

寂しさは、勝ち続けなきゃならないものだと信じていた。ひとりで生きていけるようになるまでは、寂しさや不安に勝って、勝って、勝ち続けて、自分という存在を証明しなければならないと思っていた。小さければ、弱ければ、世界は容易《たやす》く居場所を隠してしまうから。

「でもね、進は大丈夫だよ。羽《はね》ちゃんも一輝《かずき》くんも、鉄ちゃんも優月《ゆづき》ちゃんもいるんだから」

足を揺らして微笑《ほほえ》む日暈に、進は「そうだな」と言ってから、また寂しくなる。日暈はそこに自分を含めなかった。それは自分がずっとここにいられないことを知っているからだ。

「だからね、寂しいならみんなともっと仲良くしないとダメ！　そうでしょ？」

「うん。ほんと、そうだ」

事実、日暈はいずれいなくなる。天音も、日暈もいなくなった世界で、それでも生きていたいと願うなら、明日から、いや、今この時から、周りに立つ人たちに視線を向けなければいけないのだろう。水平線の向こうに沈んでいく太陽を追うばかりでなく、ちゃんと自分の周りの景色に目を向けて、素直に気持ちを伝えなければいけないのだ。

一緒にいてほしいのだと。

恥ずかしくても、らしくなくても。ひとりで生きるには、この季節は少し、長すぎるから。

「日暈《ひかさ》、そろそろ帰るか。腹、減っただろ？」

「うんっ」

日暈は立ち上がった進《すすむ》の手を取り、横並びで砂浜を歩く。隣を歩く彼は、どうしてかいつもより歩みが遅くて、「帰ろう」というわりに、帰りたくなさそうだった。

「進、どうしたの？」

上目遣いで訊《たず》ねる。進は、気恥ずかしそうに指を伸ばした。

「日暈、少し砂浜歩かないか？」

「いいけど、帰るの遅くなっちゃうよ」

「でもさ、綺麗だろ」

進の指の先には、夕陽を砕いてまぶしたような海がある。手前には小さな宝石を寄せ集めたような砂浜があって、頭上に広がる空は照れたように紅く染まっていた。

「うん。綺麗」

ふたりは手を結び、砂の絨毯《じゅうたん》に足を乗せる。じゃりっと音が鳴って、波と混ざっていく。

ふたりはそれから、歌うように話した。砂浜にある綺麗な貝殻のこと。打ち上げられたわかめのこと。ビーチグラスの美しさや、黄金色の海のまばゆさ。それらは忘れたくても、きっとこの先忘れることができない、夏が心に刻んだ傷跡。

——ああ、なんて綺麗なんだろう。

空の底で揺れる太陽が、並んで歩くふたつの影を浜辺に描き出していた。

○

「——でも、やっぱり日暈ちゃんはおうちに返さないと……」

日暈が開け放った玄関の奥から、微《かす》かに優月《ゆづき》の声が聞こえた。それはどうしてか震えているようで、進は少しきまりの悪さを覚える。日暈はちゃんと聞こえていなかったのか、「日暈の話してるっ」と跳ねるように居間に向かった。

「ただいまー！」

「あ、おかえりなさい」

「鉄《てつ》ちゃん、優月ちゃん、ただいまー！」

「お腹減ったけど、その前に日暈トイレ行ってくるー！」

日暈と入れ替わりで、遅れて進も居間に入る。「おう、帰ったか」と、ソファに腰掛ける鉄《てつ》矢《や》の態度は普段通りに鷹揚《おうよう》で、けれど、どこか陰のある声色だけは隠せていなかった。

「うん。帰ったよ。どうしたの鉄ちゃん、暗い顔して」

「別に。ちょっと胃がむかむかするだけだ」

「どうせ二日酔いだろ。今日はやめとけよな、飲むの」

「口うるせえな。おまえは俺の母ちゃんか」

「ちげえよ」

「知ってるよ」

鉄矢《てつや》はグラスに残っていた麦茶を呷《あお》った。唇に残る水分を手の甲で乱雑に拭《ぬぐ》い、天井を見つめながら鼻息を吐く。その横顔が少し苛立《いらだ》っているように見えるのは、気のせいじゃない。

進《すすむ》はだから、冷蔵庫を開けながら、台所に立つ優月《ゆづき》にこっそり訊《たず》ねた。

「優月さん、鉄《てつ》ちゃんとなにかあったんですか?」

「えっ、どうして?」

「いや、なんか……入ってくるとき、聞こえたから」

「ああ、聞こえてたの……。でも、うん……本当になんでもないことだから」

そう語る優月の笑顔は、今まで進が見た中で一番ぎこちない。

「そうですか」

進もあえて追及はせず、短く答えてその場を取り繕《つくろ》った。

——まあ、俺はこの家の人間じゃないしな。

寂しいけど、これは事実だ。諦《あきら》めを舌の上に乗せ、麦茶を一杯、流し込む。

「なあ、進」

「なに?」

「今日は日暈《ひかさ》と外で飯食ってこいよ」

突然の申し出に、進の眉根がぐっと寄った。

「はあ?　なんでだよ。俺も日暈も、今帰ったばっかなのに」

「いいだろ、別に」

「嫌だよ。外、暑いし」

「あのなぁ、たまには優月とふたりっきりにさせろよ。これでも若い夫婦だぞ、俺たち」

瞬間、進は押し黙る。それを言われると返す言葉がない。台所に立つ優月も顔を俯《うつむ》けたまま、口を開かない。射し込む残光だけが、煩《わずら》わしい。

「……みんな、どうしたの?」

トイレから戻って来た日暈が小首を傾《かし》げた。石鹸《せっけん》の匂《にお》いが残る手で、進のシャツの裾をくっと引っ張る。「ねえ進、どうしたの?」

「……日暈、今日は俺と外でごはん食べよう」

えー、やだっ!　はつらつとした声が居間に響いた。

「今日はみんなで食べるの。ねー、いいでしょー」

「いや、でも……」

言葉を濁す進《すすむ》にむくれた顔を残し、日暈《ひかさ》は優月《ゆづき》の足元に縋《すが》りつく。「ごめんね」曖昧《あいまい》に笑む優月に、日暈はなにか看取したようで、口をむっと、への字に曲げた。

「優月ちゃんも鉄《てつ》ちゃんと喧嘩《けんか》したの？」

「……え？」

「日暈もね、進とさっきしたよ」

でも、すぐ仲直りした。と笑う日暈に、居間の空気はふっと弛緩《しかん》した。

「ねえ、やっぱりみんなで食べようよ。そのうち、日暈は帰っちゃうかもしれないから。みんなで食べられるうちは、日暈、このお家で、みんなで食べたい」

日暈の声は切実で、飾り気がひとつもない。

進も思わず声を被《かぶ》せた。「そうだよ。食べようよ、四人で」

「日暈、今日学会の手伝いすげえ頑張ったんだよ。会場たくさん歩いて、水配って。だから、腹減ってると思うし、話だって聞いてほしいと思うし、俺だって、その話聞きたいし……」

喧嘩の余韻《よいん》が残る食卓は、どこか特別で、妙にみじめだ。これ今、食べていいのかなって、もっと申し訳なさそうにした方がいいかなって、子どもとしては少し悩む。大人の顔色を窺《うかが》いながら食べる食事は、全部苦く感じる。だから以前の進だったら、外で食べることを選んだだろう。息苦しい空気の中での食事をするくらいなら、逃げ出しただろう。うまく話せないかもしれないし、会話が続かなくて、ぎくしゃくするかもしれないから。

それでも今は、欲しいものがあった。そんな不安なんてどうでもよくなるくらい、手に入れたい光景があった。それが手に入るのは、きっと今を逃せば、二度と来ない。

「俺も、みんなで食いたいよ」

この四人で、晩飯食おうよ。進の言葉が居間に転がる。

てん、てんと響いた言葉の余韻が消える直前、鉄矢《てつや》がおもむろに立ち上がった。

「……優月、材料あるか。なかったら俺、買ってくるぞ」

「ううん。あるよ。お昼に、仕込んでおいたから」

「そうか。じゃあガキどもはさっさと風呂入って来い。そんで上がったら……」

鉄矢が後ろ髪を掻《か》き上げながら言う。

「ま、とにかくメシでも食おう」

「うんっ」と頷《うなず》く日暈の声が、居間の中に、ひときわ大きく響いた。


「優月ちゃんの作ったポテトサラダおいしいね」

「ふふっ、ありがとね」

「日暈ね、胡椒《こしょう》が多い方が好き！」

「お、わかってるじゃねえか。日暈はいい酒飲みになるなぁ」

「ちょっと鉄ちゃん、日暈ちゃんまだ九歳なんだから」

「あー、鉄《てつ》ちゃん怒られてるー」

髪をしっとりと湿らせたまま、日暈《ひかさ》はけたけたと笑う。一緒に揺れる薄水色のパジャマは、スニーカーと同じく優月《ゆづき》に買ってもらった、日暈のお気に入りだ。

「日暈、俺の作った出汁《だし》巻《ま》きはどうだ。うめえか？」

「うーん。ちょっとしょっぱい」

鉄矢《てつや》が優月と進《すすむ》を見遣《みや》る。ふたりが同時に首を縦に振るものだから、鉄矢は大袈裟《おおげさ》に項垂《うなだ》れた。「たぁーっ、出汁が濃すぎたかぁ」その様子を見て、日暈はまた、けたけたと笑う。

「でもねー、料理が下手でもね、日暈、鉄ちゃん好きだよ」

「なんだよ突然。慰めはいらねえぞ」

「ううん、違うくて。日暈ね、鉄ちゃんも好きで、優月ちゃんも好きで、進も好き。この家にいるみんなが好き。今日みたいに喧嘩《けんか》することはあっても、絶対みんな仲良しでしょ？　だから、本当の家族みたいで、大好き」

にししっと笑う顔に「そうかい」とぶっきらぼうに返す鉄矢の表情は、まんざらでもない。

「日暈ね、そのうち家に帰らなくちゃでしょ？　だから、みんなといる時間大切にしたいの。楽しいは、いつか終わっちゃうから」

あとねー、羽《はね》ちゃんと一輝《かずき》くんも入れてねー。そう語る日暈の顔は瑞々《みずみず》しく、愛らしい。

夏の終わりを強調する日暈の様子に、進は浜辺で見た涙の訳を理解した。あの時に日暈は悟ったのだ。自分が長くはここにいられないことを。このかりそめの家族と一緒にいられる時間も少ないことを。きっかけはわからないけれど、そういうことに気が付いたのだ。

「鉄ちゃんマヨネーズとってー」

「あいよー。——お、日暈はコロッケにマヨネーズ派か、進と一緒だな」

こういう何気ないやりとりも、もうすぐなくなるのだと思うと、鼻の奥がつんとなる。どうしてだろう。一緒にいると和やかなのに、別れを想うと切なくなる。目の前の三人が笑うと、こっちまで笑みが零《こぼ》れる。知らずにいた。知らなければよかったとすら、今は思う。

たぶんこれが、寂しがりやの進が、ずっと欲しかった光景だった。

夏の間の短い家族でも、たしかに欲した居場所だった。

——日暈がいる間は、またこうして食べよう。みんな揃《そろ》って、ここで。

進はそっと、洟《はな》を啜《すす》る。

箸《はし》で掴《つか》んだニンジンの煮つけから、秋の匂《にお》いがほんの少しだけ、香った気がした。

○

八月八日、水曜日。学会発表の翌日。

昨夜の不穏な空気はごはんとともに消化されてしまったようで、鉄矢も優月も日暈も、既に活気を取り戻していた。いや、さらに賑《にぎ》やかになったと言ってもいい。

進《すすむ》はその日、元気のありあまる日暈《ひかさ》を連れ、近所の屋内プールを訪れていた。

「マホロバ……ミンズ？　到着っ」

「マインズな。一応ホテルだから、入り口ではあんまはしゃがないようにしろよ」

優月《ゆづき》から預かったお金を遣い、ふたりはホテルの売店で水着を買った。進は紺色のシンプルなサーフパンツ。日暈は大好きな水色のワンピースタイプを選んだ。

屋内プールは海に行けない子どもたちで溢《あふ》れていた。その賑やかさが夏を感じさせてくれるけれど、これでは泳ぐ隙間もないじゃないか、と進は少し肩を落とす。

「ねえねえ進。プールの上になんかあるよ」

「ああ、ウォーターアスレチックだ。なつかしいな。俺もよく、鉄《てつ》ちゃんと遊んだよ」

泳ぐ場所ないし、あそこで遊ぼうか。進は日暈にそっと視線を送る。

「うん。泳ぐのはまた今度にする」

「そうだな。また、今度」

広い海で泳げるようになるのは来年になりそうだけど。その予想は、すぐに呑《の》み込む。来年なんて言葉を言ったら、舌がぴりぴりと痺《しび》れてしまいそうだった。

進は気を取り直して、「じゃあ、あそこまで競争だっ」なんて言って、笑顔で日暈に振り返る。「負けた方は帰りのアイスなし！」

「あ、進ずるい！　よーいどん言ってない！」

そうして、夏休みの一日は平穏に過ぎていった。緊急事態宣言下では海水浴場の封鎖、屋外イベントの一部開催制限など、できることは限られていたが、海と人混みに近付けない以外は、特段変わりのない時間が流れた。


「プール楽しかったぁー……」

「寝るなら布団行けよ。ソファで寝たら風邪ひくぞ」

日暈と喧嘩《けんか》をしてから、進の胸にはある気付きがあった。時間が有限であること、変わらないものなどなにもないこと、素直に話せない時間が、なんて無駄なのかということ。気付いてしまえばあたりまえなことばかりなのに、たぶんひとりでは、気付けなかったこと。

「ねえ、明日、羽《はね》ちゃんのところ行こうよ。羽ちゃんのカフェ、日暈まだ行ってない」

「ああ、そういやあいつ、今日明日はバイトとか言ってたな」

たとえばそれは、同級生に接する態度にも言えることで、進は羽と素直に話したことがない。向こうがどう思っているかはわからないけれど、進には思い当たるところがない。

「一輝《かずき》くんも来れるかなぁ？」

「どうだろ。今日は都合悪いみたいだったけど、明日はたしか空いてるとか言ってたし」

「じゃあ、三人で行こうよ。羽ちゃんのとこ」

進《すすむ》はそれに軽く頷《うなず》き、とろんと眠たげな日暈《ひかさ》の頭を撫《な》でた。「ほら、もう寝ろよ。明日、寝不足で楽しめなかったら嫌だろ？」自然と出た優しい声に、思わず自分の頬も緩む。

「うん。それは、やだ」

日暈が重たい瞼《まぶた》をくしゃりと歪《ゆが》め、寝ぼけた笑みを返す。

おやすみ。そう言い合って、今日という日に幕を下ろす。

明日はもう少し、素直に話してみよう。気恥ずかしいし、うまくできるかわからないけれど。

そんなことを考えながら、進も目を擦《こす》る。

窓から忍び込んだ夜風が、眠気を誘った。


八月九日、木曜日。午前十一時十五分。北下浦《きたしたうら》海岸遊歩道沿いのカフェ。

「……来るなら言ってよ」

「ごめん。進に突然誘われて」

「その俺は昨日の夜、日暈に突然誘われたんだよ」

「羽《はね》ちゃん、その服可愛《かわい》いね！」

アイスミルクティーを啜《すす》りながら、日暈は満面の笑みを羽に向けた。

白いシャツ、青のネクタイ。腰から下を飾るのは、ネクタイと同じ色のサロンエプロン。夏空を映したような衣装を纏《まと》う羽は、うら恥ずかしそうな態度を隠せていない。

「これ、ここの制服。私の趣味じゃないし」

「えー、でも似合ってるよ！　すっごい可愛いよ！　ね、進！」

強引な口調。その語り口に羽の脳裏に天音《あまね》がちらつく。進はやっぱり、こういう明るい子が好きなのだろうか。私が望んだってなれない、こういう子のことが。

「俺に聞くなよ……」

「じゃあ、可愛くないっていうの？」

あまりにも明け透けな誘導尋問に、進はため息を吐《つ》き、隣の一輝《かずき》は苦笑を浮かべた。

——進はなんて答えるだろう。たぶん、いい答えじゃないだろうな。

でも、もし……。

なんて、あり得ない期待を押しつぶすように、羽はサロンエプロンの裾をきゅっと摘《つ》まむ。

「正直、私もそんなに似合ってない、とは思う」

傷付く前に、先制パンチ。自虐が軽く映りますようにと、小さな笑いを口で作る。

「これ、私にはちょっと明るすぎるし。てか、店長の趣味なんだよね、この制服」

時給がいいから選んだけど正直恥ずかしい。と、精一杯、喋《しゃべ》り続ける。

会話が途切れるのが、今は一番こわかった。次に彼から発せられる言葉で傷付くことを知っているから、止められなかった。進が羽をちらりと見る。——来る。アイスコーヒーをストローでかき混ぜながら彼は口を開く。——嫌だ。羽は唇を引き結ぶ。

「たしかに安庭《あにわ》っぽくはない。けど――」

からん、とグラスの氷が音を立てた。

「まあ、いいんじゃねえの。俺はわりと嫌いじゃない」

「……なに、それ」

落とした言葉に混じった感情。その色に気が付き、羽《はね》はさっと顔を背けた。

「恥ずかしくないの？　そんなこと言って」

「……別に、思ったこと言っただけだよ」

「ふうん……そっ」

じゃ私、仕事戻るから。羽はそう言って、洗面所に向かった。

逃げ出さないと、全部が崩れてしまいそうだった。大事に築き上げたもの。隠し通した想い。それらが崩れて、溢《あふ》れて、身体《からだ》の色をすべて塗り変えてしまいそうだった。

――危なかった。ちょっとしか、変わってない。

覗《のぞ》き込んだ鏡に映る、少し赤らんだ耳を見て、羽はほっと一息つく。

――なんなの、あれ。なんなの、あいつ。

声にならない想いを息に混ぜ、「んーっ」と唸《うな》る。指先は今もサロンエプロンをきつく握っているのに、今度は下唇すらも噛《か》み締めた。ゆるむ心とは裏腹に、身体はきゅっと縮こまろうとする。まるで、手に入れた悦《よろこ》びが逃げ出さないようにと、背骨は内側に丸まっていく。

──卑怯《ひきょう》じゃん、あんなの。

もう一度この気持ちを嚙《か》み締めたくなって、洗面所からひょこりと顔を出す。

途端、身体《からだ》中の筋肉が、ふっと弛緩《しかん》した。ああ、私の行動はいつも裏目に出る。

握り続けたサロンエプロンには、深い皺《しわ》が寄っていた。

視界の先で、彼が笑う。羽《はね》の見たことのない、優しい笑みで。

──やっぱこれも、日暈《ひかさ》のおかげなのかな。

乱高下《らんこうげ》する感情に耳がキンとなる。「自分のことしか考えてない」と彼に言っておきながら、自分だって、胸の内で疼《うず》くこの感情しか考えられていない。

なんて不自由なんだろう。吐き出した言葉は、感情を正しく映してはいないのだ。

私は、私の都合の良いようにしか言葉を使っていないのだ。

だとするなら、彼の言葉だって本音じゃないかもしれない。「俺はわりと嫌いじゃない」嬉《うれ》しかったあの言葉も、本当の本当に彼の本音だとは言い切れない。

──ああ、ほんと、ネガティブで嫌になるな。

今日の進《すすむ》はなんだか素直で、それはきっとあの子のおかげで、そんなことを考えると、耳を紅く染めている自分がなんだかみじめに思えてきた。あの言葉も、〝素直になった自分〟を日暈に見せるための、飾った言葉かもしれない。いや、きっとそうに違いない。

──これで天音《あまね》まで戻ってきちゃったら、私、本当にいる場所ないな。

遠くで笑い合うふたりを見て、羽は自嘲《じちょう》する。

この制服だって、きっと天音の方が似合うのだ。


羽の働くカフェから帰っても、日暈は遊びにお喋《しゃべ》りに大忙しだった。「ゲームしたい」「漫画読みたい」「夜更かししたい」それは進にとって天音と過ごした日々が焼き直されているようで、どこかむず痒《がゆ》い。同時に、天音との日々はたしかに過去のものだったと認識させられ、気持ちが整理される感覚もある。

——日暈は日暈で、天音じゃない。そんなの、当たり前じゃないか。

そんな簡単なことを呑《の》み込むのに随分と時間を要してしまった。

——夏が終われば、日暈は家に帰る。

目の前でまどろむ少女。その横顔は、きっと進のものじゃない。

「家に帰る前に、やりたいこと全部やろうな」

寝汗に張り付いた前髪をそっと払ってやり、進は胸に誓う。

かりそめだけど、ようやく手に入れた家族の願いを、叶《かな》えるのだと。


八月十日、金曜日。午前十一時二十分。羽のバイト先に行った、次の日。

「ねえ、進ー。遊びたいー」

「えー、明日城《じょう》ヶ島《がしま》行くんだろ？　それに、近場で遊べる場所だいたい行っちゃったし……」

「なら、今日はお庭で流しそうめんがしたい。おっきなやつ！」

「いや……それもちょっと難しいだろ」

「えー、なんでー！」

「まず竹が手に入らねえし」

「優月《ゆづき》ちゃん、進《すすむ》が意地悪言うー」

日暈《ひかさ》はぱっと跳ね、洗濯物を畳んでいた優月の背に飛びついた。

「流しそうめんしたいー！」

「うーん、そうねぇ。流しそうめんはちょっとやったことないなぁ。ねえ、鉄《てつ》ちゃん？」

「おう、無理だ。ガキは黙ってスイカでもしゃぶってろ」

「スイカ飽きたぁ！」

「進、おまえが甘やかすからだぞ」

「甘やかしてないよ、俺」

「日暈、進に甘やかされてダメになった！」

「おまえも適当言うなよ……」

進は嘆息をひとつ挟んで、「なんかいい案ないかな」と後ろ髪をかき上げる。

すると、洗濯物を畳み終えた優月がぱっと立ち上がった。

「ちょっと待って。私、いいこと思いついたかも」

少し出てくる！　そう言って飛び出していった優月は、すぐに不自然なまでに膨《ふく》らんだ買い物袋を提げて帰ってきた。

「おい優月、なんだ、それ」

鉄矢《てつや》の問いに、優月は「百均でいろいろね」と不敵な笑みを返した。

「日暈ちゃん、流しそうめん、一緒に作ろっか」

「作れるの!?」

「作れるよー。お店で売ってるやつより大きいの、みんなで作っちゃおうか！」

優月がにっと笑うと、日暈も「うんっ」と頷《うなず》いた。

優月が買ってきたのは、色付きのクリアファイル、麻紐《あさひも》、防水ビニールテープ、バケツ、突っ張り棒に、あとは各種装飾具。庭に出た四人は、それぞれ作業に取り掛かった。

「優月さんもさ、こういうのよく知ってるよね」

三本の突っ張り棒を麻紐で縛《しば》り、三角錐《さんかくすい》を作る男組。進がきゅっと紐を締めると、流し筒を乗せる台座がひとつ、完成した。

「俺らの世代は家での過ごし方が上手《うま》いんだよ。外出自粛ばっかだったからな」

「へえ、そうなんだ」

「苦労もいつか役に立つ時が来るってな――お、日暈。筋がいいなぁ。将来は職人か？」

縁側に座る日暈《ひかさ》はふふんっと鼻を鳴らした。「こう見えて、図工得意ですので」周りにはクリアファイルを丸めて作った流し筒が転がっている。「5、ですので」

「このニッポンの宝めー」

鉄矢《てつや》は日暈に歩み寄り、頭をわしゃわしゃと撫《な》でた。

それを後ろから見ていた進《すすむ》は苦笑しつつ、バケツを洗っていた優月《ゆづき》にそっと耳打ちをした。

「鉄《てつ》ちゃん、絶対親ばかになりますね」

「……そうかもね」

歯切れ悪く答えた優月に、進はわずかな違和感を覚える。けれど、「進っ、鉄ちゃんが羽《はね》ちゃんと一輝《かずき》くんも呼んでいいって！」声が掛かると、意識はすぐにそちらへ移った。

「羽ちゃん、こっちきてー！　日暈が全部食べちゃうよー！」

「……いや、もう充分食べたし。てか、箸《はし》持ったまま手振らないの」

進からの呼び出しで急遽《きゅうきょ》参加した羽と一輝も、今ではそうめんをさらうのに忙しい。庭に設《しつら》えられた七色の筒の異様さは、到着したふたりに箸を持たせる余裕すら与えなかったのだが。

「進、薬味ある？」

「おう。ちょい待ち」

進と一輝は中腹で日暈の取りこぼしを拾っている。羽は一番後ろに立っていて、優月が「もっと前にいったら？」と笑顔で促しても、「ここでいいです」と俯《うつむ》くだけで、めんつゆの色は誰よりも濃いままだ。

「そう。羽ちゃんがいいなら、いいけど」

優月の優しさも日暈の前線からの呼び掛けも、すべていなして後方に居座っている。

「鉄ちゃーん、もっと流してー！」

「おう、行くぞ！」

「日暈ぁ、前の方であんま止めすぎるなよ。こっちに流れてこないだろ」

「レディーファースト！」

「どこで覚えたんだよ、そんな都合のいい言葉」

「じゃあ、私もレディーファーストされちゃおうかな。ほら、羽ちゃんも」

「えっ、いや、私は……」

「あっ、ふたりとも日暈の前立っちゃダメ！」

「ははっ、日暈。そりゃ因果応報ってやつだ」

鉄矢が豪快に笑う。優月がそうめんをわざと見送る。日暈の箸の隙間からそうめんが逃げる。前線に駆り出された羽は、その中でひとり戸惑っている。

進にはその理由が、なんとなくわかった。たぶん羽も、こういう行事に疎《うと》いのだ。

「安庭《あにわ》、日暈が食いすぎないように前で全部止めちゃってよ」

気を回して、声を掛ける。羽《はね》が「うん。わかった」と頷《うなず》くのを見て、ほっとした。

今は、楽しくあるべきだ。流れる水も、落ちる夕陽も、日暈《ひかさ》の笑顔も、いずれ過ぎ去ってしまう。この夏を凍らせて持っておくことなどできない。ならばせめて、良い思い出に。

「鉄《てつ》ちゃん、最後にアイス流してー！」

「アイス流したら途中で溶けるだろうが」

「あいたっ――優月《ゆづき》ちゃん！　進《すすむ》がでこぴんしたー！」

楽しい時間を紡いだ。まるで本当の家族みたいな、温い空気が家には満ちていた。

しかしその中にあってさえ、進は夜になると気が滅入《めい》るのだ。シャワーを浴び、ベッドに潜り込むと、その感覚はいつも訪れる。冷たい潮風と熱を持つ身体《からだ》。鋭い頭痛と不明瞭《ふめいりょう》な夢。それらが肋骨《ろっこつ》の内側にある柔らかい部分を締め上げてやまない。

進はその日も、不可解な夢を見た。


夕陽の射す部屋だった。奥にしつらえられた小机で、鉄矢《てつや》がなにか書き物をしていた。その顔に無精《ぶしょう》ひげはなく、創作活動に苦心してはいるものの、どこか満足げな表情をしていた。

夢の中の進は、吐息にも似た声に振り返った。

「――の妹ちゃん、どんな名前がいいかな……」

ソファには優月が座っていた。ゆったりとした服装。肩は華奢《きゃしゃ》なままだが、腹部には膨《ふく》らみが見て取れる。彼女はその膨らみを優し気に撫《な》でていた。幸せそうな顔。肌理《きめ》の整った指先は食器用洗剤で荒れている今よりも若々しく見える。

——思い出せない。これは、俺の記憶じゃないのか？

ぼやけた頭で考える。視線がふっと下を向いた。

手に持っていたのは、今ではめずらしい紙の束。進はこの紙束を、かつて見たことがあった。鉄矢は自分の小説を確認する時に、こうして紙に印刷していたのだ。

——ああ、このタイトル……。

夢の中の進がタイトルを指でなぞる。

知らない記憶の中で、その小説のタイトルだけは知っていた。

〈Never comes the same summer again.〉

同じ夏は二度と来ない。なんて、当たり前を語る言葉の並び。

その時、窓ガラスを見ていた優月が不意に呟《つぶや》いた。「綺麗な茜色《あかねいろ》」と澄んだ声で。

○

八月十一日、土曜日。午前八時五分。流しそうめんの、翌日。

「進、起きてぇー」

起き抜けの目に日暈《ひかさ》が飛び込んでくる。苺《いちご》のように赤い唇。海の青を濃縮したみたいな黒い髪。綿雲にも似た白く柔らかい肌。猫のように丸い瞳。彼女の面影を濃く滲《にじ》ませる少女。

「羽《はね》ちゃんと一輝《かずき》くん、もう来ちゃうよ」

日暈は頬を膨《ふく》らませると、進《すすむ》の掛け布団を強引に引き剥《は》がした。

あの夢に日暈はいなかった。天音《あまね》もいなかった。郷愁を誘う茜色《あかねいろ》の光景。夢の中の優月《ゆづき》が言っていた妹とは、あの小説の意味とは。霞《かすみ》がかった脳の頼りなさに、進は嫌気が差した。

「下で待ってろ。すぐに着替えていくから」

日暈の頭をひと撫《な》でして、身支度に取り掛かる。薄い痛みが、頭蓋《とうがい》の内に膜を張っていた。


羽と一輝も合流し、四人は三浦《みうら》半島の南端、城ヶ島《じようがしま》公園へ向かった。三崎口《みさきぐち》駅からバスで約二十五分。県道を南進する。三浦市役所を過ぎた辺りから、道は狭く、町の空は建物によってきゅっと絞られる。取り囲むように「まぐろ」の赤い看板が一気に増えた。

「てかさ、なんで城ヶ島？」

まぐろの文字を眺めながら、羽は呟《つぶや》く。「こんな暑い日に」

「日暈が行きたいってうるさくてさ」

「前に行ったことあるの思い出してね、なんかまた行きたくなったの！」

「……ふぅん。そうなんだ」

素っ気なく返し、羽は窓の外を見た。途端、手狭な町景色はふっと途切れ、絞られていた空が視界一面に広がった。三崎港だ。「まぐろ」の文字に加え、「海鮮」、「寿司」が周囲に躍る。

バスは賑《にぎ》やかな漁港を進んでいく。ガラス一枚を隔《へだ》てて、潮風が揺れる。ふいに海の上に投げ出されたかと思うと、そこはもう、城ヶ島へ続く橋の上。右も左も、青一色。「県立城ヶ島公園」と刻まれた石銘板を目印に、車内に最後のアナウンスが響き、四人はバスを降りた。

「ひろーい！」

両手を広げ、駆けだす日暈。進らも、それを追う。高校生組が城ヶ島公園を訪れるのは、小学五年生の遠足以来だ。懐かしい風景。進はなぜか、目が眩《くら》まされるような感覚を覚えた。

——あれ、なんかここ……。

「っつ……」

「どうしたの、進？」

隣を歩く一輝が、進の顔を覗《のぞ》き込む。

「いや、なんでも。……ただ、ここ、見たことあるなって」

「そりゃそうだよ。ここらへんで育った人は、一度は遠足で来るんだから」

「ああ、そうだよな……」

緑の多い岬だった。波形の歩道の先には円形の木製ベンチがあり、近くには先の尖《とが》った灯台がある。潮風の浸食を感じさせぬほど真っ白な灯台の先には、磯場と、海が広がっていた。

氷山は遠く沖合に霞《かすみ》のように揺れ、代わりに輪郭の濃い入道雲が海原の背景を占めている。

遠く、声がする。前にどこかで聞いた声。

ほら、早く──。

「ほら、羽《はね》ちゃん、見て見て。この灯台、とんがり帽子みたいでかわいいね」

不意に、現実に引き戻された。三歩先に広がる影の中、羽と日暈《ひかさ》が並んで話している。

「そう？　そうでもなくない？」

「えー、よく見てよ。ほら、ほら」

進《すすむ》もふたりに近付き、改めて灯台を見上げてみた。とんがり帽子の灯台。十五年前に建て替えられたと説明板に書いてある、くすんだ白の塔。

その灯台を見ていると、進の胸にわずかな──いや、たしかな違和感が湧いて出た。

──この灯台は本当に、夢で見たあの灯台なのか？

言語化はできない。ただ、些細《ささい》な棘《とげ》が喉《のど》に刺さって苦しめる。進は、答えがわからなくて周囲に視線を泳がせた。隣に立つ一輝《かずき》も、羽さえも、灯台を見上げたまま押し黙っていた。

「ねえ、この灯台、昔はもっと海の近くにあったんだって」

その声に、三人は正気に返る。

「前あったとこも見てみたい！　あそこから下に降りられるよ」

日暈が指さしていたのは、現在立ち入り禁止の磯場へ続く階段。緊急事態宣言後に張られたであろう黄色と黒の規制線は、誰かの手によって乱雑に破られていた。

「だめだ。ニュースでも海に近付くなって言ってたろ。危ないんだから」

「危なくない。大丈夫だよ」

「危ない。日暈を怪我《けが》させたら、俺責任とれないし。次、親と来た時に行けよ」

「けち」

日暈はむくれたまま、円形のベンチに腰を下ろす。足をぶらぶらと弄《もてあそ》ぶ彼女は、やはり夢の中の少女に似ている。――親と来た時に行け。自分で言った言葉が、じわじわと胸を締め付けた。次、日暈がこの公園に来るときは親と来るときで、その時はつまり、進とはもう……。

「じゃあ、次は進じゃない人と行くからいい」

ふいっと顔を背ける日暈。そんなことを言われると、言葉が溢《あふ》れてしまう。

「でもじゃあ、もしさ」

進はできるだけ冗談に聞こえるよう、声を作った。

「もし日暈の家族が見つからなくてさ、鉄《てつ》ちゃんの家で暮らすことになったら」

そうしたら、俺が日暈を下まで連れて行くから。薄く笑いながら言うと、日暈は数度まばたきしてから笑みを返した。

「……うーん。それもいいけど、でもやっぱ、日暈は日暈のおうちに帰るよ」

くしゃりと歪《ゆが》んだ日暈の顔に、進も苦し紛れに笑う。「……そっか。ま、そうだよな」

「じゃあ俺、ここで見てるからさ。ふたりに遊んでもらえよ。危ないことするなよ？」

「うん。わかった」

それからしばらく、進《すすむ》はベンチに腰掛け、ぼうっと日暈《ひかさ》を眺めていた。一輝《かずき》とかけっこをする日暈の背中が、羽《はね》のネイルを興味深く見つめる日暈の瞳が、心をじりじりと灼《や》いていく。天音《あまね》の代わりじゃないと理解したはずなのに、今度は日暈自身を手放したくなくなっている。

「寂しがりや、か」

口の中で呟《つぶや》き、仰向けに寝転がる。太陽の周りには薄雲のひとつもなくて、それがどうしようもなく切ない。遠くから届く音に耳を澄ますと、「羽ちゃんの爪、きれい。大人みたい」なんて、あどけない声も聞こえてくる。羽と話す日暈は、どうしてだろう、いつも楽しそうだ。

「いいなぁ。可愛《かわい》いなぁ」

「別に、普通でしょ。――てか、あんたはまず、その首のやつどうにかしなよ」

「首のやつ？」

「そのネックレス。ドッグタグとか無骨すぎ。重くないの？」

「でもこれね、大切な人からもらったものだから、外せないの。この前思い出したんだけど」

「へぇ、そうなの？」

「うん。日暈もね、大切な人ができたら渡すんだ。たぶん、そうしなきゃだから」

「ふぅん。その人、見つかるといいね。……まあ、私には関係ないけど」

「うんっ！　——ねえ羽ちゃん。あのさ、あっちの方行こう。競争ね」

「え、ちょっと勝手に。てか私、汗かくの嫌なんだけど——」

ふたりの声が風に混ざって、進の耳を撫《な》でた。

日暈はなにを話しているんだろう。どこに行こうとしているんだろう。しばし、目を閉じる。波のさざめきに混じって、空から笛の音がする。きっと、とんびが鳴いているのだ。

その音を裂くように、「痛いっ」鋭い声が岬に響いた。進は身体《からだ》を跳ね起こす。「ちょっと、大丈夫っ⁉」羽が険しい声を上げながら、ハンカチを取り出しているのが見えた。

自動販売機から走って戻って来た一輝とともに、進は日暈の元へと向かう。

「どうしたんだよっ」

白いハンカチの巻かれた日暈の右手。小さな親指の付け根には、微《かす》かな鮮血が滲《にじ》んでいた。視線を下げると、日暈の足元には尖《とが》った氷の欠片《かけら》が落ちている。冷ややかな欠片の一辺には、まだ温度を残した赤色が付着していた。

「目を離した隙《すき》に、この子、落ちてた氷拾っちゃって——」

「大丈夫か？　他に痛いとこないか？」

羽が言い終わる前に、進は日暈の肩を抱いた。

「危ないことするなって言っただろ。ばか。心配するじゃんか……」

進が肩を抱くと、日暈は涙を堪《こら》え、「ごめんなさい」と静かに俯《うつむ》く。

羽《はね》は一歩下がり、ポーチから、絆創膏《ばんそうこう》を一枚、取り出した。

「帰ったら、ちゃんと手当しなよ」

「うん」

「進《すすむ》の言うこと聞かない、あんたも悪いんだからね」

「うん」

帰りのバスが動き出し、羽は会話を切った。隣のシートに座る日暈《ひかさ》。彼女の親指に巻かれた絆創膏が、射し込む光に淡く染められる。綺麗だ。日暈は何も言わずにそれを見つめていた。

日暈は唇を尖《とが》らせたままだ。見ると、羽の胸も痛む。自分のせいじゃない。でも、そんな顔をされると困ってしまう。だから少し癪《しゃく》だけど、小さな肩をつんとつついて、注意を引いた。

「来週の夏祭りと花火大会は、あんまはしゃぎすぎないようにね」

「うんっ」

赤や黄色に煌《きら》めく花火大会と夏祭りの電子広告《デジ・アド》を見ると、日暈の顔の強張《こわば》りは解けた。

「そっか、どっちも一週間後か」

日暈の後ろに座る一輝《かずき》も、相好《そうごう》を崩し、話に乗りかかる。

「緊急事態宣言、明けてるといいね」

「一輝くんも行くの？」

「うん。行くつもりだよ」

「じゃあね、一輝くんは背が高いから、日暈よりもたくさん花火見えるね」

「ふふっ、そうかもね」

「いいなぁ」

「大丈夫だよ、日暈ちゃんにも見えるから。もし見えなくても、僕が肩車するよ」

それを聞いて、日暈がはしゃぐ。ふたりの会話を途中まで見守り、羽は席を移動した。

「進さ」

「……なんだよ」

「まあその、あれくらいの子は、ああやってはしゃぐものだと思うし、進のせいじゃないよ」

「…………」

「だから、そんな落ち込まなくても良いんじゃない？」

ひとり離れた位置に座っていた進は、不貞腐《ふてくさ》れた様子を隠さない。素直だな、と羽は思う。

そういう不器用なとこ、嫌いじゃないな、なんて――。

「天音《あまね》もさ、ああだったんだ」

思わぬ名前に、羽の口の形が歪《ゆが》む。なんで今、天音の名前が出てくるの？　言いかける。

「あ、いや、違うんだ。日暈が天音じゃないってことは、もうわかってる。でも、あいつも急に走ったりするから。なんか、それが無性にダブってさ。もっとちゃんと見ておけば怪我《けが》しなかったかなとか。先に言っておけば良かったかなとか。そういうの、考えちゃって」

「……そっか」

言って、羽《はね》は用意していた言葉を呑《の》み込んだ。

「俺、ほんとだめだなぁ」

「そんなことないよ」

どうしたって、彼を否定しきれない。舌触りのいい言葉が自然と飛び出す。良くないとはわかっている。でも、仕方ないのだ。羽は進《すすむ》を拒絶できない。進が羽に弱いところを見せることは、滅多にない。救いたい。頼られたい。必要だと思われたい。誰にも譲りたくない。

人生なんて名付けられた無慈悲な大洋で溺《おぼ》れる彼が、どうしようもなく愛《いと》おしい。

私に縋《すが》りつく彼を、どうしようもなく守りたい。

「でもわかるよ」だから紡ぐのは、いつだって寄り添う言葉。

「言いそびれたり言えなかったり。私も、そういうのあるし」

「……うん」

「むずいよね。会話とか、人間関係とか。何が正解かなんてわからないし」

「……うん」

――やっぱり、似てるよね、私たち。

これはさすがに言えないか。最後の言葉を呑んで、羽は車窓を流れる景色に目を向けた。

町へと延びる、城ヶ島《じょうがしま》大橋の長い直線。午後六時の空は今も明るく、夜更かしな太陽が水平線に居座っている。遠く揺れる木々は生命の息吹に染まって青く、海は大きさに見合わない軽やかな波を奏でてやまない。

羽は知っている。秋の前に来るこの季節を、生まれてから幾度も経験したこの季節を、紛れもなく知っている。その季節の中に、夏の上に、あの氷は今も浮かんでいるのだ。

誰かに解かされるのを待つように。周囲に溶けるのを拒むように。私たちと同じように。

不安になるくらい広い海の上に、静かに、たしかに、浮かんでいるのだ。

○

八月十二日、日曜日。午後二時十二分。城ヶ島公園に行った、翌日。

空模様は切れ間のない雲。急接近する台風十二号は、夏空を容易《たやす》く灰一色に染め変えてしまった。吹く風は強く、湿気を含んで粘度も高い。海は束の間の凪《なぎ》を終え、時化《しけ》はじめている。

かたかたと揺れる窓の内で、一輝《かずき》は夏休みの課題を片付けていた。

〈花火大会、一輝も来れるよな?〉

通知の音に、ふと視線を下げる。ちょうど進から連絡が来たところだった。そのまま何通かやり取りしていると、進が〈そうだ〉と、なにか思い返したような文面を送ってきた。

〈日暈《ひかさ》の首にあった薬、優月《ゆづき》さんのお兄さんによると神経刺激薬の一種らしいってさ〉

「……神経刺激薬？」

一輝《かずき》は手首に指先を滑らせ、神経刺激薬について調べてみる。物騒な名前のその薬剤は、不眠治療などに使われている至って普通の治療薬らしい。現在では昏睡《こんすい》など、意識障害への応用もされているそうだ。

「なんで、――日暈ちゃんはそんなものを持っていたんだろう……」

日暈ちゃん自身に持病がないなら、まさか。

そこまで考えたところで、一輝は後頭部に重い痛みを覚えた。

「……ぐッ」

その痛みは徐々に尖《とが》りを帯び、脳幹を貫き、一輝を夢の世界へと引きずり込んでいく。

暗い部屋だった。見たことがあるような気もするし、知らないような気もした。どこからか、弾《はじ》けるような音が聞こえる。少女の声のようでもあり、火花が散るような音にも思えた。

――ここは、どこだ……。

視線の先には、ベッドと引き違い窓。白磁色の壁には色褪《いろあ》せたエアコンが付いていて、その下には本棚がある。今では少なくなってきた紙の本が、所狭しと並んでいた。

視線は一度落ち、テーブルに置いてある買い物袋を捉える。見覚えがない。

夢の中の一輝はそれに手を伸ばしてから、ふと、本棚へ目を動かした。
——なにをしようとしているんだ……？
本棚から一冊の本が抜き出された。タイトルは窺《うかが》えない。
しかし、濃い緑色の装丁であることは読み取れる。
——この緑の表紙……前の夢でも見たやつだ……！
現実の一輝が動揺するのに合わせて、夢の中の視線も揺れた。
咄嗟《とっさ》に自身の左手首を叩《たた》く感覚がある。手首の内側に見慣れた白い光が投影される。
夢の中、急いで開かれたカレンダーは、八月二十四日の金曜日を示していた。
夢の世界から弾き出された一輝は、息も絶え絶えに、カレンダーアプリを開いた。
八月十二日の日曜日。その日付は、疑いようもなく現実だ。
——夢のあれは……今から、十二日後……？
一体、なにが。一輝が呼吸を整えていると、廊下から、声がした。
「……なに床に這《は》いつくばってんだ、気色悪い」
キッチンに飲み物を取りに来た光二《こうじ》が、一輝を睥睨《へいげい》している。
「床で寝るくらいなら、さっさと買い出し行けよ。今週、おまえが当番だろ」
「あ、うん……」

「もうあんな量、買うんじゃねえぞ。この家には二人しかいねえってこと忘れんなよ」

「わかってるよ」

光二《こうじ》が荒々しく扉を閉める。寸前、「光二っ」一輝《かずき》は荒い息のまま呼び止めた。

「あ？　なんだよ」

「いや……光二はさ、最近頭痛とか、その、変な夢を見ることある？」

「ねえよ。怖い夢見て怯《おび》えるとか、ガキかよ。みっともねえ」

険しい眼差《まなざ》し。光二は言い放ち、今度こそ、居間を出ていった。

――光二は、ないのか……。

あれほど質感に溢《あふ》れた夢だから、もしかしたら超自然的な、先生が言うところのオカルト的な、たとえばシンクロニシティみたいな大勢が体験する現象かと思ったけれど、どうやらそうではないらしい。――しかし、夏休みのはじめ、羽《はね》はあるようなことを言っていた。

ばんっ、と強い音が鳴り、一輝の思考は途切れる。

窓ガラスが、風の体当たりに揺れていた。台風の気配に染まった空。海もそのうち、時化《しけ》るだろう。荒立つ波に躍る氷山、海上で音立てて崩れる氷塊が脳裏に浮かぶ。

不意に、母を想った。船の上で戦う母を、誰かひとりでも守ってくれる人がいれば。かつての父のように、船上で支えてくれる人がいれば。そうは願うも、一輝にはどうしようもない。

戦い疲れた母が戻って来るはずのこの家だって、既に、崩れかかっている。

○

八月十二日、日曜日。午後四時八分。東京都新宿《しんじゅく》区、防衛省本省庁舎A棟。

三浦《みうら》氷山（仮称）特設処理対策本部、市ケ谷《いちがや》分室。

「──現場からの報告は以上です。カプセル内に残留していた頭髪の調査含め、情報保全隊による情報統制のもと、不明時間移動体の捜索は進行中です」

『しょうなんの艦長はどうなんだ、実際』

飛島《とびしま》海将補の報告に、事務局長が噛《か》みついた。

『どうも張り切っているみたいだが、違う方向に舵《かじ》を切っていないか心配だ。あの氷山は国家の行く末を決める重大な鍵。情報漏洩《ろうえい》を恐れず、艦長にはタイムマシンの可能性が高いと伝えた方がいいんじゃないのか？　彼女もまだ若いんだ、我々がちゃんと手綱を握っておかないと』

「お言葉ですが、現場への強い情報統制を求めたのは、事務局長、数日前のあなた自身です」

事務局長はバツが悪そうに口元を歪《ゆが》める。『そうだったか？』頑《かたく》な口調は崩さない。

「現場には優秀な隊員を派遣しております。対策本部の意向から大きく外れることはないでしょう。──また、しょうなんの艦長自身も国のために動ける人間です。ご安心を」

飛島のにべもない対応に、事務局長は歪めた唇を引き結ぶ。

やりとりの隙《すき》をついて、進行役の笠木《かさき》が話を預かった。

「それでは次に、三浦氷山をめぐる外交政策について――……」

話は外交を経由し、経済へと移っていく。二国間での連携、情報提供。米国が唱える天秤《てんびん》の傾いた対等な関係に、産業技術環境局の局長が声をあげた。

『あれは莫大《ばくだい》な国益を生むんだ。独占できないのか？』

『そう簡単に言わんでください』

と、返す刀で反対したのは外務省の総合外交政策局長だ。

『独り占めするには、あれはもう目立ちすぎましたよ』

『なんだ、外務省は我が国の発展には及び腰か？　感染症や震災によって失われた時間を取り戻すチャンスじゃないか。いや、取り戻すどころじゃない、お釣りでもう一度五輪が開けるぞ』

『それはわかります。ですが、米国からの圧力がえげつない来とるんです。タイムマシン研究の蓄積情報を一部渡すから、この要求を呑《の》めと。呑まなければ実験用地は貸し出せないと。ひどい話ですよ。日本の国土であんな大規模な実験を秘密裏に行える場所なんてないんですから。こんなの、ほとんど一方的な注文です。米国の協力がないとタイムマシンを完成させられないだろうと足元を見られてるんです。うちの大臣もたった今、非公式な会談で詰められている最中です。日米以外に情報を漏《も》らすんじゃないぞ、と』

『そりゃそうだ。情報は独占していることに価値がある』

と、経済産業省の役人が訳知り顔で鼻を鳴らす。外交政策局長の顔が曇った。

『とにかく、米国は必要十分量の氷片サンプルを日米が確保し次第、即時解氷せよの一点張りです。なにかを嗅《か》ぎ付けた中国、ロシアが氷山を国際機関の合同管理下に置くべきだと提案しはじめたからでしょう。これに同調する国も少なくない。米国政府はタイムマシンの日米間の独占を強く望んでいますが、国際社会からの視線を考えると正直胃が痛いですよ』

『日米間か。良く言う。太平洋の向こうが潤うだけだろう。それに、氷山がタイムマシンであることを隠匿《いんとく》している共犯でもあるんだ。米国は証拠抹消を急ぎたいだけじゃないか』

『しかし証拠抹消で溶かすにせよ、湾内での火器使用になるんじゃないのか？　それこそ大ごとだ。あの氷は出所不明の自然物の扱いだが、防衛省としてはどうなんだ、そこのところ』

事務局長が笠木に問うた。

「そうですね。災害出動による融解は可能かと。災害対応における道具としての武器使用であれば、七十四年に海保と合同で炎上した第十雄洋丸《ゆうようまる》を撃沈処分した前例があります。もちろん、氷ひとつに火器使用をするにあたり、国民感情に及ぼす影響は計り知れませんが」

笠木は進行役の仮面をとり、防衛省の運用政策統括官として答えた。

『なるほど。しかし結局わからないのは、一体誰がなんの目的でこれを送って来たのか――』

事務局長が重い息を吐く。場は唸《うな》るような声に包まれた。

仮想空間の中央には、先ほどから回収されたカプセルの画像が映し出されている。旧式の酸素カプセルのような形状。底部には小さく〈JAPAC.CTS.Halo-1〉の印字が認められる。

『タイムマシンの研究者はここ最近増えているのですが、国内外の各大学、研究機関を調べても副次的に氷山を生むような研究をしている人は、見当たらず……』

文部科学省の役人がすまなそうに弁明する。

その時、『あ、あのぉ』と蚊の鳴くような囁《ささや》き声がスピーカーから伝わった。

『どうしました？　乙仲《おつなか》教授』

『実は、先日行われた先端物理学会にて、その……大泊透弥《おおはくとうや》さんという方が今回の件とよく似たタイムマシン理論を発表していまして……多くの参加者は眉唾《まゆつば》ものだと言っていたのですが、私はどうにも気になって……あの、これはその時の資料です……』

乙仲文乃《ふみの》が参加者全員にデータを共有した。学会で発表された、大泊の研究資料だ。

〈冷凍睡眠による時間的閉曲線の移動可能性〉……乙仲教授、なぜそれを早く言わない!!』

『す、すみません……政治の話ばかりで、私なんかが口を出していいのかわからなくて……』

『しかし、タイムマシン研究をしているのなら、なぜ研究機関を調べても出てこないんだ？』

『大泊さんは高校の先生をやっているようでした。私も気になって学会の参加者に聞いたのですが、数年前に突然現れたとか……詳細を知っている人は少ないみたいで……』

『すぐ調べろ。県立高校の職員ならデータベースに登録されているはずだ』

文科省の役人が部下に検索の指示を飛ばす。

結果は、すぐに出た。

『出ました。大泊透弥。男性。三十四歳。アラスカのフェアバンクスで地球物理学を学んだ後、国立極地研究所に入所。それから現在の職場である北下浦《きたしたうら》高校に移った模様です』

『アラスカ……？　そこにいたのは何年前だ』

『五年前です。それ以前の経歴は判然としません』

『五年前のアラスカ……』

事務局長が宇宙線研究所の能登呂《のとろ》所長をちらりと見る。能登呂は鷹揚《おうよう》に頷《うなず》いた。

『ええ、〝大規模重力波《LSGW》〟が観測された座標です』

その一言に、仮想空間内は胡乱《うろん》な気配に満たされた。

『未来人か……？』『いや、それは早計だろう』『とりあえず調査だ。保護はその後でいい』『神奈川県警にも協力を仰ぐか？』『保護する際、逃げられたらどうする』『三浦《みうら》半島を封鎖すればいい。タイムマシンの経済効果を考えれば微々たる損害に過ぎない』

「みなさま、お言葉ですが」

膨張した空気に釘を刺したのは、飛島《とびしま》海将補の一声。

「半島の封鎖は国民の行動を制限する行為です。経済効果もわかりますが、現状、緊急事態宣言に伴い、国民には既に多大な犠牲を払ってもらっている状況であることをお忘れなく」

ぴんと張った声音に、場がしらける。重たい静寂が会議を止めた。

『……あっ、そうだ、ちょーっと能登呂《のとろ》教授に伺いたいんですが』

息苦しい空気に耐えかねたように口を開いたのは、産業工学者の風見《かざみ》だ。

『いやね、ほんとに興味本位で恐縮なんですけど』

『はい。なんでしょう?』

『あの氷山、つまり未来人が来たことで生まれる不都合、パラドックスなんていうのは起こらないんですか? こう、バタフライエフェクト、みたいな。ははっ』

能登呂所長は咳払《せきばら》いをひとつして、風見の話を引き受けた。『そうですね』

『たとえば決定論的な考え方。人間の自由意志など存在せず、この世界は決定された因果律の中で動いているため、過去を改変することなどできない、という説。つまり過去を変えるという、一見してみれば人間の自由意志による行為も、すでに世界によって決定された行動であるためパラドックスは生じないという考え方ですね。あるいは、量子力学の世界では出来事の間に事象が差し込まれたことによる矛盾は、事後選択モデル、つまり過去が現在の状態と矛盾しないように世界が選択されるという説があります。また、時間順序保護仮説に立てばそもそもタイムトラベルは不可能ということになりますし——』

そこまで言って、能登呂は不意に口を閉じた。

『じゃあ、結局のところ……え、どうなるんです?』

『証明できること以外はわからない、というのが正直なところです』

はっはっはっと笑うふたりに『学者さんは気楽でいい』と、誰かが横から愚痴《ぐち》を零《こぼ》した。

数時間続いた会議も終わり、仮想空間の霧散《むさん》した室内には、ふたりだけが残されていた。

「飛島《とびしま》、あまり嚙《か》みつくのはやめろ。高校の頃からの悪癖だぞ」

「ここで踏ん張らないと、おまえら官僚は本当に半島を封鎖しかねん」

「あいつらと一緒くたにするな。——しかし、半島の封鎖がそこまで嫌か？」

笠木《かさき》は氷の解けきったアイスコーヒーを啜《すす》りながら言う。

「たしかに国民に負担を強いることにはなる。だが、辛《つら》い決断を下すのも我々の使命だ。逃げてばかりでは立ち行かなくなることくらい、わかるだろう」

「逃げてはいけない場面では逃げないさ。今がまだその場面じゃないというだけだ。警察も自衛隊もまだ動いてない。人探しで若者の夏休みを潰《つぶ》してでもみろ。一生恨まれる」

「なんだ、おまえ。若者に恨まれるのが怖いのか」

「俺の話じゃない、国の話さ。それに、俺はもう少なくともふたりの若者に恨まれてる」

「ふうん……そうかい。しかし、たった一年こっきり、いいじゃないかと思うけどね」

「二〇三五年というものが一度しかないように、同じ夏なんてものは来ない。それに、たとえ同じ夏が千回来ようと、そのすべてを守るのが自衛隊の役目だ。違うか？」

飛島は言いながら立ち上がり、制服の皺《しわ》を伸ばした。

「おまえは変わらないな。自分の信じるものしか信じない」

「ああ、俺は頑固だからな。ただ……」

飛島《とびしま》は視線を落としながら言う。彼の手首には時計が表示されていた。

午後六時十分。その背景には一枚の写真が映っている。今はもう戻れない夏。会わせる顔もない元妻。写真の中で笑う双子の息子を見て、飛島は深く息を吐く。

「他人の信じるものも、時には信じてみるべきなんだろうな」

八月十二日、日曜日。午後十時四十二分。

まだ遊びたいとぐずる日暈《ひかさ》を優月《ゆづき》が布団につれていき、ソファの上で鉄矢《てつや》が書き物をする。その横に寝転んだ進《すすむ》も、いつのまにか、瞼《まぶた》がとろんと重くなる。そんな、穏《おだ》やかな夜だった。

「俺もそろそろ寝るよ。おやすみ、鉄《てっ》ちゃん」

「おーう、たっぷり寝ろよ成長期」

返事代わりに欠伸《あくび》を浮かべ、進は、階段を二、三段上がったところで立ち止まる。

「あ、そうだ。日暈が夏祭りと花火大会は、ふたりも来てほしいってさ」

「そうか。まあ、考えとくよ」

「よろしく。日暈、楽しみにしてるから」

手をはためかせ、進は上階の陰に消えていく。

鉄矢は数年前より随分とたくましくなった背を見送ってから、声もなく呟《つぶや》いた。

――大きくなったな、進。

なにも背丈だけではない。自分以外を気に掛けるその成長が、眩《まぶ》しく映った。

「鉄ちゃん、寝たよ」

日暈の寝かしつけを終えた優月が居間に戻ってくる。目元を飾るべっこう色の眼鏡は夜の証《あかし》。昼間は結ばれていた髪も、今では自然な素振りで耳にかけられている。

「雨風がうるさいから、時間かかっちゃった」

「歳だけで言えば小学三年生なんだ、ひとりで寝られないのか、あいつ？」

「前は目を離すと勝手に寝てたんだけどね。ここ数日、変な夢を見るから寝たくないってごねちゃって」

「そうか。まあ、まだまだ子どもだもんな」

「……そうね。子どもを育てるのって、やっぱり大変なんだね」

優月は常温に戻しておいた麦茶を一杯、飲み下した。グラスの底が机とぶつかり、かたんっと音を立てる。もう慣れ切ってしまった、ふたりだけの沈黙。他人には決して晒《さら》さない、脆《もろ》い空間。ああ、夜が来た。と、鉄矢は思う。

「私たちも、もう寝ようか」

優月が努めて明るく放った申し出に、鉄矢は、「おう」短く返した。

居間からふすまを一枚挟んだ、八畳の和室。奥には引き違い窓があり、その手前では日暈が細い寝息を立てている。紛れる、湿った吐息。響く、すすり泣き。夏の折り返しを過ぎると溢《あふ》れ出すこれは、鉄矢しか知らない優月の秘密だ。

日暈がいくら家族だと言ってくれても、鉄矢は心の底からそうとは思えない。隣で泣く配偶者の、その頬に伝う涙と、昼間に見せる明るい笑顔を見ているからこそ、思えない。

――日暈《ひかさ》ちゃんを養子に取るなんて、私には無理だよ。

数日前に優月《ゆづき》の零《こぼ》した弱音が、今になって脳みその片隅で疼《うず》く。

――夏の間の親代わりだってちゃんとやれてないのに。お金なんかもらって、私……。

眠れず、物思いにふける。暗い天井をずっと見ていると胸がざわめいた。

そっと布団を抜け出し、ダイニングテーブルに腰掛ける。宵の涼気が満ちた部屋でひとり、鉄矢《てつや》は焼酎を呷《あお》った。一杯、二杯、胸の奥底へ流し込む。

もう一杯と瓶を傾けたところで、戸の擦《こす》れる音がした。

「どうした、眠れねえのか」

「うん」

「外、うるせえもんな」

「うん」

ぺたぺたと寄って来た日暈は、「鉄《てつ》ちゃん、何飲んでるの」と興味ありげに身を乗り出す。

机上に放り出された右手には、自我の芽生えを示すような桃色の筋が走っている。進《すすむ》の言いつけを破り、城《じょう》ヶ島《がしま》で負ったという切り傷の跡。

「飲まなくてもいいもんさ」

「なんで飲まなくていいもの飲んでるの？」

「大人ってのは、しなくてもいいことをする生き物なんだよ」

「変なの」

「変だろ。変なんだよ、大人は」

窓の向こうで風が吠《ほ》えている。台風の泣き荒《すさ》ぶ声が空気を震わせている。

鉄矢は不意に、嵐の向こうの氷山が気にかかった。あれは、崩れずにいるのだろうか。

「ねえ、何食べてるの？」

「ああ、これか？　これはチーズのわさび乗せ。わさび多めだ」

「辛くないの？」

「辛い。というか、痛い」

「日暈、はちみつかけてあげようか？」

「いいよ、これでいいんだ」

首を傾《かし》げる日暈の頭に、鉄矢はそっと手を乗せる。

「痛みを知るとな、人はちょっとだけ大人になれるんだ」

「鉄ちゃん、もう大人なのに」

「そうだな。もう、大人なのにな」

――俺たちはもう、あの頃のような子どもではないのに。

声を殺して嗤《わら》う。何年も前に凍り付かせた感情が溶けださぬよう、静かに肩を震わせる。あ
あ、なんて無様なんだろう。進が成長していく傍《かたわ》らで、俺は、俺たちは……。

その時、家中の電子端末から、鋭利な音が鳴り渡った。ジリリ、ジリリと嫌な音階でけたたましく騒ぎたてる。「わっ、なになに」日暈《ひかさ》が不安な顔で鉄矢《てつや》の脚に縋《すが》りついた。

「安心しろ。ただの警報だ」

鉄矢は脚に張り付いた日暈の背に、そっと手を回す。

その音は氷に鉄杭《てつくい》を打ちつけるような激しさで、何度も、強く、夜を揺らした。

○

『こちらは、防災よこすかです。接近中の台風により、高潮が確認されています。氷山崩落に伴う高波の発生が考えられますので、沿岸部の方は、指定の広域避難場所に避難してください。こちらは、防災よこすかです――……』

防災行政無線が声の限りに唸《うな》る。それは風雨に阻《はば》まれ、さほど明瞭《めいりょう》には届かない。

羽《はね》は手首の端末を指で繰り、避難経路の確認を行っていた。指向性スピーカーから流れるニュース速報は、横須賀《よこすか》市及び三浦《みうら》市の沿岸部に緊急避難警報が発令されたことを告げていた。

「おばあちゃん、早くしてよっ」

「これ、羽ちゃんが作ってくれた湯呑《ゆの》み持ってかないと……」

「そんなんいいからっ」

「でも……」

「どうせすぐ戻ってこれるって」

吊《つ》り戸棚に手を伸ばす祖母を引き剥《は》がし、羽は無理矢理外へ出た。

玄関を出ると、身体《からだ》が突如攫《とつじょさら》われそうになった。風というよりは屈強な男の腕。雨というよりは膨大な水量の直瀑《ちょくばく》。荒れ狂う風雨は牙《きば》を剥《む》き、羽と祖母を押し倒そうとする。

「掴《つか》まって！」

羽は叫ぶ。祖母の痩せた腰に手を回し、身をひとつにする。エレベーターまでわずか数メートルの外廊下。決死の行進が続く。祖母の身が強張《こわば》り、息も荒くなる。時間にすれば十数秒だが、心身を襲った疲労感は夜通しのそれを思わせた。

エレベーターを降りると、エントランスに車の影が見えた。幸運にも、マンションの管理人の用意したバンが横付けされたところだったらしい。

「安庭《あにわ》さん、乗って乗って」

その言葉に答える間もなく、羽はバンの中へと祖母を押し込んだ。


一夜明け、八月十三日、月曜日。

嘘みたいな快晴に、いつも通りの摂氏三十四度の外気。

避難所で一夜を明かし、腕が痛いと訴える祖母を病院に送り届けた羽は、昼前にようやく帰宅した。シャワーを浴びる前に、手首の環《わ》っかに届いていた通知だけ確認する。

それはクラス担任からの連絡で、明後日の緊急集会を報《しら》せるものだった。


八月十五日、水曜日。午前十時半。県立北下浦《きたしたうら》高校、体育館。

「てか恭子《きょうこ》聞いた？　あの氷ってなんかやばいの入ってるんだって」

「ああーらしいね。でもさぁ、実際どうなん？　うちの親も危ないから海に近付くなとかいうけど、いやおまえら普通に通勤で海辺歩いてるじゃんって。おまえらは平気なんかい！って」

「わかるー。うちもそう。むやみに出歩くなーとか言うけどさ、いやうっせえしって感じ。夏休みに出歩くなとか無理じゃない？　羽《はね》さんもそう思うっしょ？」

「…………」

「羽さーん、戻っといでー」

「ああ、うん。なに？」

学校の体育館は生徒のさえずりに満ちていた。当初は薄い緊張感も漂っていたが、教頭からの連絡が終わるとすぐに立ち消えた。今では出席番号順の並びも乱れ、生徒たちは顔馴染《かおなじ》みの面々で座を組んで語り合っている。集められたわりに拍子抜けだった学校側からの短い連絡を話の種にして。

数分前、しわがれ声の教頭が淡々と告げた。夏休みの期間は変更されないこと。休暇明け、当面の授業はリモート環境で行うこと。部活にも制限がかかること。やむを得ず登校する際は海岸に近い道は避けること。たったそれだけを、まるで生きる上で守るべき鉄の四か条のように壇上から説いていた。

「海岸沿いは本当に危険です。生徒諸君もそれを肝に銘じ――……」

教頭は紙型電子端末《ペーパー・タブレット》を片手に海辺の危険を滔々《とうとう》と語ったが、この学校は海から一キロも離れておらず、わざわざその連絡のために全校生徒をこの場に集めたのだとしたら滑稽にすら思えた。その手に持っているもので連絡すればいいじゃないか、と羽は思う。旧態依然としている大人たちに鼻白んでいるのは、きっと彼女だけではない。

「てか緊急事態宣言、本気でうざいわ。まだ明けないの、あれ」

「わかるー。うち夏は海の家でバイトするつもりだったのに、全部潰《つぶ》れてほんと金欠」

「羽さんのバイト先も影響受けてんでしょ？　海岸沿いだし」

「うん。テラス席は全面利用禁止だし、潮位が高い日は営業自体中止させられてる」

「うえー、なにそれ。最悪じゃん」

羽は言葉を交わしながらも瞳を横へ滑らせる。見慣れたふたりはすぐに見つかった。

「つーかこの集会もう良くない？　まだ帰っちゃダメなの？」

「なんかこのあと自衛隊の人から話があるって。なに話すのか知らないけど」

羽の視線はその片割れ、冷ややかな目をした男子に縛《しば》られる。

――なんの話してるんだろ、ふたりで。

進《すすむ》と一輝《かずき》のもとに、ひとりの女子生徒が近付いてきた。短い黒髪、日に焼けた褐色肌。たしか、一年生の時に同じクラスだった女子。進と同じ中学で、天音《あまね》と仲の良かった明るい子。

彼女が進と一輝になにかを手渡す。個包装のお菓子。どうやら旅行のお土産のようだ。

――そういやあの子も、進とわりと普通に話せてたっけ。

彼女が去っていく。進と一輝が軽く手を振る。進は後ろ髪をかき上げながら、お菓子に目を落とす。その横顔はさして興味ないような、それでいて喜色を滲《にじ》ませるもので、羽《はね》の胸にざらついた感情が湧いて出た。

――私と天音以外にも、女子の友達ちゃんといるんじゃん。

自分にはできないことができてしまう進を見ると、羽は少し、裏切られた気持ちになる。

「……でさ、一人足りないわけ。だから羽さんも――ちょ、羽さん聞いてるー？」

「ごめん。ちょっとトイレ」

言下に立ち上がる。人混みを割いて、羽は体育館を後にする。「羽さんいいんだけどさぁ、ちょいノリ悪いよね」「だから、聞こえるってー」そんな声も、耳に届かない。

「やあ、安庭《あにわ》」

「……なんだ、泊《はく》センか」

手洗いから出て、すぐに声を掛けられた。羽は片目だけ細めて振り返る。夏に絞られた大泊《おおはく》の身体《からだ》は補習の日々よりシルエットが細く、頬もなんだかこけているように見えた。

「なんだとはひどいな。補習までした仲なのに」

「ごめん。ちょっと今、泊センに構ってる余裕ないから」

「どうしたの？　体調でも悪い？」

「最近、なんか頭痛くて」

羽の訴えに、大泊は影の濃くなった目元に皺《しわ》を寄せた。「頭痛？」

「そう。風邪とかじゃないと思うんだけど、たまにずんって重いのが来るの」

「うーん。それはもしかしたら、脳の成長痛かもしれないね」

「脳の成長痛？」

うん、そう。顎《あご》に手を添えながら、大泊は軽い調子で言った。

「人間の脳っていうのはね、十歳までに急激に成長して、十代半ばから二十代前半にかけてようやく完成するんだ。つまり安庭は今、脳の成長期の真っただ中。頭痛が多くて然《しか》るべき時期なんだよ」

「……それ、ほんと？」

「どうだろうね」

「……なんか、むかつく」

言い捨て、ぷいと顔を背ける。大泊《おおはく》から見てその横顔は、美しくも、未だ幼い。

「でも十代が多感で、傷を負いやすい時期というのは本当だよ。感情を司るのは脳だしね。しかも今は夏だ。鈍感な僕にとってすら特別な季節。君たち高校生には、なおさら特別。そうじゃない？」

芝居ががった所作で人差し指を立てる大泊に、羽《はね》は今一度鼻白む。「なに、急に」

「君ら、いや、僕たちが夏に期待すること。それは胸の内で凍らせていた想いや願いが、夏の魔法とやらで、どうしてか叶《かな》ってしまうこと。夏になれば恋が、夢が、冒険が、素敵な時間がはじまるのだと、心のどこかで信じてやまない。過去も未来も度外視に、無意識に、無自覚に、超自然的に起こるのだと、そんなことを期待する。たとえ、日焼けが嫌いな人間でもね」

羽は無意識に自身の腕を抱いていた。陽を避け続けた柔い肌に、指が食い込む。

「なんか、よけいに頭痛くなってきた」

「ははは っ、それは失礼」

いつも通りに軽薄な振る舞いをする教師。羽はその足元めがけ、重い息を吐きだした。

「ねえ、先生はさ」

遠くから届く体育館の喧騒《けんそう》で息継ぎし、羽はぽつり、質問を零《こぼ》す。

「いや、先生もさ、夏になにか期待してるの？」

「どうしたの、急に」

「だって、僕たちが期待することって、さっき言ってたから」

「ああ、言ったね」

「大人になっても、夏になにかを期待するの？」

黙り込む大泊の口を、羽は横目で打ち守る。

「先生は、なにを期待してるの？」

「そうだね。僕はもう大人だから、期待と言うより願望に近くなってしまうけど——」

大泊は一呼吸分だけ、間をとった。

「僕はきっと、この夏を諦める理由が見つかることを願っているんだと思う」

大人の口から零れた言葉に、羽は数瞬、固まった。

「なにそれ……。どういう意味？」

「学会の日、僕と日暈《ひかさ》さんがした会話、覚えてる？　なぜ人は、タイムマシンを求めるのか」

「え？　うん……なんとなく」

羽は朧《おぼろ》げな記憶を手繰《たぐ》る。たしかあの子は、「ジュースを零しちゃったときとか、時間が戻ればいいのにって思う」なんてことを言っていたはずだ。

目の前の教師はなんて答えた？　——そうだ。「僕たちが過去に戻りたいと思う理由は、善《よ》かれ、悪《あ》しかれ、嫌なことを消し去りたい時」そう、言っていた。

「たとえば、そうだな——もしタイムマシンがあるとして、誰かを救うためにその代償として自ら傷付くことを選んだり、過去に戻ってまで自分の幸せを捨てる人間がいたら、安庭《あにわ》、君はどう思う？」

質問の意図もわからない。羽《はね》は反射的に、常識的な考えを吐き出した。

「普通にばかみたい、でしょ」

「……そうか。まあ、そうだよね」

「自分を犠牲にするなんて、ほんと、ばかみたい。——けど」

声の最後に、打消しの言葉が勝手にくっつく。あ、やっちゃったと思ってから、一秒、羽は思考を整えた。恥ずかしいから言いたくないけど、でも……。

羽は、ふっと窓の外を見る。熱された空気が、感情さえも軽くする。言ってもいいや。自分の幸せな未来を諦《あきら》めるなんてばかみたい。だけど、それすらできないであろう弱虫な私はこう言ってあげたい。

「それでも誰かを救おうとするのは、なんか……かっこいいと思う」

私にはそんなこと、できないからさ。尻すぼみの声を吐き出して、くしゃりと笑った。やっぱ、今のなし。恥ずかしいから忘れてよ、なんて気持ちを目元に込める。眉尻を下げて、その気持ちを強く表わす。伝わるかどうかは、わからないけど。

「そうか。うん。それを聞けて、安心したよ」

と、真似《まね》るように眉尻を下げた大泊《おおはく》が、なぜこんな話をしたかったのか、なぜ声が震えているのか、むりに笑っているのか、今の羽には、まるでわからなかった。

やっぱりこの人は羽にとって変な教師で、それ以上でも、以下でもない。

「それじゃ、そろそろ戻りな。自衛隊の方から話があるようだから」

羽は小さく頷《うなず》き、去っていく。まだちょっと判然としない感情を、胸に抱えて。

廊下の奥へ駆けていく少女の背から、大泊は視線が剥《は》がせなかった。垂れ込む陽射《ひざ》しに乱れた髪を無造作にかき上げ、ポケットからロケットペンダントを取り出す。

彼女が角に消える。視線を落とし、蓋《ふた》を開いた。

「さて、最期に笑顔も見られたし、僕も行くとするかな」

大泊は体育館と反対方向に踏み出した。柔く握り込まれた、銀のペンダント。中には丸く切り抜かれた紙の写真が一枚。彼と、彼の愛した女性が映っている。

窓から射し込む容赦《ようしゃ》ない夏の陽に、洋猫みたいに丸い瞳が、きらりと光った。


羽が体育館に戻ってくると、スーツの男性が壇上に上がったところだった。散開していた生徒たちもいつのまにか出席番号順の並びになっている、羽は小走りで最前列の自分の場所に戻り、こっそりと縮こまった。苗字《みようじ》が「あにわ」のせいで、どうしたって注目は免れない。

「海上自衛隊広報官の牛島《うしじま》です。えー、本日は貴重な夏季休暇の中、お時間をいただき誠にありがとうございます――……」

広報官は柔和《にゅうわ》な表情は崩さずに、それでいて淡々と〝みなさまへのお願い〟を申し出た。とりたてて目新しいこともない、ニュースで何度も見聞きした注意喚起だった。

「……――ですので、可能な限り海には近づかないようにしてください。またもし、漂着した氷や金属片を発見した場合は、触らずに距離をとり、速やかに海上自衛隊横須賀《よこすか》地方隊に連絡をしてください。他にも、たとえばプラスチック梱包やコンテナ類や、あるいは以前まで見かけたことのない子どもを近所で発見した場合なども、連絡をお願いいたします」

聞き流していたお願いに、ふと、耳慣れぬ言葉が混じっていたことに気が付く。周囲の生徒の幾人かも、声を潜めて囁《ささや》き合っている。「子ども？　なんで？」「行方不明とか？」

羽《はね》は咄嗟《とっさ》に振り返り、後方に座る一輝《かずき》の視線を手繰《たぐ》った。その先は、やはり大泊《おおはく》を探しているようで、自分と同じことを考えているのだと理解する。

い、いや、あの子を知っているのは、私たち三人とあの夫婦くらいのものだ。――ということは、あの子のことを国に告げ口したのは大泊か？　なぜ警察ではなくて自衛隊に？　なんのために？

いや、でも。と羽は考え直す。

近隣の住人があの子を見慣れぬ子どもとして警察へ届けたのかもしれない。その警察から――どういう連絡網かは知らないが――自衛隊まで情報が回った可能性もある。またもしくは、他にもそういう子どもがいるからこその喚起という線も……。

広報官が壇上から去り、集会の終わりが告げられる。体育館の空気は再び弛緩《しかん》し、喧騒《けんそう》が響く。弛《ゆる》んだ空気と人波の合間を縫って、羽《はね》は一目散に進《すすむ》のもとへと駆け寄った。

「ねえ、進」

振り返る進は、やはり釈然としない表情を浮かべている。

「今日のこと、家の人に言った方がいいんじゃない？」

「かもな」

「自衛隊に連絡すれば、なにかわかるかもしれないし、あの子のこと」

どこか気乗りしない様子の進に、羽は多分にもどかしい。

「ねえ、もう私たちじゃどうしようもないって。この前は怪我《けが》だけで済んだけど、あれ以上のことが起きたらどうするの？　責任取れないし、あの子のためにもならないじゃん。家族もまだ見つかってないんでしょ？　探してる人たちに預けた方が……──進、聞いてる？」

「聞いてるよ」

「嘘。聞いてるふりしてるだけじゃん。私が言ってるのは──」

「わかってる。本当にわかってるから。ちょっと時間くれよ」

俺だって、いろいろ考えてんだ。落とされた呟《つぶや》きに、羽の心は硬くなる。

「……わかった」

どうせ猶予を引き延ばすための方便だ。気付いていながら、羽には否定ができなかった。

早くこんな不明瞭《ふめいりょう》な、陽炎《かげろう》みたいな日々が終わってくれればと願うのは、もう何度目かわからない。それでも外から聞こえる蝉《せみ》の大合唱は、まだ夏が終わらぬことを告げていた。

○

緑の多い岬だった。波形の歩道の先には円形の木製ベンチがあり、近くには先の尖《とが》った灯台がある。潮風の浸食を感じさせぬほど真っ白な灯台の先には、海が広がっていた。

目の前には黒い髪の少女ではなく、同級生の女の子が立っている。

頬に涙を縷々《るる》と流し、気丈な笑顔でこちらを見ている。

手に黒色の棒を握り締め、上がった息と、赤い目で。

——なんで、泣いてるんだよ。

尋ねようとするも、声が出ない。

——なあ、安庭《あにわ》、どうして……。


八月十七日、金曜日。午後二時四十分。

低いブザー音が鳴った。徐々に速度の落ちる車窓を、進は寝ぼけ眼《まなこ》でぼうっと睨《にら》む。

夏の陽は残酷なくらい長い時間、空を泳ぐ。考え事に耽《ふけ》る夜は削り取られ、頭の片隅に投げ出された懸念事項は埃《ほこり》を被《かぶ》って久しい。

考えなければいけないことは多かった。たとえば夏休みの宿題の進捗《しんちょく》、同級生からもらったお土産へのお返し、自衛官の言っていた話を鉄矢《てつや》にするべきなのかなど、多岐にわたる。だというのに、脳の余白はいつもこの幻に割かれてしまう。

——安庭《あにわ》の涙は、手に握られた黒い物体は、一体なにを暗示しているんだ。

考えたところで今までの夢同様わからないというのに、脳はそちらに向かおうとする。

——いろんなことがあったから神経質になってるだけだな、きっと。

自身を言いくるめ、進《すすむ》はバスを降りた。熱されたアスファルトが、靴の裏を灼《や》いた。

待合室に立つ円柱型立体映像看板《ホロ・サイネージ》の上を、とりとめもない情報がくるくると回る。天気、気温、潮位。その中でも一番気になるのは、やっぱりあの数字。

八月十七日の金曜日。緊急集会からもう二日も経《た》ったのだ。

——あと、十日しかねえのか、夏休み。

夏休みも終盤になってくると、嫌でもカレンダーを意識してしまう。今まで日常の中に紛れているだけだった短い数列が、すべての前提のように感じられてしまう。

——あと、十日しかないのに……。

壁掛けモニターの向こう側に広がる粛然《しゅくぜん》とした空間では、官房長官が毅然《きぜん》とした口調で発表を続けていた。横須賀《よこすか》市及び三浦《みうら》市の沿岸部に発令中の緊急事態宣言を八月末まで延長すること。また、その根拠となる三浦氷山の現在の状況、危険性について、淡々と。

続けて、地域版ニュースに切り替わり、緊急事態宣言の内容が改めて紹介された。

海岸通りへの交通規制。三浦市全域の海水浴場の封鎖。夜間外出への自粛要請。市内一部地域での夏祭りや花火大会等のイベントの中止。高潮位下での漁業の制限。

それはどれも形式ばっていて、実効性が見受けられず、進は、ただ思う。

——花火大会がなくなったことを知ったら、日暈《ひかさ》、ぐずるだろうな。

茫然《ぼうぜん》と天井を見ていると、肩越しに声が掛けられた。

「宗谷《そうや》さん、準備できましたよ」


消毒液の香る集中治療区画は、この季節の中で際立って冷ややかだ。発展した医療機器の静かな駆動音。滅菌されたシーツの白さ。乱れることのない空調の風。

「日が空いてごめん。いろいろあってさ」

天音《あまね》は目をつむったまま、穏《おだ》やかな呼吸を繰り返すばかりだ。

「天音によく似た女の子を、今、鉄《てつ》ちゃん家で預かってるんだ。そいつ、すげえ元気でさ、流しそうめんしたり、プール行ったり、城ケ島《じょうがしま》行ったり、遊びに連れ回されてばっかで」

滔々《とうとう》と口にする近況が、進の頬を弛《ゆる》めていく。

「喧嘩《けんか》もしたりして。もちろん、仲直りしたんだけど。なんか楽しいんだ、あいつといるの」

日暈《ひかさ》との思い出を口にするたび、天音《あまね》との思い出も数珠繋《じゆずつな》ぎで溢《あふ》れ出した。それはやっぱりまるっきり別物で、日暈は天音じゃないという確信が、一音一音、補強されていく。

「日暈っていうんだ。会ったら驚くよ、本当に似てるんだ」

進《すすむ》は口の端で静かに笑う。今目の前にいる天音は、この夏の出来事を、日暈の存在を知らない。それがなんだか可笑《おか》しくて、切なかった。

「夢なんて見てないで、目を開けてくれよ、天音」

彼女を覆う皺《しわ》ひとつないシーツを、きゅっと握り込む。

「夏休み、あと十日しかないんだぞ。日暈もそのうち帰っちゃうんだ。だからその前に——」

——起きろよ、天音。

○

「寝たか?」

鉄矢《てつや》は布団の前に座る優月《ゆづき》に問いかけた。西に傾いた陽が射し込む寝室。昼寝をはじめた日暈の頭を撫《な》で、優月は「うん」と頷《うなず》き、立ち上がる。小さな寝息を隠すように隙間なくふすまを閉めると、ピンポーンと間延びした音が家中に木霊《こだま》した。

つま先を翻《ひるがえ》し、玄関に行こうとする優月を鉄矢が片手で制する。

「俺が出るよ」

「──それでね若草《わかくさ》さん、そのスーツの人にね、最近顔馴染《かおなじ》みのない女の子を見ませんでしたかー？　とか聞かれちゃってね、私も怖くなっちゃったから、見てません！　なんて突っ張ったんだけど、やっぱりあれなのかしら、若草さんのところのあの子のことなのかしら」

「ああ、あれは親戚の子でして。まあ、ここらで顔馴染みがないと言えばそうですが……」

玄関口に立つご近所さんが、鉄矢の口をじっと打ち守る。

「いや、そうよね。もちろん、若草さんのところを疑っているわけじゃないのよ？　でもここだけの話、そのスーツの人、防衛省の人間だって言うじゃない？　だからなにか大事《おおごと》になってなければいいなーと思って聞いてみたのよ。ごめんなさいね、急に」

「いえ、全然。お気遣いどうもありがとうございます」

がらがらと音を立て扉が閉まる。居間に戻って来た鉄矢が、ふう、と息を吐きだすのを見て、優月は洗濯物を畳みながら訊《たず》ねた。

「曽根谷《そねや》のおばさん？」

「ああ。相変わらずお喋《しゃべ》りでまいった。昭和《しょうわ》育ちは対面コミュニケーションがたくましいぜ、まったく」

「今年は息子さんたちが帰ってこられなかったから、あの人も寂しいのよ、きっと」

鉄矢《てつや》は「かもな」と返して、冷蔵庫に手を挿し入れる。たぽんっ。麦茶が鳴った。

「……どうやら、日暈《ひかさ》のことを探しているやつらがいるらしい」

「日暈ちゃんを？」

「いや、日暈って決まったわけじゃねえんだけど、たぶんそうだ。探してるのが防衛省ってのが気になるが、ここらで顔馴染《かおなじ》みのない子どもを探してるんだとよ」

「……そう、そしたら、身元もわかるのかしら」

鉄矢は相槌《あいづち》も打たず、グラスに麦茶を注いでいく。とくとく、とくとく。気長な音が垂れ落ちていく。「なあ、優月《ゆづき》」その音に紛れさせるように、鉄矢は言った。

「この前のこと、もう一度考えてみてくれないか」

「……その話、今じゃなきゃダメ？」

「養子縁組は無理でも、里親制度なら使えるはずなんだ」

「まだ、家族が見つからないって決まったわけじゃないでしょ」

「ＭｙＩＤ《マイ・アイディー》を登録しないような家庭環境なんだ。見つかっても、どうなるかわからねえ。それに、もしこのまま見つからなかったら、日暈の帰る家はどこになるって言うんだよ」

鉄矢はなみなみと麦茶が入ったグラスを、きつく握り締めた。

「そんなに大きな声出すと、日暈ちゃん起きちゃう」

「日暈も優月に懐いてる。優月だって、日暈と一緒にいるの楽しいだろ？」

「楽しいよ、すごく。でも――」

優月の手に握られた子供用のシャツに、くしゃりと皺《しわ》が寄った。

「自分の子ども満足に育てられないのに、他の子を育てるなんてこと、できるわけないじゃない。私に、そんな権利――」

じゃあッ！　鉄矢の声が、荒く波立つ。

「じゃあ、俺たちはずっとこのままなのかよ……」

「それでも良いって言ったのは、鉄《てっ》ちゃんだよ」

義務感と罪悪感だけで繋《つな》がれた関係。家族と呼ぶにはあまりにも歪《いびつ》な繋がり。

満杯のグラスが、一息に空になる。

「鉄ちゃん……？」

「大丈夫。ちょっと、外の風浴びてくるだけだ」

鉄矢は縁側に向かいながら、自省する。

――変わっていこう。日暈もあわせて、いずれ四人で暮らそう。

たった一言で良かった。

――大丈夫。俺が守るから。

十七年前には言えたその一言が、今はもう、出てこなかった。

優月は縁側に向かって歩く鉄矢の背中を――十七年前とそっくりな背中を――呼び止めら

れない自分が憎い。当時、まだ高校生だった優月《ゆづき》を必死で守ってくれた彼の背を、冷たい瞳で見ている自分が……。

優月が洟《はな》を啜《すす》るのにあわせて、ふすまがかたんっと音を立てた。

「ごめんね、起こしちゃった?」

「ううん、平気。昼寝しすぎると、夜、眠れなくなっちゃうから」

「ごめんね……うるさいお家で」

奥の部屋から出てきた日暈《ひかさ》は少し歩くと、「どうしたの、優月ちゃん」と目を丸くした。寝起きのおぼつかない足取りで、ふらつきながらも、それでも駆けて優月の傍《そば》に寄った。

「泣いてるの?」

「ううん。大丈夫。ちょっと、悲しいことを思い出しただけ」

「悲しいこと?」

「そう。悲しいこと」

優月は両手で目元を隠す。空いた懐《ふところ》を狙って、日暈がぎゅっと抱き着いた。

「悲しいことがあってもね、大丈夫だよ。明日の夏祭りはすごく楽しいから」

「うん。そうね」

「それでね、明後日《あさって》は花火大会があってね、それもきっと楽しいよ」

「うん」

「見えなかったらね、一輝《かずき》くんに肩車してもらうといいよ。ほんとは日暈がしてもらいたいけど、優月ちゃんになら譲るから」

「うん。ありがとう」

「でも、雨降るかもね」

「そうね」

「そしたら、おうちで遊ぼう。この家に、みんなで集まって」

「……うん」

「日暈ね、この家好きだよ。みんながいるから」

「うん。私も。私も好きよ……」

腕の中の日暈は温かく、優月は気が付けば、そのぬくもりに嗚咽《おえつ》を漏《も》らしていた。

遠く浮かぶ氷山に走った一筋の亀裂《きれつ》なんて知る由《よし》もなく、ただ、ひたすらに。

○

八月十八日、土曜日。

グリーンハイツ夏祭り、緊急事態宣言により開催中止。

八月十九日、日曜日。
三崎《みさき》・城《じよう》ヶ《が》島《しま》花火大会、緊急事態宣言により開催中止。

八月二十日、月曜日。
みうら夜市一日目、緊急事態宣言により開催中止。

八月二十一日、火曜日。
みうら夜市二日目、緊急事態宣言により開催中止。

八月二十二日、水曜日。
台風十八号、接近。政府の要請により沿岸部住人の外出禁止。

八月二十三日、木曜日。
台風十八号、直撃。政府の要請により沿岸部住人の外出禁止。

がたがたと鳴る灰色の窓。くすんだクリーム色の壁紙。白いシーツの上に畳まれた、薄桃色のタオルケット。草色の円形ラグの上には、普段ローテーブルの上を占拠している化粧品や、アクセサリーが無造作に避難させられていた。

羽《はね》はラグの上に座ったまま、手首に映し出された自分を横目で確認する。湿気に負け気味な前髪を指で軽く整えていると、部屋の中央にある白いローテーブルから声がした。

『花火しようよ！　花火！』

机の端に置かれたリンゴ形のプロジェクターが、ローテーブルの天板に二つの画面を映し出す。左に映るのは進《すすむ》と日暈《ひかさ》で、右に映るのは、もちろん一輝《かずき》。昔はテレビ電話とかオンライン会議なんて呼ばれていた映像付きの通話。今ではメガネ型デバイスを介せば立体映像付きで通話できるけれど、あのメガネはダサいから、羽はつけたくない。もっと可愛《かわい》いモデルが出て、もっと安くなってからでも購入を検討するのは遅くない。

だから今日は、昔ながらの平面映像でみんなと話す。とりあえず顔だけ整えれば参加できる点も、女子に優しい。立体映像だと、いろいろ気になってしまうから。

『鉄《てつ》ちゃんが庭使ってもいいって言ってたからさ、予定あわせて、みんなでやろうぜ』

『やろうぜー！』

日暈のはしゃぐ声と熱が、スピーカーを通って、羽の部屋に転がり込む。

『いいね、それ』

と、一輝が頷《うなず》くから、羽もあわせて「いいんじゃない」なんて、軽い調子で返してみる。

たぶん、やるならこの週末だろう。いや、台風一過を狙って、明日かもしれない。一日でも油断したら、次の台風が空を雲で塗ってしまう。今は、そんな季節だ。

結局、予定調整は羽《はね》の予想通りに進み、若草《わかくさ》家での花火は、明日の開催となった。

『花火も食べ物も基本こっちで用意するからさ、なんか欲しい飲み物あったら、それだけ持ってきてよ。この家、麦茶とカルピスはあるけど、それ以外は鉄ちゃん用の酒しかないから』

『それ、鉄矢《てつや》さんたちに悪くないかな？　僕らも食材持っていくよ？』

『いや、優月《ゆづき》さんが張り切ってるんだよ。ごちそう作るって』

『優月ちゃんね、夏祭りも取り戻しちゃうから！　って言ってたよ』

『そうそう。下準備も結構あるらしいからさ、食材はほんと、大丈夫だよ』

『うーん。なら、お言葉に甘えようかな』

一輝《かずき》は存外、すぐに折れた。

それからしばしの間、ゆるい雑談が続いた。『台風最悪だよな』とか、『氷山、崩れないのかな』とか、『もうすぐ夏休み終わっちゃうね』とか、とりとめのない言葉のキャッチボール。

羽は適度に口を挟んだり、相槌《あいづち》を打ちながら、左手首に転送している自分の画面をちらちら見ていた。どれだけ気を付けても、肌は日に焼けてしまう。でも、花火は日が落ちてからだから、あんま気にならないかな。天音《あまね》も日暈《ひかさ》も全然日に焼けないの、なんかずるいな。なんて、通話は繋《つな》がっているのに、ひとりだけ自分の世界に片足を置いている。

『てかさ、一輝、数Ⅱの宿題教えてくれよ。正直、ひとりじゃやる気起きなくてさ』

『教える、ならいいよ。答え写すのは絶対だめだけど』

『わかってるよ。――じゃあ、ちょうどいいしさ、今からやろうぜ』

『いいよ。羽も一緒にやる？』

「えっ、あ、うん」

反射的に答えてから気付く、いつの間にか、話題は宿題の進捗《しんちょく》に移っていたらしい。

実のところ、羽は宿題を既に終わらせていた。高校生になってなお、祖母は「羽ちゃん、宿題やった？」と尋ねてくる。それが煩《わずら》わしいから、先回りして済ませていた。小学校の時も、中学校の時もそうだ。羽は一度だって、宿題を溜《た》め込んだり、忘れたことがない。

『ちょい待って、俺、飲み物取ってくる』

『あ、じゃ僕も』

進《すすむ》と一輝が画面外に消えると、羽の部屋からは音が消えた。

そこで、ふと思う。あの子はどこに行ったのだろう。まだ、画面の向こうにいるのだろうか。

だとしたら、しくじった。オンラインだからと気を抜いていた。

あの子とふたりきりになるのは、いろんな意味で、ちょっとしんどい。

羽が腰を持ち上げる。すると、間の悪いスピーカーが囁《ささや》いた。『ねえ、羽ちゃん羽ちゃん』

「……なに？」

『羽ちゃんて、好きな人いるの？』

顔をほころばせた日暈が、ひょこり、画面の端から羽の部屋を覗《のぞ》いている。『秘密にするから教えて』と、口元を弛《ゆる》ませながら迫ってくる。

「……なに、急に。教えないよ、そんなの」

『えー、なんでー！』

「なんでも」

素っ気なく応えながら、羽《はね》は、かつて天音《あまね》にも同じ質問をされたことを思い出していた。「ねえ、羽は好きな人いるの？」それもまた、顔をほころばせながら。この女はふざけているのかと、羽はその夜、枕に何度叫んだかわからない。

「あんたには絶対、教えない」

羽はそっぽを向く。スピーカーの向こうから『えーっ』と、抗議の声が飛んでくる。

『羽ちゃんとそういう話したいーっ。進《すすむ》も一輝《かずき》くんもいないし、ねぇーいいでしょー』

「やだ。絶対しない」

『やっぱまだ、日暈《ひかさ》と羽ちゃんはちゃんとした友達じゃないから？』

カッコ仮だから？　むくれた声に気を惹《ひ》かれるが、視線だけは頑《かたく》なに戻さない。

『ねえ、どうしたら本当の友達になれる？』

「だから、私は対等だと思った人しか本当の友達として認めない主義なの」

『わかった！　日暈が小学生だから友達になってくれないんだ！』

「別に歳は関係ない」

羽は大きなため息を吐《つ》き、天井を仰いだ。話題を変えよう。それがいい。

「てかさ、これから私たち宿題するけど、あんた、どうすんの」

進は周りを見るようになってきたけど、慣れてないからか、まだこういうところまで気が回らない。せめて、日暈を下の夫婦に預けてから宿題に取り掛かればいいのに、と羽は思う。

『うーん……あ、じゃあね、日暈もここで日記書く。進には内緒なんだけど、実はずっと書けてなかったから、まとめて今書いちゃう』

「……それ、ちょっとずるじゃない？」

『ず、ずるじゃないよ！』

日暈は被《かぶ》せるように言う。『や、やっぱずるいかな』

「どうだろうね。自分で考えたら？——てか私、ちょっとトイレ」

羽はマイクをミュートし、カメラに映らないようにベッドに寝転がる。

——進はおじさんたちにちゃんと言ったのかな。あの子を、自衛隊が探してるって。

言ってないだろうな。持ちたくもない確信が胸の内にある。それは、わずかな恐怖とともに羽の身体《からだ》を重くする。

本当にあの子はなんなのだ。突然現れ、自衛隊にまで目を付けられ。これからどうなってしまうのだ。私たちを、どうしてしまうのだ。悪い予感が、胸中に加わる。

——進が言わないなら、私が……。

突然聞こえた衣擦《きぬず》れの音に、羽《はね》は少しだけ首を上げた。画面の向こうに小さな影がない。日暈《ひかさ》は日記を開きっぱなしにしたまま、どこかに行ってしまったようだ。

羽は興味の赴くまま、日記の中を盗み見た。開いてる方が悪いし、それに小三の日記でしょ？　言い訳はいくらでも出る。目に飛び込んできた『この夏にやりたいこと！』の文字に、ああ、やっぱ見てもセーフなやつだ、と、やはり胸を撫《な》でおろす。束の間だった。

『羽ちゃんと友達になる！』

花丸で強調された項目が、胸を打った。その下にある『花火をやる』『海に行く』『夏祭りを楽しむ』すべての項目はその一行に霞《かす》んで消えた。

「ほんと、なんなの……」

唇がきつく歪《ゆが》む。力を込めた舌先から、音はひとつも、鳴ってくれない。

○

八月二十四日、金曜日。

台風一過。外出禁止令解除。

台風の暴威に晒《さら》された氷山は、すでに登場時の荘厳《そうごん》さを失っていた。身は朽ち、延びる影は以前より短い。しかし、威厳を削《そ》がれた真夏の神秘に、それでも炯眼《けいがん》を向ける者たちがいた。

海洋観測艦しょうなん艦橋。海上自衛隊の隊員をはじめ、海洋研究開発機構の研究員、気象庁の海洋気象担当者、その他多くの有識者が消えゆく怪奇の行く末を探っている。

――やれやれ、夜明け前とは思えない熱気だな。

まさに戦場の如《ごと》き忙しさの中、涼花《りょうか》は右ウイングに通ずる扉の横で腕輪型電子端末《セージ・ブレスレット》を起動した。艦隊勤務用に支給されている分厚い端末から、ふっと一枚の写真が手首に投影される。

淡い木漏《こも》れ日《び》。濃い笑顔。音もなく浮かび出た息子たちの姿を寸刻捉える。

今頃どうしているだろう。写真で一時の息継ぎをして、再び戦場に身を浸らせる。

「艦長」

引き締めた横顔に声がかかった。振り向く。やはり、副長の橋立《はしだて》だ。

「今見ていたのは、ご家族のお写真ですか」

「ああ、そうだ」

「私が言うのもなんですが、本件が落ち着いたら一度おうちに戻られては」

「いい。落ち着く見込みもないしな、思わせぶりも良くない」

「とはいえ、息子さんたち、まだ子どもでしょう」

「子どもとはいえ、もう十七だ。私がいなくても、充分やっていける年齢だよ」

「そういうもんですかね。私は独り身なので、わかりませんが」

「ああ、それに多感な時期だ。私がいる方が邪魔かもしれない」

自嘲《じちょう》を浮かべる涼花《りょうか》に、橋立《はしだて》は目尻の皺《しわ》を寄せる。

「差し出がましいようですが、多感な時期だからこそ、親が見るべきなのではと私は思いますけどね。思春期の子どもは目を離すとなにをするかわかりませんよ」

「おまえは昔から、耳の痛いことばかり言うな」

「すみません。こういう性格なもので」

知ってるよ。言いながら、涼花は胸の痛みを苦笑に換えた。橋立の言うことはわかる。きっと疎《うと》まれようとも、今こそ、息子らの傍《そば》にいるべき時なのだろう。

次男の光二《こうじ》は泣き虫なくせして、気が強く、小さい頃から自分の世界では常に王様だった。慕っていたのは兄だけ。その兄の背中に隠れていたのも、たしか、小学生までだ。

長男の一輝《かずき》は主張こそ弱いものの、性根は強く、自分に嘘を吐《つ》くことを極度に嫌う子だ。反抗もしなければ、わがままも言わなかったが、小さい頃から強い芯を感じさせる子だった。

思春期の只中《ただなか》、どちらも生きづらいだろうと、涼花は母親ながらに思う。自分に似てしまったがゆえに、苦しい想いをしているだろうと。

だから、たまに夢を見る。彼らの傍にいて、彼らの悩みに寄り添い、泣き、笑い、怒り、彼らと過ごす、陸《おか》での日々を。普通の暮らしを。あり得たかもしれない他の人生を、夢に見る。

——もし私が、船に乗っていなければ。

子が生まれてから幾度夢想したかわからない。それでも涼花を船に乗らせるのは、胸底に錨《いかり》の如《ごと》く食い込んだ、ひとつの誓いだ。――普通の親にはなれなくともただ強く、誇れる母に。

「さあ、仕事に戻ろうか。副長」

引き返すことなどできやしない。するつもりもない。

私の立つここが、国民の、息子たちの日常を護《まも》る最前線なのだから。


同日、午後四時。天塩《てしお》家。

『それじゃ、六時に俺の家な』

「うん、わかった」

スピーカー越しに聞こえる進《すすむ》の声と、その後ろで跳ねる日暈《ひかさ》の声に一輝はこくりと頷《うなず》いた。

久しぶりの日常に世間はやはり浮足立っていた。窓の外を行く車の数、自転車を漕《こ》ぐ人の表情、蝉《せみ》さえも、いつもより上機嫌で歌っているように聞こえる。今まで溜《た》め込んだ鬱憤《うっぷん》を晴らすように、高らかに、力強い歌声を夏空に渡らせている。

一輝の表情も、例に漏《も》れず晴れ渡っていた。それはもう、鼻歌なんかも飛び出すほどに。

「随分、呑気《のんき》な面《つら》してんな」

肩にかかったのは聞き慣れた、それでも重い、弟の声。

その声はポーチ片手に洗面台に向かっていた一輝の足を、自然と止めた。

「どこか出かけんのかよ」

「うん、まあ」

「こんな状況でも青春ごっこって、ほんと、寒いなおまえ」

光二《こうじ》は、ふんっと鼻を鳴らす。久方ぶりの晴れ間を壊すような悪意ある冷笑に、今まできつく締められていた一輝《かずき》の喉《のど》が、少し弛《ゆる》んだ。「光二も、来る？」

「……あ？」

「だから、光二も来るかって訊《き》いたんだけど。──ああ、そうだ、羽《はね》も来るよ。安庭《あにわ》羽。知ってるでしょ？」

「おまえ、俺のことばかにしてんのか……？」

「なにが？」

自分の喉から挑戦的な声が出たことに、一輝は少々驚いた。目の前の表情が歪《ゆが》んでいくのを見ずともわかるくらいに、それは尖《とが》りを帯びた声色だった。

けれど、その自覚を有していても一輝の舌は止まらない。

「光二さ、部活ができないからって、その苛立《いらだ》ちを僕にぶつけないでよ」

迷惑だよ、そういうの。言ってから後悔する。後悔するのに、止まってくれない。

「おまえ、なにふざけたこと言ってんだよ」

「部活のことじゃないなら──ああ、そうか、僕が羽と仲良いから怒ってるのか」

言った瞬間、一輝の身体《からだ》に衝撃が走った。

「黙れよ。なあ」

背の低い弟の、太い前腕が首に押し付けられ、一輝は壁から離れられない。

「母さんがいないと乱暴になるの、昔から変わらないね」

「戻ってこねえやつのこと、言ってんじゃねえよ」

「戻って来るよ、母さんは」

「こねえよ、おふくろは」

「どうして、そう言い切れるの?」

「わかんねえなら、教えてやるよ」

低く静かな声とともに、光二は一輝の手からポーチを引き剥《は》がす。

「おまえがこんなんだから戻ってこねえんだよ!」

そして何の躊躇《ためら》いもなく、ポーチの中身を床にぶちまけた。

響く怒号に紛れ、床に散らばったのは、一輝が秘めている宝物。ネットで話題の日焼け止め。同級生の女子がこぞって使うリップクリーム。雄《お》臭《す》い汗を誤魔化《ごまか》すための制汗剤。通販で買った、三色パレットのアイブロウ。どれもほとんど新品なのは、それを使う葛藤にまだ打ち勝てていないから。羽が一緒に買いに行ってくれたファンデーションも、アイシャドウも、きっと使うことはないけれど、それでも一輝にとっては大切なものだった。

他者と性自認が異なることに気が付いた彼が、今を生きるために、必要なものだった。

「なんとか言えよ、兄貴」

弟の声は、遠くに聞こえた。

一輝《かずき》が同性を好きだとはっきり自覚したのは、中学一年生の頃。それまで自分は女性的な格好や化粧という行為が好きなだけの、少し変わった男の子だと思っていた。

だから時が経《た》てば、周りのみんなと同じように腕が太く、胸の平たい大人になるのだと信じて疑わなかった。陽がそのうち沈むように、夏がいずれ終わるように、氷がやがて解けるように、いつかみんなと同じものを好きになって、同じように生きられるようになるのだと。

けれど――……。

「一輝、おまえ、見込みあるなぁ」

「ほんとですか?」

「ああ、すげえよ。俺さ、おまえみたいな頑張り屋、結構好きだぜ」

中学の剣道部で出逢《であ》った、ひとつ上の先輩。笑顔の明るい爽やかな主将。彼に抱く気持ちがおよそ尊敬と呼べるものでないと気付いた時に、一輝はようやく理解した。彼の放つ何気ない一言に、彼が笑う何気ない瞬間に、気付かされたのだ。

僕は多分、男の器に生まれた女なのだ、と。

一輝はその事実にまっすぐに向き合おうとした。沈まない太陽に、終わらない夏に、解けることのない氷に、器と中身の不一致に、自分なりの答えを見つけようとした。

幸いにも一輝は聡《さと》い子で、答え探しには焦らなかった。

化粧品を調べていることがバレて茶化されても、ドラッグストアのコスメコーナーにいるのがバレて噂《うわさ》されても、怒らず、絶望せず、とにかくひたむきに日々を過ごした。

まずは努力して、人として魅力的になる。それが一輝の目標だった。

頑張っているやつが好きなんだ、と彼が言っているのを聞いたから。

「次の大会、大将は一輝だ」

顧問からその言葉を聞いた時、誇らしかった。望んで得たわけではない大きな身体《からだ》が、太い骨格が、彼を後押しし、気が付けば怖い上級生も、嫉妬《しっと》深い同級生も、弟の光二《こうじ》も、慕う主将をも押しのけ、二年生にして部で一番頑張っている人間になっていた。

──やった！

一輝は心中、諸手《もろて》を挙げて喜んだ。努力すれば他人は自分を認めてくれるのだと、本気で思った。心の底から、信じられた。

その日、一輝は部活を終えてなお、体育館裏で空を見ていた。いつも一緒に居残り練習をしていた彼が出てくるのをひとりで待っていた。けれどなかなか出てこないから、焦《じ》れて体育館を覗《のぞ》いてみることにした。

ただ聞きたかっただけだった。自分という存在が認められる言葉を、彼の口から。

「なんでだよっ」

中に居たのは数人の剣道部員で、その中心にいた人物は目を赤く腫《は》らしていた。

「おかしいだろっ」

慕い続けた彼の怨嗟《えんさ》が、床に零《こぼ》れるのを見た。

「俺ら、男子剣道部だぞ」

一輝《かずき》はその時、ああ、そうか、と全身から力が抜けた。

「なんで、あんな女男なんかが――……」

まだ十三歳の一輝は湿り気の残る体育館裏で、この先歩む人生の難しさを理解した。不思議と涙は出なかった。正しさという言葉の四角さや、努力という言葉の虚《むな》しさや、他者という存在の遠さに、驚いただけだった。

だから答え探しは、その時に辞めた。

――高校一年生の夏、安庭羽《あにわはね》とドラッグストアで出逢《であ》うまで……。


「おい、聞いてんのかよ」

聞いてるよ。一輝は思う。

「いつまで黙ってんだよ」

言い返したら、辛《つら》いからだよ。一輝は思う。

「おまえ、おふくろの気持ち考えたことあるのかよ」

あるよ、何度も。一輝は思う。

「女だからって舐《な》められたくなくて、苦しい訓練を何度も乗り越えて艦長になったおふくろに、化粧を教えてくれって、女を教えてくれって、おまえは頼むのかよ」

頼めないよ、さすがに。一輝は思う。

「少し考えればわかるだろ。そんながたいのいい女がいるか？　そんな声の低い女がいるか？　いねえだろ。おまえ、こんな兄貴を持った弟の気持ちなんて、考えたことねえだろッ」

「ごめん」

一輝は答えた。

「なに謝ってんだよ。腹立ってんだろ。なら来いよ。前みたいにぶつかって来いよ！」

「ごめん」

「やりあう価値もねえって言いてえのか！　俺がおまえに、勝ったことねえから！」

光二《こうじ》は拳を握り、叫んだ。

「おまえみたいな体格や才能に恵まれた人間にはわからねえんだ！　俺の努力が、苦しみが！　こっちはなぁ、全部賭けてんだ！　全部賭けておまえに勝とうとしたんだ！　なのに、おまえはもう竹刀《しない》を握ることさえしないで、俺から逃げて、女の真似事《まねごと》なんかするじゃねえか。――なあ、こっち見ろよ！　逃げんなよ！」

光二《こうじ》の腕が一輝《かずき》の胸倉を捉える。壁に押さえつけられた一輝は、今まで見てこなかったのはそっちじゃないかと言いかけて、呑《の》み込んで、代わりにぽつりと零《こぼ》した。

「逃げてるわけじゃない」

——周囲の目も、謂《い》われない悪口も、自己嫌悪も、全部全部受け止めて、生きてるんだ。

「僕だって、これでも必死なんだ」

胸倉を掴《つか》む弟の手を振り払い、一輝は部屋を後にした。

「くそがッ」

光二は吐き捨て、拳を握る。凍り付いた空気を叩《たた》き割るように、壁を強く、殴打した。

○

同日、午後五時五十分。若草《わかくさ》家。

ガレージの奥から引っ張り出したバケツの埃《ほこり》を、進《すすむ》はそっと指先で払う。

台風が来る数日前から、鉄矢《てつや》と優月《ゆづき》の間になにかがあったらしいことは、進もなんとなく察していた。だから、日暈《ひかさ》の発案したおうち花火に、進もすぐに便乗したのだ。急いで羽《はね》と一輝を誘ったのも、そのためだ。この家に湿っぽい空気なんて、必要ない。

「鉄《てっ》ちゃん、持ってきたよ」

「おう。そこ置け、水出すから」

鉄矢は庭の端にある水柱栓の横に立ち、ホースを片手に蛇口をひねった。こっ、とホースに水の通る音がして、ガラスの破片みたいな水しぶきがバケツの底をばたばたと打つ。

「鉄ちゃんさ」

縁側に腰掛けながら、進が訊《たず》ねた。

「なんだよ」

「花火、たくさん買った。お金出してくれて、ありがとね」

「……水くせえこと言うなよ。というか、こんなこと言いたくねえけど、おまえだってもう知ってんだろ？　俺が兄貴から金もらってること」

「うん。知ってる。――ねえ、鉄ちゃんさ」

「今度はなんだよ」

「お金がなくても、俺のこと預かってくれた？」

きゅっと音を立て、蛇口は水を吐くのを止めた。

「甥《おい》とはいえ、他人の子を一ヶ月も預かるのって大変でしょ？　しかも、毎年ってなると」

バケツに張られた水が、進の表情を遠慮がちに下から映し出す。

「……大変じゃねえよ。おまえがこの家にいることに、大変なことなんてひとつもねえ」

鉄矢の指先が、ホースをくっと握り潰《つぶ》す。管の中に残っていた水が勢いよく飛び出した。

「預かるに決まってんだろ。俺と優月《ゆづき》はこれでも夏を楽しみにしてんだよ。おまえが来ると家が賑《にぎ》やかになるんだ。優月の飯が少し豪華になるんだ。風呂掃除も、洗濯物も、普段は俺の仕事なのに、あいつが全部やっちまうんだ。母親みたいで楽しいって、言ってんだよ」

鉄矢《てつや》が滔々《とうとう》と言葉を紡ぐ。ホースの先から、雫《しずく》が一滴、滴《したた》り落ちる。

「わかった口聞いてんじゃねえよ。家族が増えることが嫌なわけねえ。それに、別におまえひとり養うくらいわけねえんだ。これでも細かい書き物で小銭は稼いでんだよ。おまえにたかるほど金に不自由はしてねえんだよ」

だからよぉ、と鉄矢は続けた。

「変な気ぃ遣うなよ、進《すすむ》」

夏の間は、俺ら家族じゃねえか。鉄矢の優しい笑みに、進は「うん」と素直に頷《うなず》いてみせた。その首の動きに合わせるように、ホースの先から滴り落ちる水滴が、ぴちゃんと軽く、水面を揺らした。

「ほら、わかったら夏の母ちゃんの手伝いしてこい。今頃、台所で日暈《ひかさ》と頑張ってるはずだ」

「ならさ、鉄《てつ》ちゃんも作ろうよ、一緒に」

鉄矢は水柱栓にホースを巻き付け、「しゃあねえな」と頭を掻《か》く。

「俺特製わさび焼きそば、一丁作るか」

「やめろよ、日暈が食えなくなるだろ」

「それは別に作ればいいだろ。いいか、わさびはなあ――……」

庭先に吹く風は熱気濃く、雫《しずく》の垂れる四本の脚をがさつに撫《な》でた。

「進《すすむ》、これとこれも！」

「こんなにたくさん花火持てねえよ。ってか、あぶねえって」

午後六時十分。重たい太陽はとっぷりと傾いて、夜の端を、空の中心に引きずり出す。

暗くなっていく空とは対照的に、庭先はひどく賑《にぎ》やかだ。十分前に訪れた羽《はね》と一輝《かずき》も、縁側に腰掛け、指先で花火を弄《もてあそ》んでいる。

「ほら、見てよ羽。進の両手、すごい光ってる」

「まあ、いいんじゃない。進、普段ちょっと暗いし」

赤、青、黄色、夏の色。宙ぶらりんの花火を少し揺らし、羽は唇の端っこを持ち上げる。日《ひ》暈《かさ》に追い回される進は困っているふりをしてるだけで、ただひたすらに楽しそうに見えた。

「おい、ふたりも座ってないでこっち来いよ。日暈がクイズするってさ」

「羽ちゃん、一輝くん来てー！　文字当てクイズしよー！」

庭の中央から振られる手に、一輝はそっと、目配せする。

「羽、行く？」

「……空気壊すのも嫌だし、じゃあ、行こうかな」

羽が面倒そうに立ち上がる。それがふりに見えることを、一輝もあえて指摘はしない。

「いくよー、一問目っ！」

燃える穂先を宙に滑らせ、日暈は意気込む。パチパチと弾《はじ》ける七色の炎が軌跡を描いた。

ともだち。なつ。かいすいよく。なつまつり。出されるクイズの答えはどれも簡単なのに、
それを実際に手にするのは、とても難しい。今年の夏、できたことがたくさんあって、できないことはもっとあった。どこかの誰かが定めたルールは子どもの夏から海を奪って、自然の猛威は夏祭りを吹き飛ばした。どうしてだろう。去年の夏はできたのに。なんでだろう。今年の夏はできなくて。誰か教えてくれるだろうか。来年の夏は、どうなるのかを。

「羽ちゃんすごい！　全問正解！」

「まあ私が苦手なの物理だけだし」

羽の視線が横に滑る。隣に立つ彼が、「やるじゃん」と目尻に横皺《よこじわ》を浮かべていた。

「簡単でしょ、こんなの」

言って、ぷいっと首を回す。濃い橙《だいだいいろ》色の光。太陽が空の底に触れる様が、目に飛び込む。

途端、ジュッと音がした。

「あっ、終わっちゃった」

一輝が名残惜《なごりお》しそうに指先を見つめていた。二本の指に摘《つ》まれた花火は色をいくつも失い、ざらついた灰一色に変わり果てている。

えーっと。一輝《かずき》は次の花火を探して、視線を縁側に泳がせる。濃い火薬のにおい。その向こう側に横たわる花火セットは、ぺしゃんこで、既に空だった。

「進《すすむ》、花火なくなっちゃったけど、どうする？」

「いや、まだある。んだけど……ミスったな、部屋に置きっぱなしだ」

「私、取ってこようか？」

線香花火を垂らしたまま、羽《はね》が言う。「これ、もうすぐ終わるし」

両手に花火を握ったままの進は一瞬、羽に視線を振ってから、やはり、一輝を向いた。

「いや、ちょうど手空いてるし、一輝がとってきてよ。俺の部屋、わかるだろ？」

「うん。じゃあ、僕が行ってくるよ」

一輝は笑みを返し、燃えがらをバケツに捨てた。そのまま縁側に上がる。同時に、羽の指先からぽとりと火玉が落ちるのを、視界の端に捉えてしまった。——ああ、なんでかな。

僕じゃなくて羽が行ってよ。そう言うには、ほんの少しだけ遅すぎた。

こういう些細《ささい》な分かれ目を、人は運命と言うのかもしれない。

一輝は軽く俯《うつむ》き、汗の滲《にじ》んだ襟足《えりあし》を、そっと掻《か》き上げた。

「おう一輝、ごちそう完成まであと少しだから、ちゃんと遊んで腹すかしとけよ」

「待たせちゃってごめんねー。できたら縁側に持っていくから、もうちょっと待っててね」

「いえ、とんでもないです。ありがとうございます。ごちそう、楽しみにしてますね」

台所で料理を作る優月《ゆづき》と鉄矢《てつや》に会釈《えしゃく》して、一輝は二階へ上がった。一年前、傷心中の進を励ますために何度か訪れた、海の見える部屋。そのドアノブをくるりと回して、中へ入る。

「あれ、なんか……――ッ!?」

部屋に踏み入ると、突然、頭が軋《きし》んだ。鉄の塊が頭蓋《とうがい》の内側で跳ねているような感覚だ。

そこは、暗い部屋だった。見たことがあるような気もするし、知らないような気もした。窓の外からは火花がぱちぱちと散る音とともに、日暈《ひかさ》のはしゃぐ声が聞こえた。

――この光景、どこかで……。

一輝の視線の先にはベッドと、引き違い窓。白磁色の壁には色褪《いろあ》せたエアコンが付いていて、その下には本棚がある。今では少なくなってきた紙の本が、所狭しと並んでいる。

視線をテーブルに落とし、一輝は花火の入った買い物袋を認める。それに手を伸ばしてから、ふと、本棚へ目を動かした。

「この、本……」

本棚から一冊、抜き出す。濃い緑色の装丁が網膜を灼《や》いた。

――前に、夢で……。

走る動揺は身体《からだ》を震わせ、視界を揺らした。一輝は咄嗟《とっさ》に自身の左手首を叩《たた》き、カレンダーアプリを起動する。流れるような動き。既に経験したように指は動く。手首の内側に見慣れた白い光が投影され、そこには〈八月二十四日　金曜日〉、今日の日付が表示された。

「あの夢から、ちょうど……」

十二日を経て現実に焼き直された光景に、一輝《かずき》の両腕は、だらりと垂れ下がる。彼の手に握られている本の表紙には、白く細い明朝体で『未来からのホットライン』と刻まれていた。

ホットライン。非常用の直通電話を意味する言葉。

そのタイトルの意味を理解すると、一輝の顔から、血の気が引いた。


「進《すすむ》、持ってきたよ」

「おう、サンキュ……――って、なんか一輝、顔色悪くね？」

駆け寄って来た進が怪訝《けげん》な顔をする。「なんかあった？」

「え……？　そうかな。なんでもないよ」

「ふぅん……なら、いいけど」

「うん。そうだよ。――じゃあ、花火何本かもらうね。日暈《ひかさ》ちゃんと遊んでくる」

「おう、頼むわ。バトンタッチ」

一輝の背中を軽く叩《たた》いて、進は縁側にどさりと腰を下ろした。「つかれたー」と発した渇いた口に、お盆の上の麦茶を、一杯運ぶ。

「おつかれ」

縁側にいた羽《はね》は、そっと腰を浮かせて距離を取った。手狭になった縁側では、日焼けの跡もたやすく見える。空いた場所にバレないように焼きそばの大皿を挿し込んで、「食べたら？」なんて進を気遣うようにするけれど、本当は肌の調子がバレない位置まで下がりたいだけ。サンキュ。って進に言わせたのが、なんだか卑怯《ひきょう》に思えた。

縁側には数々の料理が並んでいた。たこ焼き、焼きそば、焼きとうもろこし、から揚げ、ベビーカステラに、チョコバナナ。どれも夏祭りの屋台に並ぶ定番料理で、優月《ゆづき》と鉄矢《てつや》が子どもたちを楽しませるために拵《こしら》えたものだ。三浦《みうら》名産のまぐろのお刺身も、ちょこんと並ぶ。

本当に、豪勢な食事だ。用意してくれたふたりは、今、一輝も加えて、日暈と遊んでいる。

「日が落ちても、結局暑いな」

「だね」

隣に座る彼の横顔をちらりと見てから、羽は指先で髪を梳《す》く。庭の真ん中で笑う、いつもより表情の硬い一輝を眺めるふりをして、前髪を直す。まばたきにあわせ、二度、三度。

茶色の縁側に、真っ赤なスイカ。結露したグラスに、弾む声。炎を見つめる、彼と自分。目を開閉するたびに景色は切り取られ、まるで世界が静止した絵の集合体のように思えてくる。

本当に止まっちゃえばいいのに。世迷言《よまいごと》が、絵の上に被《かぶ》さるように浮かぶ。

諦《あきら》めるのも、選ぶのもつらいなら、このまま動かなければいいのに。この夏が、終わらなければいいのに。そんなことを考えてしまう自分が嫌になる。

びゅうと夜風が吹いた。以前より、涼気が濃い。袋から一本線香花火を取り出して、羽《はね》は火を付ける。真っ赤な光が熱を放った。また風が吹く。やっぱり涼しくて、羽は悔しくなった。ちらりと見える秋の背中に、この手の花火を押し付けて遠ざけたい。まだ来ないでよ。まだなにもできていないのに。まだなにも解決していないのに。まだ、なにも言えていないのに。

——あのさ、進《すすむ》。

「あのさ、安庭《あにわ》」

急に呼ばれて、彼の名前を乗せた舌先が、「えっ」とから回る。

「このまえ、城ヶ島《じょうがしま》行った時、ありがとうな」

助かったよ。その言葉ひとつで、時間をかけて整えた心は、ことんと崩れた。

いいって。返す声は繕《つくろ》いきれず、がたがただ。

「でも、日暈《ひかさ》の手当てもしてくれたし。帰りも……ほんと、助かったよ」

「だから、別にいいって。ちょうど絆創膏《ばんそうこう》持ってただけだし。私が目を離したのも悪いし……てか、どうしたの今日。やけに素直じゃん」

早口で捲《まく》し立て、意地の悪い視線を押し付ける。「なんか、進らしくない」

「いや、日暈に前怒られてさ。進はもっと周りの人のことを考えた方がいいって」

言って、彼は困ったようにつむじを掻《か》いた。

「……へえ、そうなんだ」

「うん。そんで日暈がさ、またみんなで城ヶ島行きたいって言ってんだよ」

言葉を切るように、彼は麦茶をひとくち含む。

「だから、またみんなで行こうぜ。日暈が帰る前に送別会がてら」

「……うん。いいよ」

彼の濡《ぬ》れた唇を流し見て、羽は髪の先をきゅっと握った。

途端に、羽は悲しくなった。なにかを期待してここに座る自分がどうしようもなく惨めに思えた。彼は結局、私を見ることなんてない。わかっている。日暈が消えたら、日暈を探すし、天音《あまね》が起きないのなら、起きるまで待つだけだ。進は、そういう男の子だ。

そう考えると、誰かさんみたいに諦《あきら》める理由を探す方が利口なのかもしれないと思えてきてしまう。可能性にしがみつかないで、手放して——。

「進、邪魔ぁー」

風と声が羽の横を駆けた。ちりんっと風鈴の鳴る音がして、思考が断ち切れる。

羽と彼の間を騒々しく駆けていくのは、やはり彼女だ。小さな体躯《たいく》に、豊かな愛嬌《あいきょう》。靴を脱ぎ散らかすその無邪気さも憎めなくて、羽はどうしても後ろめたい気持ちを抱えてしまう。

「日暈ぁ、靴、脱いだらちゃんと揃《そろ》えろって何度も言ってるだろ」

「漏《も》れちゃうからー」

ったく。と、どこか楽しげに靴を揃える今の進は、羽に明るい気持ちを与えてはくれない。

一年前の放課後のように、図書室のカウンターのように、暗い部分を見せ合いたい羽《はね》を求めてはくれない。

だから羽から求めてしまう。「あの子ってさ」いつもみたいに、低血圧気味の声で。

「案外、自分勝手だよね」

「うーん、というかまあ、素直なだけだろ」

返ってくる言葉は救いにならないと知っていたはずなのに、それでも訊《き》いてしまう自分に、否定を欲しがる自分の独占欲に、羽はもう何回目かわからない自己嫌悪を催《もよお》した。

——ああ、私、可愛《かわい》くないな。

「なあ、安庭《あにわ》」

破れてしまいそうな横顔に、声が掛かる。「なに?」と、なんとか返した言葉は、さっきとは違う意味でがたがたで、濡《ぬ》れそうで、みっともない。

「俺さ、ようやく、本当の意味でわかったんだ。当たり前のことなんだけど」

聞きたくない言葉が出てくることがすぐにわかった。彼の横顔が晴れやかなこと、羽には引き出せなかった表情をしていること、それがなによりの証《あかし》だった。

「日暈《ひかさ》は日暈でさ、他の誰でもないんだよな」

応えてから、数秒の沈黙が漂った。右手の先から、ぱちぱちと音が鳴る。それは火薬を食らい、酸素を燃やし、溶けるように、か細い熱を放ち続けている。

「そんなのあたりまえじゃん」

指先にしがみつく赤い光が、ぱっと一瞬、強く光った。

――私だって、そうだよ。

進《すすむ》が日暈を日暈として受け入れていることは、羽にとっては喜ばしいことのはずだった。かつて好きだった女の影を引き摺《ず》らず、前を見始めたんだと。けれど、前を向いた彼の視線は、今度は日暈に向いたままで、その心に余白なんてものは生まれなかった。

もし、この子が帰らなかったら、天音《あまね》まで起きたら、進の心は本当に一杯になってしまう。だとするなら、せめてこのままで。日暈だけがいるままで。天音まで起きてしまったら、きっと、進は羽のことなんか、簡単に心から追い出してしまう。だったら、天音は起きなくていい。眠ったままでいい。――こんなこと、考えたくなかった。

「そうだよな。誰かの代わりなんていないんだよな。そんなこと、一年前に天音が眠っちゃってからわかってたはずなのに。俺、ほんと鈍いな、こういうの」

「……ほんと、そうだよ」

一年前、自分の心をぐちゃぐちゃにした感情が再び首をもたげる。天音が進の前から消えた夜、それをわずかにでもチャンスだと感じてしまったこと。絶対ダメなのに、そんなことを考えてしまった自分が信じられなくて、けれどその感情を否定できなかったこと。

天音がいないなら、代わりに私が進の横に――。自分の代わりなんていないと言っておきながら、天音《あまね》の代わりになろうとする自分は、どうしようもなく嘘塗《うそまみ》れで、本物だ。

――でも、私。

それほどまでに、彼が好きだ。安庭羽《あにわはね》は、どうしようもなく宗谷進《そうやすすむ》が好きで、彼が自分だけのものになるのなら、たとえどれだけ自分を騙《だま》し、偽《いつわ》っても構わないと、本気で思ってしまう夜がある。そして、一度だけでいい。気休めで良い。名前だって呼ばなくていい。ただその声で「好きだ」と言ってほしいのだ。放課後にふたりで話したように、図書室の片隅で、小さな声でいいから。その三音で、私の耳を揺らしてほしい。彼の頭の中に私の姿がなくてもいい。

「来年は天音もいれて、五人で過ごせたら、もっと楽しいんだろうな」

庭先に発せられる進の言葉に、羽の喉《のど》が震える。「私――」

――そんなの、嫌だよ。

言いかけて、羽は立ち上がった。「……ちょっと、飲み物取ってくる」

「え？　いや、ここにあるだろ」

「それ、ぬるいから。今は、冷たい方がいい」

線香花火をバケツに押し込み、羽は逃げ出すように居間へ向かった。

その背にかかる声がないことも、ずっと前から知っていた。

ダイニングに逃げ込んだ羽は、グラスをさっとゆすいでから、氷を二つ落とした。冷蔵庫には残り僅《わず》かなカルピスしかない。カルピスは彼女の顔を思い出すから、飲みたくないのに。

「羽ちゃん、どうしたの？」

トイレから戻ってきた日暈《ひかさ》が駆け寄ってきて、「どこか痛いの？」と尋ねてくる。

「目と目の間、ぐーってなってるよ」

「大丈夫。別になんともないから」

見上げてくる瞳に羽は平静を装う。その勢いのまま、グラスにカルピスを注ぐ。

「ふぅん。——ねえねえ、羽ちゃん」

「なに？」

「富士山！」

唐突に頭の上で三角を作る日暈。罪のない笑顔と反応を待ちわびる視線に、羽はどうしても敵《かな》わない。「……なに、それ」無意識に、訊《たず》ねていた。

「この前、思い出したの。進と喧嘩《けんか》した時に」

「へえ」

「他にもね、いろいろ思い出してきたんだよ。花火してる時も、あれ、これ知ってるって」

「ふぅん、そう」

羽の薄い反応が気に召さないのか、日暈は下唇をぐいと突き出した。それから、「ねえ、羽ちゃん、喉渇いた」拗《す》ねたような声で言った。「カルピス飲みたい」

グラスを満たす白く冷たい液体に、羽《はね》は視線を垂らす。麦茶は沸かせばあるだろうが、カルピスはこれで最後だろう。羽はそこまで考えた上で、一息にそれを飲み干した。

あっ。上擦《うわず》った声が横から響いた。

「なに」と、つっけんどんな羽の態度に、日暈《ひかさ》は口と目を丸くする。

「カルピス、飲んじゃった」

「私、ずるい女だから」

羽はそっと言い放つ。縁側から風鈴の音がひとつ、ちりんっと鳴った。

「——ねえ、羽ちゃん」

「……なに」

「今思い出したこと、言ってもいい？」

その声の硬さに、羽はまた、眉根を寄せる。

日暈は羽の返事も待たず、ぽつぽつと告げた。

「夏休みが終わったら、日暈はおうちに帰らなくちゃいけないでしょ？　だからね、その前に、羽ちゃんが進《すすむ》とちゃんと話すとこ見たいんだって、それを思い出したの」

「……何言ってんの？」

と、羽はようやく答えて、日暈から視線を外した。縁側に座る彼の背中が、ここからでもよく見えた。その背から覗《のぞ》く線香花火の輝きすらも、鮮やかに。

「ねえ羽ちゃん、耳貸して」

「なんでよ。嫌」

上からの視線にもめげず、日暈は羽のショートパンツを掴《つか》んで、引っ張った。「お願い」裾から伝わる強情な感触に、「わかったから、引っ張らないで」羽は渋々膝を曲げる。

「で、なに？」

「羽ちゃん。驚かないでね」

実はね――、と語る日暈の言葉に、羽はしばし絶句した。自身の輪郭に亀裂《きれつ》が入る感覚が走り、強烈な鈍痛が背骨を伝って脳を揺らした。かろうじて動く口は意味のある音を発せず、どうにか絞り出した「……なに、それ」という声も、日暈の告白の余韻《よいん》に掠《かす》れてしまう。

「ちょっと待って、意味わかんない。変な嘘、吐《つ》かないでよ」

「ほんとだよ。日暈、嘘吐かないもん」

「だって、そんなばかな話……たしかにニュースではカプセルがどうとか……」

日暈の真剣な顔つきに、羽は言い淀《よど》む。「そんなの――」

次の瞬間、羽は頭を押さえてうずくまった。脳幹をふたつに割るように、杭《くい》を打ち込まれた感覚が身に走る。視界は極彩色に展開し、挙句、白黒に塗り変えられていく。

長い橋が見えた。両端は海の色に染まっていて、橋の向こうには木々の茂る島が見える。

羽《はね》は橋を前にして立っている。風は潮の匂《にお》いを運び、首筋の汗を連れていく。

「大丈夫、羽なら――」

汗だらけの一輝《かずき》が羽に語り掛けていた。彼の手には見たこともない黒い棒が握られていて、それを見つめる夢の中の羽は、走り出すかどうか悩んでいる。

どうしてだろう。現実の羽も、彼女の戸惑う理由が分かった気がした。

走り出してしまえば、なにかが変わってしまう予感がした。

「それまでに灯台に――無駄に――で、いいの？」

羽は首を横に振る。嫌だ。行きたくない。でも――、
このまま夏を終わらせてはいけない。朧《おぼろ》げな決意が、夢と現実で重なり合った。


「ッ……今の、なんなの……？」

潮の香る幻から弾《はじ》き出され、目を開く。日暈《ひかさ》がグラス一杯の水を差しだしていた。

「日暈もね、これからのこと、やっと思い出したんだ」

羽は日暈から水をひったくり、一息に飲み干した。その隙《すき》に、彼女の言葉の意味を考えてみる。考えてはみるけれど、どういう意味なのか、見当もつかない。

「今の日暈と今の羽ちゃんが会えるのは、今だけで。時間は知らない間に溶けていっちゃうんだって、おんなじ時間なんかないんだって。お父さんが言ってたこと、ようやく思い出したの。

だから、えーっと……」

だめだ。日暈、教えるのへたっぴだ。顔を染め、小さく笑う。

「でもね、絶対にまた会えないわけじゃないから。友達になるのも、本当はいつかまた今度でもいい。今は今しかないけど、次はある。それは、進《すすむ》と羽ちゃんもおんなじで――」

「ちょっと待って、なんで今、進の名前が出てくるの……？　というか、ねえ、未来のこと知ってるなら、教えてよ。私たち、またどこかで会うってこと？　それって、いつ――？」

「んーん、それは教えない」

「……なんで？」

「だって、日暈もずるい女だから」

日暈は言って、くすりと笑う。「これで同じだね、羽ちゃん」

「同じって、そんなの……」

「いつかまた今度でもいいって、今言ったばっかだけど……でもね、本当は帰る前に、今の羽ちゃんと友達になりたかったから、この夏の間にカッコ仮、取りたかったから」

これで取れたかな？　と、笑う彼女は、どうしてだろう、ひどく痛ましい。

「日暈が言いたいことは言いました！　だから、羽ちゃんも言いたいことは言った方がいいよ」

全部溶けちゃう前に！　それだけ言って、日暈は去っていく。

羽の脳裏に、一年前の景色が浮かぶ。言いたいことを言う前に、眠ってしまったあの子の顔が浮かぶ。日暈《ひかさ》の言うとおりだ。次はあっても、今は、今しかない。でもだからこそ、二度とないのなら、伝える言葉は正しい方がいい。未来に裏付けされた、正しい答えが欲しい。

わからないことはしたくない。羽《はね》は縋《すが》るように、手を伸ばした。

「ちょっと待ってよ——ねえ、日暈！」

教えてよ、これからのこと。駆ける日暈は振り返らず、縁側に跳ねる。驚いた彼が仰《の》け反《ぞ》り、風鈴がりんと鳴る。「ほら、急に走るなよ」はしゃぐ彼女に、彼が言う。

それらすべての向こう側、夜に浮かぶ庭には、羽の知らない色が滲《にじ》んでいた。

——わかんないよ、日暈。

羽は唇を噛《か》む。友とか、恋とか、夏とか。それらの言葉を溶かして、混ぜて、塗りたくれば、あの色になるのだろうか。彼の座る縁側。その向こうに広がる景色。弾《はじ》ける花火の香り、高く舞う笑い声、夜風の肌触り、この胸を焦がす情熱の色。

ちゃんと話すとか、友達のなり方とか、本当は、わからない。見たことのない色の名前なんて、語れない。だってずっと、逃げてきたから。見ようと、してこなかったから。

——私、なんにもわかんないよ。

遠く揺れる進《すすむ》の背中に、羽の目の奥は熱くなる。

一人佇《たたず》む彼の指先から、花火が一滴、地面に落ちた。

○

八月二十五日、土曜日。午後六時十二分。花火の翌日。

太陽から剝《は》がれ落ちた陽射《ひざ》しは鋭く、玄関をくぐると目が眩《くら》む。

進は汗を拭《ぬぐ》い、買い物袋を上がり框《かまち》に置いた。その袋に、背の低い影がかかる。

「ねえ、進」

影を落としたのは、やはり日暈だ。

「……別に、わざと置いてったわけじゃないぞ。おまえが昼寝してたから──」

「違うの」

日暈は頭を数回、横に振った。

「今日みたいな日だったんだって、あかねおばちゃんの名前が決まったの」

「だから、誰だよそれ」

頭を押さえながら、戸を閉める。日暈はにこりと笑うと、靴箱の上、陽の射し込む小窓を指差し、呟《つぶや》いた。「綺麗な茜色《あかねいろ》」と澄んだ声で。

その言葉に、進の頭蓋《とうがい》の中で淡い痛みが疼《うず》いた。夕陽の射す部屋。小説を書く鉄矢《てつや》。ソファに座る優月《ゆづき》。かつて見た夢が脳内で再演される。あかねなる人物の存在は親からも、いや、誰からも聞いたことがない。だというのに、耳に残るこの感覚はなんだ……。

「日暈《ひかさ》は一回忘れちゃったけどね、進《すすむ》は絶対忘れちゃダメだよ。あかねおばちゃんは、進の家族なんだから」

「……日暈、おまえ一体、なんの話をしてるんだ?」

驚くと同時に、チャイムが鳴った。戸口近くの進が、そのまま錠《じょう》を開く。かちゃっと積み木が崩れるような音がして、玄関口に茜色《あかねいろ》の陽射《ひざ》しが転がり込んだ。

「いや、突然すみません」

玄関ポーチに立つ、黒いスーツを纏《まと》った糸目と鷲鼻の二人組の男。

筋張った笑顔を浮かべ、鷲鼻の男が太い手首を、数度叩《たた》いた。

「私たち、こういう者です」

浮かび上がった電子名刺には、防衛省の文字が刻まれていた。


「堅い肩書ですが、そんなに構えないでくださいね。——あ、奥さんもお構いなく」

糸目の男は、自分たちを自衛隊所属の事務官だと名乗った。けれど、権威を感じさせる所属のわりに彼らの態度は至極柔和《しごくにゅうわ》で、粗暴なのは、むしろ鉄矢《てつや》の方だった。

「それで、お役人さんが俺たちに一体何の用だ」

今にも嚙《か》みつきそうな形相で腕を組む。糸目の男は尻込みせず、平坦な口調で切り返した。

「単刀直入に申し上げます。本日はそちらにいらっしゃるお嬢さんを保護しにまいりました」

「日暈を？」

鉄矢の眉根がきつく寄る。「なんのために」

「申し訳ございません。特定秘密に該当する案件のため、お答えできません」

「お答えできないことに日暈を渡せるかよ」

「もちろんそちらの言い分もわかります。しかし、これは規則ですので」

「俺は役人のそういう杓子定規《しやくしじようぎ》なところが大嫌いなんだ」

ちっ、と舌を鳴らす鉄矢を前に、糸目の男は笑みを貼り付けたまま話を継いだ。

「失礼を承知で調べさせていただきましたが、そこにいるお嬢さん――日暈さんはこの家のお子さんではありませんね？」

「……それがなんだってんだ」

「いえ、なかなかそちらが言い出さないものですから。そもそも彼女には戸籍もないことが判明しています。彼女を発見したのは……」

「えと……俺です」

促すような黒い視線に、進は否応《いやおう》なしに手を挙げる。

「あなたが宗谷《そうや》進さんですか。実は今回、あなたにもご同行いただきたいと思っています」

「ちょっと待て、いい加減にしてくれ。進と日暈がなにをしたってんだ」

「申し訳ございません。特定秘密に該当しますのでお答えできません」

「お答えできねえってこたぁないだろう。今は俺たちが親代わりなんだ」

柔和《にゆうわ》な表情と似合わない、撥《は》ね付けるような硬い声音に、鉄矢《てつや》は露骨《ろこつ》な嫌悪感を示す。

糸目の男は鉄矢の態度に臆さぬまま、「若草《わかくさ》さん」と話を続けた。

「あなた方のことも、もちろん調べさせていただきました。若草鉄矢さん、それに優月《ゆづき》さん。私たちも大事《おおごと》にしたくはありません。現親権者の信矢《しんや》さんご夫妻、そして実親のあなた方と双方に通告させていただいているのは私どもの誠意であります。ここで抵抗されると私たちも相応の手段に訴えるしかなく、それこそ息子さんの、進《すすむ》さんの将来に響きます」

「息子……？」と、進は声を漏《も》らし狼狽《うろた》えた。鉄矢は口を噤《つぐ》むのみで、隣の優月も重い視線を落とすばかり。ふたりとも、何も語ってはくれない。

「鉄《てつ》ちゃん、今、俺の名前……息子って……」

「進、とりあえず、落ち着け」

「いや、落ち着けって。ちょっと、これ、意味わかんねえよ。なあ、鉄ちゃん――」

「この話はあとで必ずする。だから、少し時間を――」

「こちらは時間がありませんので、話を進めさせていただきます。若草鉄矢さんの兄、信矢さんには、ただいま別の人間が説明を行っております。現親権者である信矢さんの確認が取れ次第、私たちは進さんを保護する権利を得ます。ここに来たのは、先ほど申し上げた通り、我々の誠意に過ぎないのです。言ってしまえば、進さんを保護するのに、若草さんの許可は必要ないのです。――また、日暈《ひかさ》さんに関しましては、不法入国の疑いで、即時保護することも可能でして。ただ、時間がない中ではありますが、こちらも可能な限り配慮を重ね、関係者の合意を得た上で話を進めたく――」

糸目の男は淡々と語り、その後、「明日の午後五時までを返答期限」とし、鷲鼻の男とともに若草家を後にした。

居間に残されたのは、散り散りに佇《たたず》む四つの影と、重苦しい空気。

そのうちひとつ、細い影がすっと、立ち上がる。

「おい進、どこ行くんだよ」

「……少し、時間が必要なんだろ」

残された言葉はか細く震えていて、鉄矢は伸ばしかけた手を下ろさざるを得なかった。

キッチンからは、食材を切る音がする。「優月ちゃん、手伝おうか？」あどけない声も、そこに混ざる。「じゃあ、お願いしようかな」無理に作られた明るい声が、胸を打つ。

鉄矢は、けれど振り向けない。

いつだって見られたはずだった。いつのまにか見ようとしなくなっていた。

縁側に座り、鉄矢は考える。その原因はなんだろうかと。

気丈に振る舞う妻の、優月の笑顔を思い出そうとする。すっと伸びた眉がへの字に曲がって、唇がわずかに開く。右の頬に浮かぶえくぼ。思わず抱きしめたくなるような愛らしい表情。ひとつ年下の幼馴染《おさななじみ》がみせる、世界で一番の表情。

――そうだ。俺はあの笑顔に、惚《ほ》れたんだ。


優月《ゆづき》が子どもを――進《すすむ》を身ごもったのは、十六歳の夏の日だった。入学当初から憧れていた、ひとつ上の先輩。優月がマネージャーを務めていたバスケ部のエース。彼からの申し出で交際をはじめてから半年後に、妊娠がわかった。

しかし、その男は優月が子を産むことを認めなかった。責任なんか持てないと、まだ高校生だからと逃げて回った。最後には両親とともに若草《わかくさ》家に訪れ、額を床に擦《こす》り付けて謝罪と堕胎《だたい》の意を示した。優月はあの日、温厚な両親が怒る姿を初めて見たらしい。

結局、優月は子を堕《お》ろすことだけは選択できなかった。ひと夏の過ちと斬り捨てるには、お腹に芽生えた命はあまりにも重く、尊すぎた。

優月はなんとか両親を説得し、次の春、子を授かった。

名前は、優月が付けた。生きたいように生きてほしい。過去にも、周りの目にも、しがらみにも縛《しば》られない。ただ前を向いて生きる子になれますように。願いを込めて、進と名付けた。

粗暴な鉄矢《てつや》だったが、優月の子育てには献身的に手助けをした。精神的に不安定だった優月から吐き出される嫌味、怒り、叫びは鉄矢がすべて受け止めた。大丈夫だ。俺はずっと隣にいるから。俺は優月から離れないから。その言葉が優月の心に巣食った闇を徐々に薄めた。

鉄矢は高校卒業後、会社に勤めながら小説の新人賞へ応募を続けた。自分に自信をつけるため、金を稼ぐため、周りを納得させるため、仕事にも執筆にも邁進《まいしん》した。

必要なものは、運よく、すぐに手に入った。

「俺が守ります。俺が、優月と進の父親になります」

そして周囲に宣言した。手には給与明細と通帳、加えて自身のデビュー作が握られていた。

鉄矢の親も、優月の親も、最初は反対した。優月の心の傷が、まだ癒《い》えていないのではないか。妥当な危惧《きぐ》だ。だが優月は、進を抱いたまま首を縦に振った。進の分もあわせて、二回。

「幸せになろう」

鉄矢が二人を抱き寄せ、春の夜、三人は家族になった。

なんとかなる。俺がなんとかしてみせる。その意気込みで鉄矢は働き続けた。両家からの祝福は依然、得られなかったが、ささやかながら、幸せな日々が訪れた。

訪れたと、思っていた。

「なんか音したけど、どうした、優月」

ある晩、夜の静寂《しじま》を叩《たた》いた音に、鉄矢は氷枕を抱えたまま駆け付けた。シンクからは湯気が立ち昇り、台所の床は白く濡《ぬ》れている。その上に、優月がへたり込んでいた。

「ごめん、鉄《てつ》ちゃん……ミルク温めようとしたら、私、手、震えちゃって……」

「大丈夫か？　ちょい待ってろ、拭くもん持ってくる」

鉄矢《てつや》がタオルを握って戻って来ると、優月《ゆづき》は床に突っ伏していた。額を床につけ、ごめんなさい。ごめんなさい。と譫言《うわごと》のように繰り返し、すすり泣く。

「優月、なにやってんだ。ほら、顔上げろ。髪にミルクがついちまってるじゃねえか」

「ごめんなさい。ミルクがうまく作れなくて。ごめんなさい。進《すすむ》に熱を出させちゃって。ごめんなさい。ちゃんとお母さんできなくて、ごめんなさい」

「そんなん、優月のせいじゃねえだろ。お医者さんも言ってたじゃねえか。突発性発疹だって。乳児ならほとんどの子がかかるって。だから、誰のせいでもねえよ」

「ごめんなさい、鉄《てつ》ちゃん。ごめんなさい、進。こんなお母さんで……」

周りからの反対を押し切り、母親になることを決めた優月。無論、重圧はあった。息子に不憫な想いをさせぬよう、周囲になにも言わせぬよう、完璧な子育てをしなければならない。高く掲げた母親像は、しかし彼女を押しつぶしてしまった。

優月の身心は徐々に崩れはじめ、異変を察知した鉄矢は、すぐに仕事を辞めた。彼女をより近くで支えるため、背負う荷を分け合うため、自宅での作家業に専念した。けれど、ふたりの関係は、次第に歪《ゆが》んでいく。訪れたはずの幸せは、いつしか、その影さえ見せなくなっていた。

「私といたら、この子もきっと、ダメになっちゃう」

進を産んでから一年強。梅雨の終わりに、優月から言った。

鉄矢は反対しなかった。進のことは、血の繫《つな》がった優月が決断すべきだと思っていた。

「うん。そうしよう」鉄矢は執筆途中の小説を脇に除《よ》け、優月を抱きしめた。

「優月と進がこれ以上傷付かないなら、俺はその方がいい」

そうして、進は鉄矢の兄夫婦に養子として引き取られた。

「よろしくお願いします」

鉄矢はその日、生まれてはじめて、兄に敬語を使った。

進が二歳になってすぐの、それもまた、暑い夏の日だった。


いつだって見られたはずだった。いつのまにか見ようとしなくなっていた。

縁側に座り、鉄矢は考える。その原因はなんだろうかと。

それはたぶん、罪悪感であり、義務感であり、恐怖心だ。

気丈に振る舞う優月の顔から目を背けてしまったのは、そのせいだ。

息子を手放したあの日から、ふたりは海の底にいる。寄り添い合おうと努力はしてきた。けれど深い闇の中、いつの間にかすれ違い、離れてしまったのかもしれない。

鉄矢は再度考える。自分が犯した本当の過ちはなんだったのか、と。

息子を手放したことか。妻を守り切れなかったことか。それとも――……。

「優月、俺、なにか間違ってたか」

ふたりきりになった居間で問う。浴室からは、シャワーの立てる音が聞こえていた。

「……鉄《てつ》ちゃんは、なにも悪くないよ」

弱い返事に鉄矢《てつや》は振り向く。彼女の顔が網膜を灼《や》いた。それはかつて進《すすむ》を手放した時と、同じ表情、同じ色。絶望に失望を上塗りしたような、哀色の笑み。

その顔のまま、優月《ゆづき》が掠《かす》れ声で言う。「ねえ、鉄ちゃん。この前の話だけど」

「私やっぱり、日暈《ひかさ》ちゃんも進くんも育てる自信ないよ。私、家族を持つ自信がない。今日、改めてそれがわかった。本当なら、私が一番に、あの提案に反対しなくちゃいけなかったのに。なにも、言ってあげられなかった」

「優月……」

「進くんはこれからもお兄さんたちのところで育ててもらって、私たちももう、離れて暮らそう。家族でいるの、やめよう。このまま義務感で一緒にいるの、良くないよ」

優月の言葉に、鉄矢は唇を噛《か》む。――違う。違うんだ。そうじゃないんだ。

たしかに進のことに関して、優月に判断を任せてきた。俺は血がつながっていないからと遠慮してきた。けれど、一緒にいたいと決めたのは俺だった。家族になろうと言ったのも俺だった。優月にすべてを背負わせないために、一緒になったはずだった。

優月は今、「自信がない」と言った。ならば、俺は言ってあげるべきなのだ。一緒にいていいのだと。背中をさするのではなく、押してあげるべきなのだ。

――この家族を守るために、まず俺が、決断をするべきなんだ。

なのに、言えないのはどうしてだろう。

浴室から、あどけない声が響いてくる。その声を守ると、なぜ言えないのだろう。

家族を持つ自信が俺にもないのは、なぜなんだろう。

○

同日、午後七時三十分。進が家を飛び出してから、一時間後。

北下浦《きたしたうら》海岸遊歩道の、その南端。砂浜に続く階段に、進は腰掛けている。

家を飛び出し、随分と走った。海岸通りを約四キロ、二駅分を無心で進んだ。冷たい焦燥《しょうそう》は、けれど未だ身の内にある。流れ出たのは、透明な汗だけだ。夏の暑さは、こうも頼りない。

――なんなんだよ。

息子。あの一言が消え去らない。ふたりの息子。なんとなく違和感はあった。なんで毎年、両親はあの家に俺を預けるのか。鉄ちゃんも優月も嫌な顔ひとつしなかったのか。思い返せば返すほど、その二文字は濃くなっていく。

「俺、どっちに帰ればいいんだよ」

このまま北に進めば、一年のほとんどを過ごす家がある。南に下れば、夏だけを過ごす家がある。どちらに行けばいい。居るべき場所は、帰るべき場所は、どこにある。

呑《の》み込めない。熱っぽい怒りや哀《かな》しみではない。ただ黒々と冷たい混乱の泥土が、喉《のど》の奥、胸の内側にへばりついている。腹の底まで落ちる気配もなく、息苦しい。

日暈《ひかさ》は、こんな不安の中で笑っていたのか。気付いて、唇を噛《か》む。

「進《すすむ》……？」

聞き慣れた声が背後から響いた。「なんでこんなとこいんの……？」

「安庭《あにわ》、なんで……」

「なんでって、私の家、ここらへんだし」

国道を駆ける車のヘッドライトが、羽《はね》の輪郭を濃く描いた。海風に踊るポニーテール。細く、しなやかな肢体。指先で揺れる、花柄の小さなエコバッグ。

「その……飲む？」

羽はバッグからペットボトルを一本抜いて、進に差し出した。


「甘くないんだ、これ」

「しょうがないじゃん、そういうものなんだから」

羽は言って、自分も炭酸水を口に含んだ。明日の朝用に、二本買っておいてよかったと思う。ぴりりと舌が痛いけど、こうして口を塞《ふさ》ぐ間がないと、今はつらい。もし、甘い飲み物——

たとえば天音《あまね》が好きだったカルピスなんかを買っておけば、この場の空気はもう少し和らいだかな。そんな無意味な仮定すらしてしまう。現実逃避。わかってる。

　進の吐露《とろ》は、しかしそれだけ衝撃だった。家族にケチをつけていた自分がひどく恥ずかしく思えるほど、彼の境遇はねじ曲がり、解きがたいものだったのだ。

「なんなんだろうな、ほんと」

　波の音が遠い。沖に見える防波堤が、寄る波を砕いている。

「自分の親もわからないし、夏休みももう終わるのに、日暈の帰し方もわからない。俺、なんもわかんねえや」

「でもそれ、進のせいじゃないじゃん」

「そうなんだけど。なんか俺さ、自分はもっとなんでもできると思ってたんだ」

　空に手が届かないと知ったのも、虹の上を歩けないと知ったのも、随分前だったはずだ。できないことと、できることの分別は、充分ついていると思っていた。世界の色分けは、もう済ませたはずだった。

「でも、わかんねえことばっかで、なんもできねえや」

　けれど今は、自分の血の色すら、曖昧《あいまい》だ。

「わかんないの、進だけじゃないよ。できないのだって、進のせいじゃない」

　羽は、優しく舌を動かす。教えてあげたかった。わからないのは、あなただけじゃない。

「だからさ、今わかることだけ、今できることだけやる、で、いいんだと思う。そうじゃなきゃ、理不尽だよ。私たち、未来が見える訳でもないのに」

進《すすむ》に告げながら、羽《はね》は自分にも言い聞かせていた。今わかること、今できることだけやるのがいい。時間が許す限り、答えは後回し。結局できなくても、それはしかたない。次がある。それでいい。

「本当に、それでいいのかな」

「いいんだよ。今、無理して答え出さなくてもさ、きっといつかはわかることじゃん」

「そうかな……」

「うん。そうだよ」

進は俯《うつむ》き、つむじを掻《か》いた。「安庭《あにわ》、やっぱさ……」言いかけて、やめてしまう。「言ってよ」

羽は身体《からだ》をわずかに傾けて、その横顔に、近付いた。「聞くから」

羽が迫ると、進は視線を少し泳がせてから、足元にぽつり、呟《つぶや》いた。

「……安庭は、優しい、よな」

「……別に、優しいんじゃないよ。ただ、進はそのままでいいって、思うだけ」

呟き、前を見る。波の音がいつもより近い。あの音に紛れさせたなら、言えるだろうか。

「なんだよ、それ。なんでそんなこと言えるんだよ」

「だって——」

言えるに決まっている。その薄い笑み。冷ややかな目元。私を優しいと言った唇。見てきたからだ。見ていきたいからだ。これからも、この胸の情熱とともに、あなたとともにいたいからだ。だって、私――。

「私たち、似た者同士じゃん」

でも、言えるのは、ここまで。

「だから――」

わかってよ。この先のたった二文字が言えないのも、あなたに似ているからだって。臆病《おくびょう》で、取り繕《つくろ》ってしまうからだって。わかってよ。今ふたりを照らす県道の光みたいに、夜気を乱す蝉《せみ》の声みたいに、肌を撫《な》でる潮騒みたいに、私の気持ちも、今たしかに、この世界にあることを。

「わるい」

けれど、彼は小さく笑った。

「俺、安庭と似てるって、思えねえや」

遠く朧《おぼろ》げな、星を見上げて。

「俺さ、このままでいたくないんだ。できないこととか、わかんないことばっかだけど、それでも、やらなきゃって思うんだ。日暈《ひかさ》のことは、俺がこの手で守りたいから」

「……そっか」

──ああ、やっぱりもう、ここまでだ。

開きかけたペットボトルの蓋《ふた》を、羽《はね》はそっと、締め直す。見なくとも、造作もない。これに蓋をするのには、慣れている。

「私、そろそろ帰るね。親、うるさいから」

「ああ、ありがとな。話、聞いてくれて。あと、水も」

立ち上がった羽は振り返らず、声だけで笑い返す。「別にいいよ、これくらい」

「私たち、友達でしょ？」

言い残し、羽は歩き出す。その背中に、声は掛からない。しばらく歩いて、羽は一度だけ振り返る。道の先、彼の後ろ姿は車のライトに照らされて、手の届かない位置で白く輝く。ああ、遠いな。唇を噛《か》む。

星に手が届かないことは、ずっと前から、わかっている。


海岸通りを歩きながら、進《すすむ》は炭酸水をひとくち含んだ。こくりと飲み下し、一度だけ振り返る。宵闇に揺れるポニーテールを探すけれど、ヘッドライトの光が眩《まぶ》しくて、すぐに前を向き直した。

──友達、か。

安庭《あにわ》は、いいやつだ。少なくとも、俺は安庭ほど他人を気に掛けられないし、逆の立場だったら、なにも言ってあげることができない。安庭は、本当にいいやつだ。

だからこそ、臆病《おくびょう》なところも、格好悪いところも見せたくない。彼女に、みっともないと思われたくない。隣を歩くためには、安庭と対等であるためには、少し無理して見栄を張るくらいが、ちょうどいい。

――でも、俺がこう思ってることも、あいつにはもう、バレてるんだろうな。

だって、俺とあいつは似てるから。

この夏の初めと同じだ。久しぶりに話すことを認められなかったのと同じだ。安庭の前だと、どうしても意地や見栄が顔を出す。本当のことを、言うことができない。

「どっか時間潰《つぶ》せるとこ、あったっけ」

道すがらのゴミ箱にペットボトルを投げ捨てる。かこんっと音が鳴る。自動販売機から流れ出る光が、道を白く、濡《ぬ》らしていた。

○

八月二十六日、日曜日。夏休み、最終日。

午後三時十三分。米海軍所属海洋観測艦Ｍａｕｒｙ《モーリー》。

サンディエゴより数日遅れで横須賀《よこすか》米軍基地へ入港。

朱夏《しゆか》の日差しに晒《さら》され続けた氷山は、表面が焼けただれ、形を保つのがやっとに見える。水面下に隠れていた部分も今では海面に顔を出し、神秘性は数日前に消え失せた。それでもなお、氷塊が有する濃い危険性と、高い科学的価値を暴く任を背負い、汗を流す者たちがいる。

「自然解氷の予測ポイントが出ました」

どこだ。涼花《りようか》の問いに、気象庁から出向中の研究員が応える。「気象予測AI《ウエザイア》の演算によると、候補地は三点です」計器類の立てる音を弾《はじ》くような力強い声で続けた。

「候補地点読み上げます。三浦《みうら》市毘沙門湾《びしやもんわん》沖合一キロ地点、同市宮川湾《みやがわわん》沖合二キロ、最も可能性が高いのは――」

電子モニターに映る三浦半島の地図、その南端が赤く点灯する。

研究員の指が赤点を示す間もなく、涼花が呟《つぶや》いた。

「城ヶ島《じようがしま》公園。安房崎《あわさき》、か」

相模《さがみ》トラフに向かう海流に流され、三浦氷山は刻一刻と南西へ向かっている。城ヶ島公園の東端である安房崎はちょうどその方角にあり、終着点としては申し分ない。

しかし、当初予測では五番手に位置付けていたポイントだ。気象庁が世界に誇る電子頭脳、気象予測AI《ウエザイア》がこれほどの予測修正を出すのは稼働よりはじめてのことである。当庁より派遣されてきた研究員らも渋い表情を隠さないまま、「不安定すぎる」と口々に疑問を呈していた。氷山の溶解、移動速度は、今まで自然界で発生したものよりはるかに規則性を欠く。

それはまるで、夏の終わりに間に合わせるかのような解氷進度だった。

「最終解氷ポイントを安房崎に修正。修正した座標データを各局へ送れ」

涼花は艦長席に身体《からだ》を預ける。緊張に強張《こわば》った全身がずしりと重い。細く長い息を吐き、緊張を解いていると、じんじんと熱を持つ鼓膜が間の抜けた声に揺すられた。

「ほう、最終地点は安房崎ですか」

「副長か、てっきりＣＩＣ《戦闘指揮所》に詰めているものだと」

「ちょっと海が見たくなりまして。――それより、城ヶ島とは懐かしいですね。母と何度か行ったものですが、いやはや、まさかこうして再訪することになるとは」

「副長はここが地元だったか」

「ええ、中学まで西岸の長井《ながい》で育ちました。艦長もこの辺りだったと記憶してますが」

「私は逗子《ずし》だ。城ヶ島は十年程前に家族で行ったくらいでな。あいにく安房崎の灯台くらいしか覚えがない。公園の中に立つ、先の尖った白いやつだったか」

「そうですね、記憶の通りです。ただ、その安房崎の灯台、今度また建て直すそうですが」

「まさか、十五年前に建て替えたばかりだろう。誰に聞いた？」

「海保の人間です。先日の台風で先端に亀裂《きれつ》が入ってしまって、建て替えざるを得なくなったとぼやいてました。次は簡単に折れないよう先の丸い灯台にしたい、とも」

橋立《はしだて》はそのまま続けて言った。「そうだ。雑談してる場合じゃない。艦長にひとつ報告が」

「なんだ？　言ってみろ」

「米国との交渉ですが、残念ながらタイムリミットのようです」

橋立《はしだて》は不穏に上げた口端をそのまま、涼花《りょうか》の耳元に寄せた。

「統幕が妥協案の提案を試みてはいますが、状況は芳《かんば》しくありません。交渉の決裂は時間の問題です。モーリーはあと数十分で氷の積載を終えるでしょう。そうすればかの国は今より激しく、人為解氷すべきだとの意見を強めるはずです。山の底で眠るもうひとつのカプセルを取り出すためにも、他の国に氷片のサンプルを渡さずに、二国間で独占するためにも」

「私も自衛官だ。火器の使用はご下命を賜《たまわ》れば行うさ。しかし、たとえカプセルを取り出すためといえど、今あの氷山を解かせば海面の上昇は避けられない。後発の台風もすぐそこまで来ているんだ。我々に起因する高波で市民の生活を脅《おびや》かす真似《まね》は、いささか納得できかねる」

涼花は口を真一文字に結び、確固たる意志を露わにした。

対する橋立は、口をへの字に曲げ、至って冷静に切り返す。

「しかしですね、実際、不審船の数は日毎増えています。しびれを切らした一部の国が、三浦《みうら》氷山の独占は世界調和を乱す行為だと喧伝《けんでん》しはじめてもいるんです。カプセルだけでなく、氷自体にもそれだけの価値がある。このまま他国からのサンプル採取要求を突っぱね続ければ、国際的な心証が悪くなる一方。だからと言って、将来膨大な国益を産むかもしれない宝石の山を、やすやすと配って回るなんてありえない。日米は既に必要な分を確保しました。過剰確保も角が立ちます。ならば不慮の事故と偽《いつわ》って溶かせばいい。上も、それを望んでいます」

「そんなことは百も承知だ。しかし――……」

涼花は舌を止める。橋立の言う〝上〟に、胸がざらついた。

「橋立、それは統幕の指示か？　統合幕僚監部が、氷を溶かせと言っているのか？」

不審な点が多い。そんな指示、下すはずがない。高波の危険性に目を瞑《つぶ》り、火器を使用してまで溶かしたい氷とは、一体なんだ。この海の上で一体何が起きている。

苛立《いらだ》ちを滲《にじ》ませる涼花の視線に、橋立は呆《あき》れたように口を拉《ひしゃ》げた。

「艦長、いや、天塩《てしお》二佐。我々はなにもド派手に水雷で吹っ飛ばそうと言っているんじゃありません。その方が我々の心証を損なう。幸い氷山はもう随分と小さいんです。ＬａＷＳ《指向性エネルギー兵器》で加熱して、穏《おだ》やかに、秘密裏に解氷を――」

「私は国民の生活の話をしている！」

「そのための税金。そのための補償金です」

「我々の使命は国民を護《まも》ることだ！　未来の補償ではなく現在の保障を考えるべきだろう！」

違うかッ！　涼花の頑《かたく》なな眼差《まなざ》しに、橋立はついに眉尻を歪《ゆが》ませた。

そして観念したように、深い呼吸をひとつ挟む。

「わかりました。たしかにあなたの言うとおりです。――では、手段を変えましょう」

橋立はおもむろに懐へ手を挿し入れる。制服の内から手帳型電子端末《ポケット・タブレット》を取り出し、涼花の眼前へ、つっと差し出した。「天塩《てしお》二佐、ご覧ください」

「なんだ、これは……？」

「第三管区の海保職員が剱崎《つるぎざき》で発見した小型の電子記録端末です。潮に随分と揉《も》まれたようですが、中のデータも破損せず生きています。なにせ見たこともない端末でしたから、気になってロゴや型式から色々調べてみました。しかし、製造元とみられるメーカーにも当たってみても、このような製品は出してないと一蹴《いっしゅう》されるばかり。いや、まいりましたよ」

手帳型電子端末《ポケット・タブレット》の細長い画面には、透明なビニール袋に入った六角形の記録媒体が映し出されていた。見たこともない形状の記録媒体は外装底部に欠けた個所が見受けられるものの、海水で揉まれたとは思えない整った風体《ふうてい》をしている。

また、側面には見慣れぬ英字――〈JAPAC.CTS.〉が刻まれていて、涼花《りょうか》は首を傾《かし》げた。

「たしかに見慣れぬ形だが……一体これがどうしたというんだ」

「発見された時、これは氷の欠片《かけら》とともに浮かんでいたそうです」

「氷と？　まさか、あのカプセルの付属物か？」

「さあ、あるいは。ただ、情報本部――いえ、〈三浦《みうら》氷山処理対策本部〉の見解は違います。我々は外装の傷跡から何者かの落とし物だと考えています。こちらをご覧ください」

瞬間、涼花の顔が引きつる。「待て、一体なんなんだ、これは」声も震えた。

「この記録端末から苦労して吸い上げたデータです。現在、対策本部がこの四名を追っています。本日中に見つからなければ公安組織にも情報を流し、保護を呼びかける想定です」

画面に表示されている文字列に、涼花の動悸《どうき》は収まらない。

「手段は変えました。が、対処すべき問題は変わりません。天塩二佐、結局は時、間、の、問題なんですよ。我々が先ほど話していた人為的な解氷も、氷山の溶ける時期を早める術に過ぎない。この戦場じみた忙しさが過ぎるのも、酷暑続きの夏が終わるのも、あなたの息子さんが目の届かぬ場所であらぬ成長をしてしまうのも。とどのつまりは、時間の問題——……」

橋立《はしだて》は無情なまでに平坦な声で続ける。

「言ったでしょう、思春期の子どもは目を離すとなにをするかわかりませんよ、と」

涼花は数瞬、眩暈《めまい》を覚えた。それはなにも、疲れからではない。

橋立の手帳型電子端末《ポケット・タブレット》に表示された文字列が、そうさせたのだ。


理科教師、大泊透弥《おおはくとうや》さま。

よい子をひとり、天音《あまね》ちゃんの元へ送ることに決めました。

来る八月二十六日、氷山は解け、僕らもまた、決断を迫られるでしょう。

未来はその日の僕らに託します。どうか、また会えますように。

天塩一輝《かずき》

八月二十六日、日曜日。

夏休み、最終日。横須賀《よこすか》リサーチパーク野比《のび》。

午後二時十三分。しょうなんの艦橋で件《くだん》のデータが開封される、一時間前のこと。

「ほんと、まいったな」

太陽光の届かぬ部屋の片隅で大泊透弥《おおはくとうや》は呟《つぶや》いた。

クラスタ化されたパソコン群が、ぶぅんと低い駆動音を奏でている。型落ちのパソコンが整然と並ぶこの部屋は、かつて国立情報通信研究機構の遠隔通信研究室だった場所である。今では大泊の研究室兼隠れ家。こうした環境を整えるために、わざわざ五年もかけた。

「もう、この夏も終わるのか」

大泊はロケットペンダントを握り締めながら、目の前のディスプレイを見つめている。白い画面を埋めるのは、新聞、ネットニュース、種々の媒体から切り抜いた記事の数々。

二〇三五年八月二十六日――つまり今日の日付からはじまる事象が、時系列順に映し出されていた。

〈二〇三五年八月二十六日、六時三十分に三浦《みうら》氷山が解氷。解氷に際し、米国関与の疑い〉

〈二〇三六年八月、日本政府、三浦氷山で発見された機械が時間移動装置《タイムマシン》であることを発表〉

〈二〇三六年九月、日本政府、時間移動者《タイムトラベラー》を保護していることを発表〉

〈二〇三七年、中露、時間移動者《タイムトラベラー》を解放すべきと声明を発表〉

〈二〇三八年、日米共同研究機関、今世紀内のタイムマシン実用化を発表〉

〈二〇三八年、中露、日米がタイムトラベル技術を独占していると非難〉

〈二〇三九年、米国、国連安保理の『時間移動装置《タイムマシン》の国際管理提案』に対し拒否権を発動〉

〈二〇四〇年、日米共同研究機関、〈CTS.（タイムマシン）〉の試運転に成功〉

〈二〇四一年、中露、公正な時間の保護を目的に日米へ宣戦布告〉

〈二〇四一年、第一次時間保護戦争《タイム・キーピング・ウオー》勃発〉

〈二〇四三年、第一次時間保護戦争《タイム・キーピング・ウオー》停戦〉

〈二〇四三年、国連総会にて『時間移動装置《タイムマシン》の平和的利用に関する条約』が採択される〉

〈二〇四四年、国連総会にて『国連時間移動管理機関《UNTCO》』が設置される〉

〈二〇四五年、エジプト科技連、独自理論に基づく時間移動装置《タイムマシン》の開発及び起動実験が発覚〉

〈二〇四七年、国連総会にて『包括的時間移動禁止条約《CTBT》』が採択される〉

〈二〇四八年、国連総会にて『平和のための科学技術委員会《CSTP》』が設置される〉

〈二〇五一年、米国、世界が技術的氷河期《テクノロジー・アイスエイジ》に突入したと非難。国連脱退を示唆《しさ》〉

〈二〇五一年、国連経済社会局《UNDESA》、技術的氷河期《テクノロジー・アイスエイジ》を否定。科学技術の平和的成長を強調〉

物騒な文字の並びに、大泊《おおはく》はため息をひとつ零《こぼ》す。脳裏に浮かぶ映像が鮮明なのは、これらの事象を実際に一度、経験していたからだった。

——日暈《ひかさ》さんを元の時代に帰す手助けをする。僕がやるべきは、それだけだ。

ひとりの人間にできるのは、たったそれだけ。この世界は、多くの人間の意志のもとに築かれている不確定性の塊だ。ゆえに、ひとりの人間にできることなど限られている。ましてや、自分のやるべきことをやっても、自分の思い通りの世界は訪れない可能性すらある。

それでも足掻《あが》くと決めたのは自分だった。愛する人を救うために。そして、愛する人を救ったのが自分なのだと、すべてが終わったあとに納得するために。

「それだけ、なんだけどな」

だというに、大泊の表情は冴《さ》えない。小気味よく打鍵《だけん》していた指も、今では襟足《えりあし》を掻くために伸びている。この夏の出来事が変われば、世界が誤った進路に舵《かじ》を切った原因を取り除けば、文字通り世界は変容していく。氷山もタイムマシンも未来人も消え去れば、時間にまつわる争いの種は失われ、彼女が涙を流す未来へと通ずる道は、細くなる。

平穏で幸せな世界が訪れる、はずなのに。

——なにを躊躇《ちゆうちよ》しているんだ、僕は。

しかし、それは人々にとっての世界の平和であって、大泊透弥《とうや》にとっての世界の話ではない。大泊が最愛の人と出逢《であ》うことができたのは、この夏に氷山が現れたからで、日本がタイムマシンと幼い未来人を確保したからで、〝タイムトラベラーと接触していた人物〟として、彼女が大泊の通っていた大学の研究室を訪れたからだ。

「ああ、ほんと、まいったな」

だから、もし現在《いま》を変えることができたなら――幸運にも世界を救うことができたなら、彼女との出逢いや、思い出は、そっくりそのままリセットされてしまう。

「まだ、日暈さんを帰せると決まったわけでもないのに」

ペンダントを開き、最愛の女性が映る写真を見つめた。洋猫みたいな丸い瞳、すらりと伸びた長い髪。教壇に立つのが好きだった彼女の笑みが、網膜をじんわりと温める。

――君の涙を止めるための研究だったのに。

「今度は、僕が泣きそうだ」

諦《あきら》める覚悟は、十五年先で済ませてきているはずだった。

諦める理由だって、先日、体育館に続く廊下でもらったはずだった。

――そうだ、彼女の笑顔を守るためなら、僕はなんだって。

勢い任せに深呼吸する。手首を指先で二回叩《たた》き、通話機能を呼び出した。通話が繋《つな》がる間に、机の引き出しから長さ十センチ程度の黒い六角棒状のデバイスを取り出し、起動ボタンを長く押す。デバイスの辺から緑の光が漏《も》れ出すと、ぶぅんと低い音が鳴った。

「ああ、もしもし。大泊《おおはく》だけど。——いや、ちょっと頼みたいことがあって」

電話口に語り掛けながら、パソコンから延びる有線インターフェースを手に取る。デバイスの底面に設けられたポートにそれを挿し込むと、表面に緑に輝く文字が浮かんだ。

〈Boot up the device from the WING Operating System of CTS.〉


同日、午後三時十三分。県立北下浦《きたしたうら》高校。

大泊が電話を掛けた、一時間後のこと。

夏の一番暑い時間帯に、天塩一輝《てしおかずき》は学校の正門をくぐった。陽の光を充分に吸ったアスファルトが、革靴の裏をじりじりと焼いてくる。昇降口で熱のこもった靴を脱ぎ捨て、ひんやりとした上履きに履き替えた。

人気《ひとけ》のない廊下を抜けて理科準備室に向かう道中、一輝は熱っぽい焦りを覚えていた。

——先生、一体なんの用なんだろう。

この前から見る不可思議な夢のおかげで、一輝の精神は過敏になっていた。それに、昨夜見た夢の中でも、一輝は大泊に呼び出されて学校を訪れていたのだ。

それもちょうど、こんな暑い時間帯だった。構えない理由がない。

「やあ、来たね」

リノリウムの床がきゅっと音を立て、大泊透弥《とうや》が現れた。

「ごめんね、急に呼び出したりして」

彼は手に持った黒い六角棒を揺らしながら、いつもの軽い足取りで近付いてくる。

「いえ、大丈夫です。ちょうど、暇だったんで……」

「そうか。それは奇遇だ」

一輝は唾《つば》を飲み下し、状況を窺《うかが》う。廊下でばったりと出くわした大泊の顔は、普段通り穏《おだ》やかで、非常事態ばかりの今の状況において、それは逆に不自然にも思えた。

「それじゃあ、早速だけど行こうか。あまり時間がないものでね」

わかりました。頷《うなず》いた一輝は、彼の頬に一筋の痕跡《こんせき》を見る。

「あのっ、先生」

「ん？」

大泊は曖昧《あいまい》に答え、振り返った。「どうした、天塩」

「今日は一体どうして僕を。電話では、その、氷山を解かしに行くと言ってましたけど……」

「え？　ああ……まあ、そうだね」

大泊はめずらしく言い淀《よど》んだ。薄い唇からひとつ息を吐いて、苦し紛れに笑う。

「だって、日本の夏の海に、普通、氷山なんて浮かんでないだろ？」

だから、僕たちで解かしに行くんだ。それがきっと、正しい風景だから。

大泊は筋の残る頬を手の甲でさっと拭《ぬぐ》い、誤魔化《ごまか》すように、前を向いた。

○

八月二十六日、日曜日。午後四時二分。東京都新宿《しんじゆく》区、防衛省本省庁舎A棟。

三浦《みうら》氷山特設処理対策本部、市ヶ谷《いちがや》分室。

『正しい正しくないじゃない！　やらねば国が苦しくなるだけだ！』

スピーカーから事務局長の苛立《いらだ》ちが飛ぶ。

『なぜ二個目のカプセルを取り出そうとしない！　現場はなにをやっている！』

「現地に派遣中の情報保全隊員からの報告によると、観測部隊指揮官は高出力レーザーの照射による海洋環境への影響及び海面上昇を危惧《きぐ》しているようです」

『またそんな些細《ささい》な理由で渋っているのか、しょうなんの艦長は！』

『まずいですよ。そろそろ中国とロシアへの回答期限です。本日中に氷山への接触及び採取許可を認めなければ、安全保障上の脅威《きょうい》を理由になにをされるかわかったもんじゃありません。許可をすれば、それはそれでタイムマシンを隠匿《いんとく》していたこともバレる訳ですが……』

『だからそのまえにカプセルを回収して、他はすべて溶かしてしまうべきなんだ！　この点では、米国の言うことが正しいッ』

事務局長の低い声に、外務省職員はわかりやすく項垂《うなだ》れた。

「——会議の途中に失礼します。たった今、米国防総省から入電がありました」

マイクをミュートにしていた防衛省の笠木《かさき》が会話に復帰し、開口一番、厳《おごそ》かな声で告げる。

「米国は本日午後六時四十分に、ＬａＷＳ《指向性エネルギー兵器》による三浦氷山の強制解氷を行うそうです」

その報告に、仮想会議室全体がざわついた。

『他国に渡すくらいなら宝箱ごと壊してしまうか。あの国の考えそうなことだ』

『カプセルの片割れを自分たちが持っているからとはいえ、あまりに横暴な……』

『このままではタイムマシン研究で米国の言いなりになるしかないですね……』

ぽつぽつと上がる弱った声に、事務局長ががなりたてる。

『未来人の回収を急げ！　時間内に確保できれば、その存在を用いて米国と交渉できるかもしれない。カプセル破壊までの猶予が稼げるっ。カプセルが駄目になったとしても後の交渉で活《い》かせる、徒労には終わらん！　タイムマシン研究を対等な形で進めるためだ、人的リソースは可能な限り割いていい！　神奈川県警の空いた穴は東京、千葉、静岡からの応援で埋めろ！氷が溶けきるまでの短期決戦だ！』

事務局長が不明時間移動体捜索チームをねめつける。

警察庁の刑事局長及び同チームの補佐官を務める飛島《とびしま》海将補は静かに頷《うなず》いた。

『それと、飛島海将補、君の部下伝手《づて》でいい、観測部隊にも言い含めておけ。和を乱すなと』

「わかりました」

隣に座る笠木《かさき》がマイクをミュートし、飛島《とびしま》の脇腹を肘で突く。

「……飛島、しょうなんは大丈夫なのか？　ないとは思うが、米国の強制解氷まで邪魔するようであれば天塩《てしお》二佐は……」

「心配するな。まだ二時間以上ある。まあ、かの国は十分や二十分は容易に繰り上げて来るだろうが。――それに現場の橋立《はしだて》にも目ぼしい情報は与えてある。未来人の捜索も、氷山の解氷も後手には回っているが期限内には決着がつく見込みだ。それまでには艦長《あいつ》も折れるだろう」

「そうかもしれないが、ようやく掴《つか》んだ艦長の座を下ろされるようなことがあれば……」

「決着がつけば、ここにいる人たちの目はすべてタイムマシンに向く。なに、艦長《あいつ》の頑固さならすぐに興味の埒外《らちがい》になるさ。それに、下ろされたところでへこたれるようなやつじゃない」

飛島は言って、遠く三浦《みうら》の海を睨《にら》む。

「あいつにはこの国以上に守りたいものがあるからな」


同日、午後四時十五分。海洋観測艦しょうなん。

「寝ぼけたことを抜かすなッ」

息子の名が記名されたテキストデータに、涼花《りようか》は否定を投げつけた。

「一輝《かずき》がそんな……なにかの間違いに決まっている」

「間違いもなにも、これ、あなたのお子さんの名前ですよね」

「そうだが……人違いという可能性もある」

「それなら、調べましょうか？　天塩姓で一輝という人間が日本全国に何人いるかなんて、すぐにわかりますから。横須賀《よこすか》、三浦地域に絞れば、より数は少なくなるでしょう」

「ああ、調べてくれ」

「失礼。実はもう調べてありまして、当該地域内に天塩一輝はあなたの息子さんひとりしかいませんでした。日本全国に広げても、天塩一輝という人間は数名のみ。事件への関連性で言えば、あなたのお子さんしかありえないんですよ」

橋立の零《こぼ》した息に、涼花はきつく歯噛《はが》みする。

「それにですね。民間の協力者からとある情報も入手していまして――どうやらあなたのお子さん、この手紙に記されているよい子が匿《かくま》われている家に、何度か出入りしてたようですね」

「橋立おまえ、どこまで……」

「すみません。これが私の仕事なので」

橋立は目元を隠すように、キャップを被《かぶ》り直した。

「天塩二佐、息子さんの尻ぬぐいは私がやりますよ。先輩後輩のよしみで、この私が」

「待て、この件は私が――」

「待ちませんよ。言ったでしょう、これは時間の問題だと」

「し、しかし――っ」

口ごもる涼花《りょうか》に、橋立《はしだて》は厳しい視線を投げかけた。

「本来、このデータは人為解氷後の外交における切り札だったんです。——カプセルを手に入れた米国と対等に交渉し、将来の権益を分けてもらうためのね。しかし、すぐにでも解かせという米国の意見を押し切り、自然解氷を待つという選択をした今、渋らずに切らねばなりません。氷山の秘密を握る者たちが溶けゆく氷山に対してアクションを起こすと信じ、それを待ち、捕え、差し出す。自国民の力尽くでの提供は避けたいですが、かの国に自然解氷を選んだ理由を納得してもらうためには、これくらいの強硬策に打って出るしかないんです」

「一輝《かずき》を米国に差し出すと言うのか……」

「ええ、そのとおりです。こいつらを炙《あぶ》り出すために解氷を待ったんです、と伝えねばなりませんからね。それに残念ながら、タイムリミットは過ぎてしまいました。米国との一次交渉は決裂。もう後戻りは……——失礼、電話だ」

橋立は左手に握ったままにしていた手帳型電子端末《ポケット・タブレット》に口を寄せた。

「私です。——はい、そうですか。わかりました。ええ。——はい。残りの確保も急ぎます」

冷淡な声でそう返し、指を這《は》わせて通話を切る。咳払《せきばら》いを挟み、橋立は話を続けた。

「艦長にご報告です。しびれを切らした米国が、本日一八四〇《ヒトハチヨンマル》、自前のＬａＷＳ《指向性エネルギー兵器》による強制解氷を行うことを決めたそうです」

「……なにッ!?」

「そういうことですので、勝手な真似《まね》はしないでください。もちろん、あなたから家族への連絡も厳禁です。我々の交渉材料を逃がされてはたまりませんから」

「橋立、もし息子らに危害を加えると言うのなら――」

「勘違いしないでいただきたい。あなたが注力すべきは、今その点にないはずだ」

橋立は艦橋にいる者たちを見渡し、囁《ささや》く。

「あなたはかの国の強制解氷に備え、カプセルの回収を調査チームに急がせることだけに邁進《まいしん》してください。本件の実質的処理は、私が執り行います」

「おまえ……いったい、何者だ。なにを企《たくら》んでいる」

「企むだなんて人聞きの悪い。私はあなたと同じ国を護《まも》る者ですよ。――ま、信用できないのも当然と言えば当然のことですけどね。なにせ、情報屋の方がお似合いの人間ですから」

その口ぶりに、涼花の目が弾《はじ》け開く。

「橋立、おまえ、まさか……」

「お気づきのようですね。――ああ、心配しないでください。別にあなたにスパイ容疑がかかっている訳ではありません。あの氷山は情報統制が必要になるほどの存在、それだけです」

橋立の目尻に滲《にじ》む事務的な笑みに、涼花の喉《のど》がこくりと動く。

「防諜《ぼうちょう》のエキスパートが出てくるとは……あの氷山は、一体なんなんだ……」

「簡単に言えば、未来からの贈り物。私たちに時間跳躍の術を学ばせるための教材ですよ」

「未来からの贈り物、だと？」

「ええ。そうです。送り主は先ほどようやく、あなたの息子さんだと判明しましたが」

「では、なにか？　あの氷山の出現を上層部は知っていたのか？　おまえが送り込まれた、この春からずっとッ」

　掌《てのひら》で踊らされていたことにいきりたつ涼花《りょうか》を見て、橋立《はしだて》は、ふぅと細く息を吐いた。

「起こり得る可能性がある、とだけ」

「起こり得る可能性……？」

「五年前、米国防総省主導の日米共同研究チームが大規模重力波《LSGW》とやらを観測したそうです。震源地はアラスカ近海。その時は大した騒ぎにはなりませんでしたが、後に似たような時空震が数年後――つまり今年の夏の日本近海から届き、研究チームは目の色を変えた。政府も当初は懐疑的でしたが、米国からの強い要請もあり、念のため監視員として私をここに送り込むことにしました。未知の技術や物質が現れた場合、必ずその情報を手中に収めろ、日米で独占せよと。私は正直、左遷されたのかと絶望しましたよ。ええ、実際にあの氷山が現れるまでは」

　まるで現実味のない説明に涼花の顔から血の気が引いていく。それをなんてことないように流し見て、橋立はただ、遠くに浮かぶ氷山に目を向けた。

「これ以上の詳しい説明はあとにしましょう。今は、よい子の回収が先決ですから――……」

○

八月二十六日、日曜日。午後三時。三浦市立病院。進《すすむ》と羽《はね》が浜辺で話した、翌日。

米軍による三浦氷山《みうら》の強制解氷まで、残り三時間四十分。

昨晩、進はどうしても帰る気になれず、鉄矢《てつや》に『明日、天音《あまね》のお見舞いに行ってから帰る』とメッセージだけ送り、三浦海岸近くのマクドナルドで一夜を明かした。

水平線から顔を出した太陽に起こされたのは、もう何時間も前の話だ。

病院まで来るのに、しかしこんなに時間がかかるとは思わなかった。バスや鉄道は運行が乱れており、パトカーも散見された。家からこっそり、自転車を拝借しなければ、もっとかかっただろう。

――よし、まだ時間はあるな。

日暈《ひかさ》を保護しに来た二人組は、午後五時が期限と言っていた。ならば、それまでにあの家に帰ればいい。訊《たず》ねてきた彼らに日暈は渡さないとはっきり告げ、次に、鉄矢や優月《ゆづき》と向き合う。

それでいい。それだけだ。

なにも難しいことなどないとわかっているのに、進は天音に会いに来た。最後に彼女の顔を見ておかないと、そんなことすらできない気がした。

総合受付に足を運び、進は富士《ふじ》天音に面会に来た旨を告げた。いつものような事務的なやりとりに備え、自身のＭｙＩＤ《マイ・アイディー》を示そうと左腕を出す。しかし、看護師は一向に読み取り端末《リーダー》を差し出してこない。痺《しび》れを切らし、「あの、どうしたんですか？」と訊《たず》ねると、看護師の顔がわずかに歪《ゆが》んでいることに気が付いた。

「宗谷《そうや》さん、その、申し訳ございません。富士天音《ふじあまね》さんは先ほど、転院されました」

「転院……？　えっ、そんなの俺――」

聞いていなかった。天音の両親が進《すすむ》に黙って転院させたのだろうか。そんな無情なことをするだろうか。いや、たとえ進に伝え忘れたのだとしても、天音の母は仲の良い優月《ゆづき》には連絡するはずだ。

「えっと、どこの病院ってわかりますか？」

進は落ち着いた様子を繕《つくろ》い、訊ねる。

「それは……お伝えできません」

寄る辺《よるべ》を失《な》くした進は、集中治療区画の近くベンチに腰掛け、項垂《うなだ》れた。どうしていきなり。なんで転院なんか。悶々《もんもん》と渦巻く鈍い思考が、頭を重くした。

しばらくそうして過ごす。院内は嫌に静かだった。

「親御さん、混乱してましたよ……なんで天音ちゃんが……」

静謐《せいひつ》な空気に、天音の名前が聞こえた。リネン室。看護師らが噂話《うわさばなし》をしている。

進はそっと身を乗り出し、耳をそばだてた。

「急に転院って、やっぱおかしいですよ。それも横須賀《よこすか》基地内の病院なんて……。親御さんの隣にいたのも、あれ、防衛省の人ですよね？　看護師長、なにか聞いてないですか？」

「わからないわよ。ただ、理事長からの許可も得ているからって、一方的に……」

一瞬、歯噛《はが》みしたように思えた看護師長は、すぐに気を取り直し、「もういいから、ほら、手を動かす」と声を尖《とが》らせた。天音に関する詮索はそこでぱたりと止んだ。

――防衛省……。昨日、うちにも来た……。

進は病院を飛び出した。天音が一方的に連れていかれたということは、つまり――。

――そんな強引な手、ありかよ！

自転車に跨《また》がる。ペダルを強く踏んだ。

考えが甘かった。午後五時の期限は、こちらの意志確認などではなかった。国が日暈《ひかさ》を連れ去る、無情な作戦。それが実行されるまでの、タイムリミットに過ぎなかったのだ。


進が家に帰り着いたのは、午後四時四十分だった。帰り道、三崎《みさき》地区の各所で交通規制が行われているのを見た。バスの運行が乱れたのは、このためだったのか、と思ったが、なぜ氷山が解氷間際の今になって規制が行われているのかは、やはり見当もつかなかった。

「おう、帰って来たか。腹、減ってねえか？」

玄関口に自転車を停めると、ガレージから声がした。鉄矢《てつや》だ。工具箱片手に、斜陽の中に立っている。進《すすむ》は鍵を取り出す間もなく、「鉄《てつ》ちゃん、俺」すぐに駆け寄った。

「俺、やっぱり、日暈《ひかさ》を——！」

「ちょっ、進、どうした急に」

「昨日来たスーツの人たち、日暈を無理矢理連れてくつもりなんだ、だから……」

その時、強く、鋭い痛みが進の頭蓋《とうがい》内で爆発を起こした。脳漿《のうしょう》が震え、視界が揺らぐ。神経細胞が火を上げ、延髄からは酸が出ているのではないかと錯覚した。


見慣れた居間だった。並んで座る鉄矢《てつや》と優月《ゆづき》。その前にはふたりの男がいる。季節感のない黒いスーツを身に纏《まと》い、こちらになにかを伝えている。

「……少し早いですが——……」

言葉の終わり際、視界にノイズが走った。ずきん、鈍い衝撃が身を襲う。進は痛みに朦朧《もうろう》とする頭で考える。思考の裏で響く、鋭い声……。

——これ、防衛省の……。

突然、夢の中の視線が手首へ落ちた。誰かからメッセージが届いている。流れるようにメッセージが開封される。薄ぼけた視界に滲《にじ》んだ文字が映り込んだ。

〈……——ごめん。——からの伝……です〉

狼狽《うろた》える進を置き去りにして、視線は滲んだ文字を追っていく。〈もう気……〉〈現在《いま》の君……〉〈守りたい……〉どれも薄ぼけ、途切れ、判然としない。夢の景色は、いつだってすべてを映してくれない。

けれど、その中で一文、はっきりと読み取れるものがあった。

〈灯台まで走れ〉

進はその一文に、息を呑《の》む。──灯台……？　なんで……？

「──ください！　ふたりとも早く──！」

「──っ。──、おうちに──っ」

怯《おび》えた声に鼓膜が揺れた。次の瞬間、視界が上下に激しく動いた。

視界の主が、居間を飛び出していくのがわかる。

「──こい！　──帰って──じゃねえっ！」

鉄矢の怒声が聞こえた。どうしてだろう。怒りの裏に喜びがあるように感じられ、声が背中を押してくれた。玄関まで来ると、壁に立て掛けられた姿見にふたつの影が映っていた。

小さな影と大きな影。進はその影に向かって、音を持たない声で呼び掛ける。

──おまえは、誰なんだ。

「おい、進、大丈夫か」

鉄矢に揺すられ、気を取り直す。「うん、大丈夫」小さく零《こぼ》して、顔を上げた。

「それより、日暈《ひかさ》が——」

「ごめんください」

上げた顔に、声が掛かった。ああ、もう来たのか。進《すすむ》は歯嚙《はが》みする。

黒いスーツの二人組が、白い陽射《ひざ》しを撥《は》ね付け、立っていた。


「ご決断いただけましたか？」

糸目の男は優月《ゆづき》の出した茶に手も付けず、無愛想に告げた。「あと十分で回答期限ですが」

「仮にだ。仮に、日暈を渡したら、おまえらはどうする」

「もちろん。国で適切に保護します」

「保護っちゅーのはあれか？　俺たちと会えない場所に閉じ込めるってことか？」

「お答えできません」

だんっ。鈍い音が響いた。

「なんべんも言わせるなよ。お答えできねえってこたぁねえだろう。俺ぁ、そんな難しいこと聞いてる訳じゃねえんだ」

机に置かれた拳を解き、鉄矢《てつや》は睨《にら》む。糸目の男はふぅと鼻から息を抜き、また長たらしい説明を行った。そのほとんどが秘密や規則にぼかされたもので、進も鉄矢も優月も、日暈でさえも、納得できることなど、なにひとつない。

「さて、説明は以上になります」

糸目の男は手首に視線を送る。充分に説得し終えたと感じたのだろう。

「それでは、少し早いですが、保護措置を取らせていただきます」

隣に座っていた鷲鼻の男が立ち上がる。太い腕がすっと伸び、日暈の顔に怯《おび》えが走った。

「やめろ！」

心の勇むまま、進は飛び掛かる。どんっと身体《からだ》のぶつかる音がして、すぐに視界は一回転した。——え、なんで。鷲鼻の男が反射的に進を払ったと知ったのは、床に投げ出され、後頭部を打った後だった。

進っ！　日暈の駆け寄る音が、遠く、掠《かす》れて聞こえる。

「てめえ！　進になにすんだ！」

鉄矢が鷲鼻の男に掴《つか》みかかる。羽交い絞めにされ、男は一瞬、動きを止めた。

「……若草《わかくさ》さん。あなた今、自分がなにをしているか、理解していますか？」

「ああ、わかってるさ。随分と簡単なこと、聞くじゃねえか」

男の四肢を締めながら、鉄矢は叫ぶ。

「今俺ぁ、自分の家族守ってんだ！」

その言葉に、進の身体がびくりと震えた。

鷲鼻の男が手こずっているのを見て、糸目の男も立ち上がった。「もう、時間がないんです」

懐《ふところ》に手を差し入れ、黒い得物を取り出す。昨年、自衛隊関連施設防護のために制式装備となった対人用麻酔銃が顔を出した。

「当たっても重傷にはなりませんが、できれば撃たせないでください」

その銃口が、進《すすむ》と日暈《ひかさ》に向けられる。室内に、緊張が走る。

「おまえら、いい加減に――っ！」

鉄矢《てつや》が飛びかかろうとするが、今度は鷲鼻の男が鉄矢の腕を掴《つか》んで離さない。床に這《は》ったままの進。その進に寄りそう日暈。無防備なふたりに、糸目の男がにじり寄る。

「我々も国民にこんなものを向けるために、この職に就いたわけじゃない」

糸目の男が下唇をそっと舐《な》める。引き金にかかった指がきりきりと絞られる。せめて、日暈を――。進が手を伸ばした、瞬間、細い影が視界を埋めた。

「撃ってみなさいよ」

銃口の前に、優月《ゆづき》が立ちはだかった。

両腕を広げた優月の息は荒く、声も震えている。

「この子たちを連れて行くというのなら、好きにすればいい。力尽くでもなんでも、それがあなたの仕事なんでしょ」

優月が大きく、息を吸った。

「でもね、私はそれを許さない！　この家から私の家族を奪うなら、私を撃ってからにしなさい！」

絞り出された声が空気を揺らした。はじめて聞く、膜のない優月の本音。その力強さに、進は驚く。ああ、この人は俺の……。浮かんだ思いが、形を成していく。——俺はこの人たちとずっと昔から家族だったんだ。

「進っ！」

鷲鼻の男を押さえながら、鉄矢が続けて、強く放った。

「おまえ、やりたいことがあるんだろ！」

言われて、我に返る。「俺は——」

やっと手に入れた場所。守りたい。ふたりみたいに。大切なものを。家族を。日暈を。この手で守りたい。

「やれよ！　誰にも遠慮なんか、するんじゃねえ！」

鉄矢が吼える。「進くんっ！」優月の背中が訴える。

——守りたいよ、俺だって。でも、どうやって……。

〈メッセージを受信しました〉

あっ——。息を呑《の》んだ。視界の端で捉えた光。誰かからのメッセージ。夢で見た光景。

進は流れるようにそれを開封する。送り主は、一輝《かずき》だった。

〈進、いきなりごめん。透弥《とうや》先生からの伝言です〉

手首に映し出された文面に視線を一瞬で走らせる。

夢の中と違い、文字は一言一句、はっきりと追えた。

〈宗谷《そうや》へ、もう気付いているはずだ。現在《いま》の君にしか見えないことがあって、君にしか掴《つか》めない未来がある。君が日暈《ひかさ》さんを守りたいと思うのなら、〉

〈城ケ島の灯台まで走れ。氷山が溶ける前に〉

進《すすむ》は瞬間、目を見張る。隣に視線を送る。怯《おび》えを滲《にじ》ませた日暈が、頼りなく立っている。

——ああ、そうか、俺がやるべきことなんて、最初からわかってたじゃないか。

「奥さん、どいてください！　ふたりも、早くこちらに……！」

「やだっ。日暈、おうちに帰るんだもんっ」

その声を聞いた途端、進は無意識のうちに日暈の手を取り、駆け出していた。視界が大きく揺れ弾む。初めてやる行為なのに、身体《からだ》がすべてを知っていた。

「そうだ！　行ってこい！　腹空かせるまで帰って来るんじゃねえっ！」

後ろから鉄矢の怒声が飛んでくる。知っている。進はこの声も知っている。

玄関にたどり着くと、光を反射する姿見に一瞬、目を奪われた。姿見にはふたつの影が映っていた。先ほど見た夢景色が、現実に焼き直されていく。汗を吸った白いシャツ。寝不足に黒ずむ目元。鏡の向こうに立っている男の姿に、進はたしかな既視感を覚えた。

——おまえは、誰だ。

音を持たない呼び声が、鼓膜の裏に反響する。答えはその時から、目の前にあった。

——俺だ。現在《いま》の俺だ。家族を守るために駆けだした、現在《いま》の俺だ。

だとしたら、と進は隣の影を見る。鏡に映る小さな体躯《たいく》。黒い髪。赤い唇。白い肌。丸い瞳。天音《あまね》によく似た、今まで夢に出てきた、この少女。親指に傷を負った、この少女。

——ああ、そうか。夢に出て来た黒い髪の少女は、ずっと俺の……。


「待てッ」

背中に刺さる硬い声に、進は正気を取り戻す。

玄関を飛び出し、置きっぱなしにしていた自転車のスタンドを蹴《け》り上げる。

「行くぞ、日暈っ！　しっかりつかまってろよ！」

「うん！」

日暈を荷台に乗せ、自身もサドルに跨《また》がる。

進は現在《いま》、理解した。掴むべき未来は既に自分の中にあったことに。

「俺が必ず、おまえを家まで送り届けるから！」

ペダルを踏み込む。長く短い、七キロメートルの逃避行がはじまる。

その先に待つ氷山が溶けてなくなるまで、残り、一時間五十分。

○

八月二十六日、日曜日。午後四時五十五分。三浦《みうら》半島南東、沿岸部。

米軍による三浦氷山の強制解氷まで、残り一時間四十五分。

「半自動運転《セルフドライブ》には慣れないね」

運転席の大泊《おおはく》が困ったように笑う。手元のナビゲーションAIは城ヶ島《じょうがしま》公園へ進路を取り、法定速度を遵守《じゅんしゅ》したままひた走る。もっと飛ばしてくれてもいいのに。小さな愚痴《ぐち》が漏《も》れた。

「ところで、メッセージは返って来た？」

「はい。進《すすむ》からは〈今自転車で向かってる〉って返って来たんですけど……」

「安庭《あにわ》からは？」

「羽《はね》からは、〈ごめん。今日、おばあちゃんの見送りしないとだから〉と」

「……なるほど。断られちゃったか。まあ、本人がその選択をしたのならしかたないね」

助手席の一輝《かずき》は大泊の横顔を流し見る。「もう一度誘ってみます」健気《けなげ》に手首を叩《たた》いた。

「ありがとう。助かるよ」

大泊は短く返して、シートに身体《からだ》を預けた。

しばらくの間、静謐《せいひつ》な空気が漂った。フロントパネルから吐き出される冷風が外と内を別の世界に塗り変えていく。大泊は片手をハンドルに添えたまま、窓の外を眺めていた。

「天塩《てしお》はさ」

冷たく止まった空気の中で、大泊がぽつりと言う。「この夏の主役って誰だと思う?」突然の質問に、一輝の口はぽかんと開く。「主役、ですか?」

「そう。──たとえば、自分はこの夏の主役だって、胸を張って言うことができるかい?」

「どうでしょう……僕は……」

一輝の視界に色が流れる。海の青。木々の緑。雲の白に、鳥居の赤。氷の色はここからでは見えなくて、代わりに隣に座る彼の肌の色が景色になじむ。ずっと追い続けている彼に、胸を張って僕は──……。

「ぐ──ッ」

瞬間、走る痛み。燃える延髄。肩を揺する大泊の声も、感触も、遠のいていく。

──頭が、割れる……ッ!

一輝は為《な》す術《すべ》もなくすべての色から引き離され、無色の幻に落ちていった。


「僕は──に、この夏の主役──」

掌《てのひら》に乗せた銀色のペンダントを眺めながら、大泊が笑っている。

車内に響くインバーターの音がやけに切なく響いていた。

──先生は一体、なんの話を……。

「たぶん──、僕は──」

大泊《おおはく》が自嘲《じちょう》した、次の瞬間、視界が乱れた。

——……ッ！

ハンドル近くから甲高《かんだか》いアラートが響く。鈍い衝撃が走り、身体《からだ》が吹き飛ばされる。

一輝《かずき》は肩に走る幻痛を堪《こら》え、視界の回るままに地面に転がり落ちた。事故に遭ったんだと理解した途端、はっ、と思い出したように視線の先に意識を向けた。

——この視界の主が僕なら、きっと。

視線が慌てて手首の端末へ移る。瞳に文字と数字が飛び込んでくる。

通信障害を訴える端末が、五時三十五分を示していた。


鮮彩な世界に戻ってきた一輝は、頭蓋《とうがい》内に残響する痛みに唇を噛《か》み締めながら、今の時刻を確認する。四時五十五分。手首に映っている時計が、そう告げていた。

——今から四十分後……やっぱり、そうなんだ。

一輝は花火の日に確信した事実と照らし合わせ、さらなる気付きを得る。

——未来を映すあの夢は、徐々に現在《いま》に近付いて来ている。

「天塩《てしお》、大丈夫かい？」

大泊の気遣いに、「はい。平気です」一輝はわざと嘘を吐《つ》いた。

とにかく考えを整理したかった。最初に見た夢は、きっと遠い未来の自分が体験したことなのだろう。そして、夢がこちらに近付いてきているのだとすれば、そのうち夢と現実が重なる〝点〟が来るはずだ。その〝点〟は一体いつだ？　その時に僕は、なにをすればいい？

「……先生、シートベルトだけは、ちゃんと締めておいてくださいね」

「わかった。君が言うなら、そうしよう」

ふたりを乗せた車は静かに、しかし力強く前へ進んだ。海の青。木々の緑。雲の白に、鳥居の赤。それらの色を置き去りにするように、ただ南へ。

氷山が浮かぶ城ケ島《じょうがしま》は、まだ見えない。

○

八月二十六日、日曜日。午後五時三分。安庭《あにわ》家。

米軍による三浦《みうら》氷山の強制解氷まで、残り一時間三十七分。

〈日暈《ひかさ》ちゃんを家に帰すために羽《はね》の手助けが必要なんだ。だから、〉

――二回も送ってくんなっつーの。

手首に映る受信通知を指ひとつで消してから、羽は髪を片手で押さえる。結ぶのをサボった髪の毛が、風に吹かれてぱたぱたと揺れた。

――あーあ、なにやってんだろ、私。

日暈《ひかさ》が帰る。本当なら、見送りのひとつでも行くべきなのだろう。でも、行けない。弱ってる進《すすむ》に擦り寄るような真似《まね》をして、それでも拒絶された私が、行けるわけない。

似てるとは思えない。耳の奥に残った言葉が、今でもずきずきと痛む。ずっと確信があったこと、言葉にしないでも共有できていると思った認識が、あっさりと否定された。たった数音でだ。似てるとは思えない。口に出せば、一秒くらいだ。その程度の短さで、縋《すが》りついていた想いは海に流された。

――もう、いい加減諦《あきら》めよう。進と一緒にいるべきなのは、私じゃない。

今会えば、きっと、顔に出てしまうだろう。悔しさとか、悲しさとか、そういうの、全部。だから、会えない。これは羽《はね》のせめてもの意地で、精一杯の自己保身だ。

「まだかしら、迎え」

隣に立つ母が、手首を睨《にら》みながら言った。「遅いわね」

「……二、三分遅れてるだけじゃん」

「施設にはこのくらいちゃんとしてもらわないと。高いお金払ってるんだから」

母の和美《かずみ》は、羽を産んですぐに離婚を経験した。ゆえに羽は父親の顔を知らない。また、当時流行《はや》っていた新型感染症の影響で母は職も一度失っていて、随分と苦労したらしい。

その皺寄《しわよ》せは羽にも来ていた。幼い羽にとって母の愚痴《ぐち》は、生活音と大差なかった。慣れることは、決してなかったけれど。

「羽、あんたのせいでもあるんだからね」

「……は？　なにが？」

「あんたがちゃんとおばあちゃんを見てたら、こんな出費なかったのに」

「……なにそれ」

「この前の台風の時、あんたがおばあちゃんから目を離さなかったら腕を折ることもなかったし、こんな高い施設に入れなくても済んだのよ。わかってる？」

「だって、おばあちゃんなに訊《き》いても平気だって言ってたし……」

「そういうところがダメなのよ。がさつというか、適当というか。きっとあの人に似たのね。いつもなに考えてるんだかわからないし、髪だってそんな明るくしちゃって。ご近所さんにどんな目で見られてるかわかってる？　ほんと、家のことなんにも考えてないんだから」

渦巻く黒い感情が濁流となって羽の胸を満たす。――ああ、今日はちょっと我慢できない。

それは嘲笑《ちょうしょう》になり、言葉の形を取り、気が付けば、口の先から滑り落ちた。

「お母さんだって、家のことなんも考えてないよね」

母の形相が鬼を象《かたど》った。血の繋《つな》がりを無視した怒りが、羽に向けられる。

「羽、あんたね……ッ」

母の手先に力が込められた瞬間、遅い靴音がエントランスに鳴り渡った。「車、来た？」と微笑《ほほえ》む祖母の顔は柔らかで、ふたりの間に張り詰めていた緊張を、ぷつんと切った。

「……お手洗い、済んだの」

母が苦々しい表情のまま言う。

「うん。ちゃんとしてきました」

「もうそろそろ来るから、日陰にいてよね。熱中症で倒れられたら、大変だから」

「はいはい」

それから二分もしないうちに迎えのワゴン車が来た。祖母を後部座席に乗せ終えると、母は助手席に乗り込み、職員と何事かを話しはじめた。羽《はね》はすぐにでもその場を去りたかったが、形だけ見送ることにした。今消えたら、母にどれだけ小言を言われるか。

縁石の上で、ふぅーと長い息を吐く。吐いた息の先に、なにか動くものを見た。

祖母だ。祖母が折れてない方の右腕を小さく動かし、羽を手招きしていた。

なんだろ。羽は怪訝《けげん》に思いながらも、そっと近寄った。

「お腹空いたら、冷蔵庫にスパゲッティ作ってあるから」

羽にそっと耳打ちして、祖母はくしゃくしゃと皺《しわ》の寄った笑みを作る。「片手で作ったやつだから、変だったら、捨てちゃっていいからね」そう言って、また笑う。

「そろそろ出るよ」

前方から、母の声。「ドア閉めて、羽」

「あ、うん……」

身を引く羽に、祖母はもう一度、手を招く。

「髪、伸びたねぇ。背も、もうこんなに」

本当、大きくなったねぇ、羽ちゃん。しわがれた手がそっと、頭を撫《な》でた。

「今まで苦労かけてごめんね。おばあちゃん、もう羽ちゃんの邪魔しないからね」

その顔に、なにを言えばいいのかわからない。家から出て行ってしまう祖母に、なにを伝えればいいのかわからない。あんなに一緒にいたはずなのに。あんなによくしてもらったのに。

「羽っ！　ドア！」

しびれを切らした母が鋭く発した。「いい加減にしてっ」

「わ、わかってる」

羽は急いでドアを閉めた。髪の間に残る感触が、風に攫《さら》われて立ち消える。

時速四十キロで遠のいていく祖母に、羽は最後まで、なにも告げられなかった。


羽はひとり、家に戻った。がらんどうのリビングは冷房が効きすぎて、少し寒い。

冷蔵庫の中にはタッパーが入っていた。里芋の煮っ転がし、いんげんのごまよごしなど、いくつかの惣菜。そういった見慣れた品の中に、ひとつだけ見慣れぬ赤がある。ミートソースのかかったスパゲッティ。見た目にもぶよぶよで、正直、美味しそうには映らない。

「私がいつも、パスタの写真見てたから……」

気付き、喉《のど》が詰まる。

羽《はね》はタッパーをそっと戻し、部屋に戻った。少しだけ、寝ようと思った。けれど、机の上に封筒があることに気付いて、思わず、手を伸ばす。糊付けのされてない封を切ると、中には昔ながらの便箋《びんせん》が一枚。羽は無意識のうちに、それを開いていた。


部屋、勝手に入ってごめんなさい。

少ないですが、夏の思い出に使ってください。

同じ夏は、一度としてきません。

羽ちゃんに、素敵な夏がありますように。

おばあちゃんより

封筒には便箋の他にもうひとつ入っていて——それは折り目のない一万円札で、羽はそれらふたつを握り締め、掠《かす》れた声で呟《つぶや》いた。

「ごめんねじゃ、ないよ」

両親が居ない家の中、ずっと守ってくれていた祖母の別れの言葉が「ごめんね」なんて、そんなことを言わせてしまった自分が、羽は今になって許せなかった。

忙しい母に代わって授業参観に来てくれた。毎日早起きをしてお弁当を作ってくれた。ひとりだったら逃げ出していた宿題も、ちゃんと見守っていてくれた。

羽が今、こうして高校生として生きていられるのは、全部全部祖母のおかげ。そんなこと、ずっと前からわかっているつもりだった。

――ほんとに、私はいつだって、なんだってそうだ。

ひとりで生きていく力も、度胸もないくせに、ひとりで生きてきた気持ちになる時がある。

知らないことばかりの癖に大人のふりをして、家族や社会にケチをつける時がある。

挑戦もする気もないくせに、挑戦している人間に鼻白む時がある。

自分からはなにも言わない癖に、気持ちが伝わらないと諦《あきら》める時がある。

家がどうとか、恵まれてないとか、誰も自分をわかってくれないとか、人のせいにして。私は、私を支えてくれている人たちに目も向けず泣き叫ぶ愚か者だ。身体《からだ》が大きくなっただけの、駄々っ子だ。


――羽ちゃんに、素敵な夏がありますように。


羽は思う。

私はきっとこの夏を、たった一度きりのこの夏を、またいつもみたいに投げ出すのだ。責任を持たず、決断もせず、言い訳ばかり並べて、どうせなにも変わらないと意固地になって。

そして、未来の自分にこう言わせるのだ。

おばあちゃんごめんね。って。

素敵な夏なんか、私には無理だったよ。って。

きっと、そんなことを——……。

——そんなこと、あっていいわけないじゃん。

羽《はね》は駆けだした。玄関を飛び出し、外階段を転がるように下り、大通りへ向かう。

手首に巻いていたヘアゴムを咥《くわ》え、走りながら髪を束ねる。

——羽ちゃん。日暈《ひかさ》、待ってるから。氷山が溶けるまで、ずっと。

花火の日に告げられた幼い挑発が、耳の奥で木霊《こだま》する。

——でもね。嫌だったら来なくてもいいよ。羽ちゃんがそれを選ぶなら、日暈、それでいい。

帰る前に、羽ちゃんが進《すすむ》とちゃんと話すところ見たいのは、日暈のわがままだから。

自慢の髪をぎゅっと結い上げ、羽は決意する。

「なめんなっ、ばかっ」

流れゆく車の列に手を挙げて、タクシーを捕まえる。開きかけのドアから後部座席に流れ込み、行先を喉《のど》に込める。やるべきことは、もう決めていた。

「大急ぎで、城《じよう》ヶ《が》島《しま》公園まで」

一万円札を握り締め、見つめる先は半島の南端。彼とあの子が向かう場所。

――ああ、そうだ。なんで忘れたふりをしていたんだろう。

鈍い頭痛にしかめた顔で、羽はようやく思い出す。自分が要するに、まだ十七歳だということ。ひとつの季節はいずれ、終わるのだということ。

進と日暈が一緒にいられるのは、今日で最後なのだということ。

なにも変わらないかもしれない。やるべきことをやったって、後悔するだけかもしれない。それでも、行くのだ。私の決意を、見せつけるために。

――日暈をこのまま帰してやるもんか。

この胸に解けないものがあるのだということを、羽は今ようやく、思い出す。

○

八月二十六日、日曜日。午後五時十二分。三浦《みうら》半島南東、内陸部。

米軍による三浦氷山の強制解氷まで、残り一時間二十八分。

坂道を登る自転車はぎぃぎぃと鈍い音で鳴いた。ペダルを踏み込む度、進の額からは汗が噴き出す。汗を拭きがてら、振り返る。追手の姿は見えなかった。

「日暈、あそこでちょっと休憩しよう」

「うんっ」

木々に囲まれたバス停の、朽ちかけのベンチに日暈《ひかさ》は飛び込むように座り込んだ。進《すすむ》も荒い息を吐き出してから、遅れて座る。

二人乗りで海岸線を駆け抜けた進の脚は、乳酸が溜《た》まってやたらと重くなっていた。

Tシャツの袖で、首筋の汗を拭《ぬぐ》う。拭っても拭いきれない汗の量に、進は透明な木漏れ日《こもれび》を憎らしげに睨《にら》んだ。短い休憩でどれだけ体力が回復するか、もう神頼みだ。

「ねえ進。日暈、飲み物買ってきてあげようか？」

「いいよ、別に」

「あのね、優月《ゆづき》ちゃんにお小遣いもらってるから、ジュースなら買えるよ」

「大丈夫だって」

「でも進、汗すごいし……」

「平気だよ。それより日暈、俺から離れないようにな」

木陰はそれでも日向《ひなた》よりは涼しくて、進は少しだけ冷静さを取り戻していた。

ふと、隣に座る日暈に目を向ける。彼女の小さな手には、やはり細い傷があって、それは日暈が日暈自身であることをたしかに証明している。だとすれば、あの夢は過去の記憶などではなく、やはりこれから起こる現実を暗示しているのだろうかと、進は考える。

たとえば、緑の岬を駆ける小さな少女。

静かな病院と祝福を告げる看護師。

赤い花火と黒い髪の女の子。

鉄矢《てつや》と優月と茜色《あかねいろ》の部屋。

灰の磯場と同級生の涙。

家を出る進と日暈。

そして——。

「ぐ……ッ」

今一度襲い来る激痛。脊髄から脳へ湧き上がる強酸性の幻が、思考を搦《から》め捕る。

灰色の磯場。白い氷山に向かう黒い髪の少女。迸《ほとばし》る鮮緑の閃光《せんこう》。砕け散る波の飛沫《しぶき》が頬を濡《ぬ》らし、口から零《こぼ》れる自分の嗚咽《おえつ》が耳を掻《か》く。目の前に浮かぶのは、涙に濡れたあどけない笑み。

——ああ、そうか。やっぱり、そうなのか。

氷の消えた海の上で、進はすべてを、理解した。


「進っ、大丈夫?」

「ああ、大丈夫だ」

日暈に向けた微笑の裏側で、進はついに思い知る。

この夏が、これからの夏がどうなっていくのかを。目の前の少女が、何者であるのかを。

「日暈《ひかさ》、そろそろ行こう」

「えー、もう少し休もうよ」

「ダメ。こんな逃亡劇早く終わらせて、みんなの待つ家に帰ろう。な?」

「……わかった」

「いい子だ」

ちらちらと木漏れ日《こもれび》を反射する黒髪を指で梳《す》き、進《すすむ》は勇み立つ。その視線は半島の南端へ。日暈を家に送り届けるため、進はもう一度強く、ペダルを踏み込んだ。

○

八月二十六日、日曜日。午後五時三十分。海洋観測艦しょうなん。

米軍による三浦《みうら》氷山の強制解氷まで、残り一時間十分。

『第一、第二規制線配備完了。展開中の各部隊は次の指示まで待機中です』

「例のよい子と少年は」

『現在、ふたりで城ヶ島《じようがしま》大橋を通行中。一八〇〇《ヒトハチマルマル》、安房崎《あわさき》灯台に到着予定』

「よし。そのまま無人偵察機《ドローン》で動向を追っておけ。タイムマシンの使用直前まで泳がせろ。未来人だと確定するまで手を出すなとのお達しが出たばかりだ。ああ、幼子には上も甘い」

艦艇が随伴する氷の塊はすでに小さく、山と呼ぶには心許《こころもと》ない。解けかけの身体《からだ》からはカプセルが露出しており、金属の外殻が日の光を鈍く跳ね返していた。

その光を望むしょうなんの艦橋には、ふたつの喧騒《けんそう》がある。調査チームが忙《せわ》しなく奏でる電子音と、橋立《はしだて》の零《こぼ》す通話音。それらが綯《な》い交《ま》ぜになり、狭い艦橋を埋め尽くしている。

『宮川《みやがわ》風力発電所より連絡。第一規制線に車両が一台接近中。国産の半自動運転車《セルフドライブ・カー》です』

「中を確認して照合をかけろ」

『照合行います。――照合完了。搭乗者は大泊透弥《おおはくとうや》、天塩一輝《てしおかずき》の両名と判明』

わずかに漏れ聞こえた息子の名に、調査チームを率いる涼花《りょうか》の眉がぴくりと動いた。

「来たか。通信を繋《つな》いだまま追跡。二名割け。規制線を越えたらECM《電子妨害装置》で車の動きを止めろ。抵抗するならNLAB《非致死性麻酔弾》を使用しても構わない。そっちはほぼ黒だ。引き摺《ず》り出して捕えろ」

『了解。追跡を開始』

「橋立、息子の名前が聞こえたが、一体なにをするつもりだ」

「保護します。これは国家上層部の判断です」

「保護？　捕獲の間違いじゃないのか？　ECM《電子妨害装置》だの、随分と物騒な単語が聞こえたが」

「それこそ、捉え方の問題ですよ」

「傷のひとつでも負わせてみろ、おまえを艦橋から叩《たた》き落してやる」

剣のように尖《とが》る涼花の瞳に、橋立は浅く息を吐く。

「わかってます。丁重に扱いますよ。ただ、私はあの氷山の謎を突き止める使命を負っていますから、ある程度の強引さはご容赦《ようしゃ》願いたい。大泊透弥《おおはくとうや》と天塩一輝《てしおかずき》。ふたりはあの氷山の生成に関わった可能性が極めて高い人物です。易々《やすやす》と見過ごすことなどできません」

「そこまでして、おまえが手に入れたいものはなんだ」

「ですから、未来の技術をですね……」

違うッ！　涼花《りょうか》が橋立《はしだて》の言葉を切った。

「なぜそんな曖昧《あいまい》な希望に執着できるのかと聞いているんだ。おまえは元来、一本気な男だ。上官の命令であっても、納得できないものには首を縦に振らない。そんなおまえがなぜ、国民を巻き込んでまで危険な橋を渡ろうとする。この任務を為《な》すことは、おまえにとってそれほど大事なことなのか？」

その問い掛けに、橋立は遠く海を望む。

「天塩二佐、私が愛しているものをご存じで？」

「……いや」

「この国ですよ」

橋立の目は、はるか遠くで焦点を結んでいた。

「度重なる地震、集中的な豪雨、頻発する感染症によって、この国は落ちぶれました。――いや、元々そんな大層な国ではなかったのかもしれない。今では他国に寄りかからないと生きていけない国です。しかし、時間跳躍の術を手に入れることができれば、国際社会でのプレゼンスは確実に高まります。経済力も、外交力も、頭ひとつ抜けるでしょう。天塩二佐、これは最後のチャンスなんです。十年先、百年先にも、この国を残すための、大きな分かれ道。ゆえに、どれだけ多くの人間に恨まれようが、私は構いません。愛するもののために動くのに、躊躇《ためら》う理由なんてひとつもないんです」

あなただって、そうでしょう?

橋立はそう結び、キャップを深く被《かぶ》り直した。

同日。同時刻。三浦《みうら》半島南東、沿岸部。

大泊と一輝を乗せた半自動運転車《セルフドライブ・カー》は、城ヶ島《じょうがしま》へ向け県道を西進していた。左手には風力発電所、右手には住宅もなく、ただ土と緑が広がっている。頭上で回る風車にはペロブスカイト太陽電池が塗布してあって、風力発電機というよりは太陽発電機の様相を呈している。

「それが先生の言っていた、〈CTS.〉、ですか?」

一輝は大泊の掌《てのひら》を覗《のぞ》き込む。ハンドルから離れた彼の手には、黒い六角棒が握られていた。

「いや、これは起動キー。〈CTS.〉、つまり〈コールド・トラベル・システム〉を起動させるプログラムみたいなものさ。もちろん、この時代のものじゃない。〈CTS.〉の本体は、今まさに城ヶ島に向かっているところだよ」

平坦な声音で〝この時代のものじゃない〟と言ってのけた大泊《おおはく》に、一輝《かずき》は感嘆のひとつも漏《も》らせなかった。そうもあっさり言い切られては、驚く暇もない。

「えっと……じゃあ、その起動キーと本体が揃《そろ》えば、日暈《ひかさ》ちゃんは家に帰れるんですね」

「ああ、そのはずだ。君は物わかりが良くて助かるよ」

「いえ、わからないことばかりですよ、ほんと……」

「そうかい――じゃあ、わからないもの繋《つな》がりで、あの氷山の話でもしようか」

最後の授業だ。と、大泊は起動キーを懐に戻しながら微笑《ほほえ》む。

その横顔に、一輝の胸はきゅっと引き絞られた。

「あの氷山が出現してから、君はやけに質感のある夢を見たんじゃないかな?」

「はい。何度か。その、さっきの頭痛も……。あれは誰でも見られるものではないんですか?」

「そうだね。あの夢は〝時空のゆらぎ〟――つまりこの時間軸にあるはずのないものと深く触れ合った者だけが視《み》ることができる別時間軸の記憶。言ってしまえば〝未来視〟なんだよ。個々人によって差はあるだろうけど、時間を超える素粒子、タキオンが運んで来た未来の情報に脳が反応した結果起こった現象。ゆえに、君たちには視えた」

僕や日暈さんと深く関わった君たちにはね。大泊は言い添え、含みのある笑みを浮かべる。

大泊の説明に一輝はもはや驚かなかった。ああ、だから光二《こうじ》は「変な夢を見たか」と尋ねた時、共感するそぶりを見せなかったのだ。

「じゃあ、次は……そうだな。未来繋がりで、世界の行く末の話でもしようか」

大泊は言いながら、バックミラーを睨《にら》んだ。

「僕のいた世界では、日暈さんは政府の研究機関に隔離されてしまってもう会えないんだ」

過ぎ去る木立が、彼の瞳の中で揺れた。

「厳密に言えば、現在《いま》ここにいる日暈さんに、だ。これから誕生するはずの日暈さんは、僕のいた世界ではそもそも生まれてこない。生まれるきっかけを、失ってしまったからね」

大泊は淡々と語り続ける。

「本来であれば、日暈さんはこの夏を過ごし、いくつかのきっかけを世界に与え、未来に帰るはずだった。そのきっかけを糧に、タイムマシンが生まれ、日暈さんが生を受け、またこの夏に結びつく。世界はこの円環の上に成り立っていた」

本当に、奇跡のような円環だよ。

大泊は唇を嚙《か》みしめる。その悔しそうな表情に、一輝は言葉を紡がずにはいられない。

「じゃあ、今の僕たちがすべきはそれを――」

「だけど君たちは」

一輝の言葉を断つように、大泊は言葉を挟む。「固執するべきじゃない」

「正しい未来なんてないんだ。現在《いま》の君たちのあらゆる行動が未来になる。ゆえに心のままに動くべきだ。大人がこう言ったから、こうしろと言うから、そういうしがらみにとらわれるべきじゃない」

ハンドルに添えられた彼の右手に、力が込められる。

「新しい奇跡を起こせるかどうかは、いつだって自分次第なんだ。思うままに行動し、積み重ねた先に、それは輝く。僕が自分の意志でここに来たように。不確定な未来を信じ、祈り、行動を重ねた者だけが、本当に欲しいものを手に入れられる。無論、傷付くこともあるけどね」

「先生は、どうして手に入れたものを捨ててまで……」

「簡単さ。好きな人の幸せを願える人間の方が、素敵じゃないか」

そう語る大泊《おおはく》の左手には、銀色のロケットペンダントが握られている。

後方で回る風力発電機の駆動音が、一輝《かずき》の胸を、きりきりと締め上げた。

「僕はさっき、この夏の主役は誰だと思うかと訊《き》いたね？」

状況に不釣り合いな、爽やかな笑み。穏《おだ》やかな水面のような、音を立てないそよ風のような、優しい表情。車内に響くインバーターの音が、やけに切ない。

「たぶんさ、僕は脇役でいいんだよ」

そんなっ。一輝が言い返そうとした、次の瞬間、車の挙動が突如《とつじょ》乱れた。ハンドル横のコントロールパネルが制御不能を訴える。自動運転の要《かなめ》、衛星との通信が途絶する。

指針を失った車は路肩の石壁にぶつかり、ひどい音を立てて停止した。

「……ッ」

一輝は肩に走る痛みを堪《こら》え、転がるように車外に飛び出た。はっ、と思い出したように手首の端末を見る。通信障害を訴える端末は、五時三十五分を示していた。

——やっぱり、夢で視《み》たとおりに……。

一輝は荒い息をそのままに、車に振り向く。

「先生……ッ！」

「いてて、これだからこの時代の半自動運転車《セルフドライブカー》は嫌なんだ」

運転席から大泊が這《は》い出てくる。「良かったよ、君の言うとおりシートベルトをちゃんと締めてて」と笑う彼を見て、一輝はほっと胸を撫《な》でおろす。

「でも、どうして事故なんか……自動運転がこんな単調な道で……」

大泊に手を貸しながら、一輝は訝《いぶか》しむ。「端末も通信障害を起こしてますし」

「おそらく近くに妨害電波を出す電子戦用の無人航空機《ドローン》が飛んでる。光学迷彩で見えないけど、さっき近くの木々が不規則に揺れるのを見た。たぶんそいつが近くを掠《かす》めたんだろう」

大泊は懐に手を挿し入れながら続ける。「僕らは今、追われてるからね」

「追われてる？　誰にですか？」

「そういう〝しがらみ〟さ」

懐から抜き出した彼の手には、黒い六角棒——〈ＣＴＳ.〉の起動キーが握られていた。そしてもうひとつ、今度は懐《ふところ》から一枚の紙を摘《つ》まみ上げる。

「さて」短く前置き、大泊《おおはく》は一輝《かずき》の手を取った。

「天塩《てしお》、これを城ヶ島《じょうがしま》の灯台まで――日暈《ひかさ》さんのもとまで届けてくれないか」

起動キーのひんやりとした感触と、添えられた紙の質感が、一輝の肌を這《は》った。

「もちろん無理強いはしない。君が選んでいい」

「でも、それなら僕より先生が行った方が――」

そこまで言ったところで、一輝は口を噤《つぐ》んだ。

大泊が、首を左右に振っていた。

「見送りに来るなら、友達の方がいいに決まってる」

一輝が何も言えずにいると、道の陰から迷彩服の男が二名現れた。線の太い、屈強な出《い》で立ち。動けなくなった一輝を横目に、大泊が一歩前に出る。

「僕の知っている未来では、六時半に米国がレーザー兵器で氷山を溶かしてしまう。そうすれば無論、中にある帰還用のタイムマシンも壊れる。日暈さんは帰れなくなる」

一輝は右手の中の起動キーを握り込む。

巻かれた手紙が、くしゃり、音を立てた。

「行くかどうかは、君次第だ。それでも、託す。自分たちで未来を選びとれ」

頭ではわかる。理屈ではわかる。けれど感情がここを動くことを許してくれない。胸から垂れ落ちた彼への想いが、蠟《ろう》のように足元を固めてやまない。ここで別れたら、もう――……。

「いつかまた、会えますか？」

「それもまた、君次第だ」

大泊が見せた笑顔を胸に、一輝は走り出した。

空の低いところでは、海から吹きつける風に雲塊がなすすべなく流されていた。まるで一輝が行くべき方向を示すかのように、その雲は城ヶ島の方へと向かっている。

――好きな人の幸せを願える人間の方が、素敵じゃないか。

彼の言葉が耳の奥で響く。何度も響く。

先生にそう言われたら、僕には止めようがないじゃないか！　心の中で、叫ぶ。

黙して走った。ただの一度も振り返らなかった。甘く、苦い感情を胸に抱え、静かな慟哭《どうこく》を空に上げながら、ひたすら足を回した。蝉《せみ》の声が静かなところまで来ると、一輝は膝に手をつき、うなだれた。喉《のど》は渇き、目は湿っている。肺は熱く膨張し、首筋は汗が滴《したた》り冷えていた。

右手に握らされた物を濡《ぬ》らさぬよう、一輝は雫《しずく》の垂れる顔を持ち上げた。健気《けなげ》に開いた両目に映るのは、一本の黒い棒と一枚の紙。大泊が手渡した、未来への鍵。

一輝はそっと、その紙を拡《ひろ》げた。

つらいことを任せてしまって、すまない。

まともな説明もできなかったから、混乱していると思う。

でも、自分を信じて動くんだ。君の欲する奇跡は、その先にしかない。

来るべき時、決断を迫られた時、心が迷ったら、思い出せ。

未来こそが、君たちの武器だ。


「僕は……」

涙に濡《ぬ》れる視界が、手紙の文字を滲《にじ》ませる。日暈《ひかさ》を帰す手助けはしたい。でも、自分に何ができるだろう。さっきみたいに立ちはだかる者たちに、自分はどう立ち向かえばいいだろう。

一輝《かずき》の胸に、弱気な心が顔を覗《のぞ》かせる。――僕にできることなんて、なにも……。

顔を俯《うつむ》けた、その瞬間、時を超える素粒子がつむじに降り注いだ。

長く伸びる大橋。立ちはだかる迷彩服の男たち。彼らを前に、一輝はなにかを待っている。

手首を見る。時計が六時七分に切り替わる。一輝は勢い込んで、ある人物へ電話を掛けた。

――ああ、そうか。僕にしかできないことが、まだあるじゃないか。

通話がつながった瞬間、夢は途切れた。

幻から弾《はじ》き出された一輝は洟《はな》を啜《すす》り上げ、時計を見る。午後五時四十七分。差は二十分。やはり、未来と現在の差は縮まってきている。

一輝は涙に濡れた目元を擦《こす》り、南を目指した。数キロ先に浮かぶ白い氷塊は、まだ見えない。けれど、たどり着いてなにができるだろうという問題は、もう解けた。

——大丈夫だ。やれる。僕は二十分後《たったいま》、すべてを知った。

一輝は走る。既に視《み》た未来を胸に、まだ見ぬ未来へ向けて。

遠くに浮かぶ灰色の艦影に、家族の姿が見えた気がした。

○

八月二十六日、日曜日。午後五時二十八分。若草《わかくさ》家。

一輝が駆け出す、二十分前。

「いててっ、随分と派手にやっちまったなあ。あとで捕まんのかなぁ、これ」

「でも鉄《てつ》ちゃん、かっこよかったよ」

「優月《ゆづき》もな。ありゃ、いい啖呵《たんか》だった」

ふたりして肩を揺らし、くくっと笑う。

「ねえ鉄ちゃん、さっきの言葉だけど」

優月《ゆづき》は勢いのまま切り出した。「私たち、また、家族に――」

「ばかやろう」

鉄矢《てつや》は言って、優月の手を握った。

出逢《であ》ってから、何年経《た》っただろう。この体温を知ってから、いくつの季節が廻《めぐ》っただろう。

気が付けば、好きという言葉は音だけになり、目を合わせても、手を重ねても感動はしなくなってしまった。慣れや照れという言葉を盾に、気持ちを確かめ合うことを放棄していた。

それでも一緒にいるのは、なぜだろう。

ふたりが一緒にいるのは、一緒にいたいと思うのは、なぜだろう。好きと言い合わなくても、目を合わせなくなっても、手を繋《つな》がなくなっても、隣にいる理由とはなにか。

鉄矢はそれを知っている。言葉にすれば短いものだ。好きという言葉も、行為も、すべてが形骸化する中で、それでも一緒にいたいと思うこの気持ちが、愛なのだ。

「俺たちは、もうずっと家族じゃねえか」

ぼろぼろと落涙する優月。乱れた髪もそのままに、「うん……っ」と頷《うなず》く。

鉄矢はその姿を見て、ああ、そうだったな。と、かつての誓いを思い出した。

「俺、ちょっと出てくる」

「……鉄《てつ》ちゃん。待って、どこに行くの。ねえ、鉄ちゃん」

「心配すんな。晩飯の材料買ってくるだけだ」

「でも……」

「少しはいいもん買ってこないとな。だってよ、今日、夏休み最後の日だろ」

家族みんなで食いてえじゃねえか。振り向く彼の笑顔に、優月もつられて笑みが零《こぼ》れた。

「うん。お願い。ちゃんと四人分」

「ああ。ちゃんと四人分買ってくるよ」

ふたりは揃《そろ》って玄関を出た。鮮烈な夕陽が身に刺さり、同時に目を伏せた。

「氷、ここからじゃもう見えないね」

「そうだな。でもまあ、どうせあんなもんすぐに解けるさ」

鉄矢は優月の手を解く。解いた掌《てのひら》は、それでも暖かい。

——あれが解けたら秋になる。秋になったら、庭で焼き芋をしよう。日暈《ひかさ》はきっと好きだろう。進《すすむ》も文句を言いつつ、なんだかんだ楽しむはずだ。あいつは、そういう子だ。

バイクに跨《また》がり、右手を握り込む。キュルキュルと音が鳴り、年代物のエンジンに火が灯る。

——冬になったら、雪だるまを作ろう。そうだ、雪合戦もいい。進の友達も呼んで。たぶん日暈は大はしゃぎするはずだ。春になったらお花見にいって、また夏が来たら、今度こそ夏祭りにつれていこう。そうだ、それがいい。

「気を付けてね」

「ああ、行ってくる」

鉄矢《てつや》は頷《うなず》き、アクセルを吹かした。土埃《つちぼこり》と轟音《ごうおん》が身を包み、身体《からだ》が前方へと流れて行く。

——大きな啖呵《たんか》を切ったんだ。精一杯、格好つけてやろう。

鉄矢はヘルメットの中でほくそ笑み、さらにアクセルを握り込んだ。

——不器用でも良いから、少しは親らしく。

時速六十キロまで加速した身体が、臆病風《おくびようかぜ》を置き去りにした。

○

八月二十六日、日曜日。午後五時四十二分。三崎《みさき》生鮮ジャンボ市場前。

米軍による三浦《みうら》氷山の強制解氷まで、残り五十八分。

「お客さん、渋滞で進めませんよ」

電気駆動の半自動運転車《セルフドライブ・カー》ですし詰めになっている国道は、不気味な静けさに包まれていた。アイドリング音も、ロードノイズもない。けれど車体を震わすようなインバーターの高周波だけが、やけに鼓膜にへばりつく。

「ここらがこんなに混むこと、普段はないんですけどねぇ」

「どうにかなりませんか?」

羽《はね》は前かがみで訊《たず》ねた。「急いでるんです」

「どうにかと言われましてもねぇ。どうもこの先、交通規制がかかってるみたいでして、ナビのAIも停止の一点張りで……。うーん、もしかしたら、歩いた方が早いかもしれませんね」

「それじゃあ、歩きます」

羽は握っていた一万円札を叩《たた》きつけ、ドアに手を掛けた。運転手は「そうですか」と慌てて電子決済端末を起動させ、それから「え？」と頓狂《とんきよう》な声を上げた。

「現金、ですか？」

その言い分に、羽は無言でドアガラスを指さした。

ガラスに貼られている色褪《いろあ》せたステッカーが、「現金ＯＫ」を告げていた。


なだらかな勾配《こうばい》の坂が続き、膝が笑い、息が上がる。急いで出てきたものだから、足を飾るのはウッド調のフラットサンダルで、正直、走るのには向いてない。

ほんと、ばかみたい。自嘲《じちよう》しながら、羽はそれでもひた走る。花火の日にあの少女が言っていたことを思い浮かべながら、南へ向かって地面を蹴《け》る。

――言いたいことは言った方がいいよ。全部溶けちゃう前に！

随分、簡単に言ってくれる。また、自嘲する。

国道と県道が交わる交差点で歩みを止め、膝に手をついた。肺は熱を持ち、喉《のど》は砂漠のように干からびている。汗は肌の上を満遍なく濡《ぬ》らし、髪の先をじっとりと重くする。

再び走り出すと、ずきっと針のような痛みが関節に走り、なすすべなく、立ち止まる。

――やっぱ、向いてないのかな、こういうの。

時計を見る。午後五時五十分。――ああ、もう、なんでこうも時間ばっかり……。

唇をきゅっと結んだその時、羽《はね》は後方から轟音《ごうおん》が近付いてくることに気が付いた。静かな電気自動車を蹴散《けち》らすような、けたたましいエンジン音、ロードノイズ、風切り音。

それは急に唸《うな》りを静め、羽の横に停車した。

「おうおうおう、随分と汗まみれじゃねえか」

ゴーグルのついたハーフヘルメット。陽に晒《さら》された口元から、やけに明るい声がする。

「乗ってけよ。初乗り無料だ」

若草鉄矢《わかくさてつや》はゴーグルを外すと、後部座席を指さした。


「ねえ、飲み物ないの？」

羽は流れゆく轟音に負けないように、大きな声で訊《たず》ねる。

「ドリンクサービスはやってねえ。それより、ちゃんと掴《つか》まっとけよっ」

黒い車体は夕陽を撥《は》ね付け、半島の南端を目指して唸る。すし詰めになった車両の横を風となって駆け抜ける。車を一台抜かすたび、周りの景色は徐々に緑を増していた。

気が付けば、ふたりは城《じょう》ヶ島《がしま》まであと数キロのところまで迫っていた。

「ねえ！」

「なんだ！」

ふたりは風の音に負けないよう、声を張り上げる。

「ありがとね、おじさん！」

「おじさんはやめろ！　鉄《てつ》ちゃんでいい！」

「……ありがとう、鉄ちゃん！」

「それでいい！　たまには、素直にならなくちゃなっ！」

鉄矢は右手を握り込む。ドンッと車体に衝撃が走り、風景は後方へ伸びていく。住宅の雑色、看板の赤、棚引く白雲、繁《しげ》る青。三浦《みうら》半島の放つ夏の色が、きらきらと風に散っていく。

途中、過ぎ去った蜂色《はちいろ》の立て看板に、羽は声を上擦《うわず》らせた。

「ちょっ、今の検問じゃないの!?」

「うるせぇ、止まってなんかいられるか！」

鉄矢はさらにアクセルを開けた。

「俺はなぁ、早く帰って優月《ゆづき》の手料理を食うんだよ。家族みんなでな！」

「こんな時にのろけ？」

「たまにはいいだろ！　おまえは、帰ったらなにが食いたい！」

「私は――」

羽《はね》は言いかけて、ふふっと笑った。

「伸びたスパゲッティ！　それと、里芋の煮っころがし！」

「いい趣味してんなあ！」

鉄矢《てつや》の声は風よりも早く景色に溶ける。

前方には、夏の終わりまで続くような城ヶ島大橋《じょうがしま》が、まっすぐと延びていた。

○

八月二十六日、日曜日。午後六時四分。城ヶ島大橋前。

米軍による三浦《みうら》氷山の強制解氷まで、残り三十六分。

一輝《かずき》は汗もそのままに、城ヶ島へ延びる長い長い幹線道路をひた走る。道の下には町が広がる。橋を臨むと、ようやく潮の匂《にお》いが風に混ざった。城ヶ島まで、あと数百メートル。

一輝は、勢い、木立の陰に身を隠した。城ヶ島大橋の前には、迷彩服を纏《まと》った男たちが立っている。その手には、二〇式の自動小銃。彼らの放つ鋭い眼光が、一輝を射抜いた気がした。

——まずい。

腕輪型電子端末《セージ・ブレスレット》で咄嗟《とっさ》に時間を確認する。まだ、六時五分。未来視は、現在《いま》に近付いて来ている。そしてこちらに近付いてきているのだとすれば、そのうち未来視と現在がほとんど重なる、ポイントが来るはず。そのポイントがどこかはわからない。けれど、今までの未来視と現在の差の縮まり方から見るに、電話を掛ける瞬間、城ヶ島大橋の前に立っているその時が、ターニングポイントだと考えられた。

──言っても、希望的観測だ。予測が外れたら、電話で喋《しゃべ》る内容は神頼みになるな……。

未来が微笑《ほほえ》むことを信じ、一輝は木陰で祈る。ここで捕まるわけにはいかない。そう思うも、この瞬間の一輝にはなんら手だてがない。

──あと二分。どうにかして……。

焦《じ》れるような空気の中、唾《つば》をこくりと飲み下す。すると、背後から力強い鳴動が迫ってくるのを感じた。思わず、振り向く。視界の端で、迷彩柄の影も動いた。

「止まるぞ！　しっかり捕まっとけぇ！」

「ちょっと、落ちる！　落ちるってぇ！」

頼りがいのある野太い声と、聞き慣れた同級生の声。暴風にも似た鉄の嘶《いなな》きと、時代遅れの排気音。それらを纏った黒い鉄塊が、一輝の後方三十メートル付近から急減速をはじめ、ゴムの灼《や》けるにおいを放った。

「羽っ、それに鉄矢さんまでっ！」

「一輝!?」

静止したバイクから弾《はじ》かれるように降りると、羽は、一目散に一輝のもとへと駆け寄ってくる。運転手の鉄矢《てつや》もヘルメットを外しながら、「よう、奇遇だな」片手を挙げた。

「一輝《かずき》、おまえこんなとこでなにしてんだ。それも迷彩の男なんかに睨《にら》まれて」

「今睨まれてるのは鉄矢さんだと思うけど……ちょっと、この先に用があって」

「なるほど。てことは、俺たちと同じか」

鉄矢は口の端を上げ、眼前に延びる大橋と蜂色《はちいろ》の規制線を睨む。

視線の先では迷彩服の男が襟元《えりもと》に口を寄せ、何事かを囁《ささや》いていた。

「通してくれないか、ダメもとで訊《き》いてみっか」

平静を装い、一歩踏み出す鉄矢に、迷彩の男が間髪入れずに言い放つ。「そこの三名、動かないで」その声の低さに、鉄矢はぴたりと立ち止まった。

「さすがにおっかねえなあ――どうするよ、これ」

後ろ髪を掻《か》き上げる。その間にも、迷彩服の男たちは近付いてくる。

一輝はますます焦《じ》れながら、左手首に視線を落とした。時刻はまだ、六時六分。

「鉄矢さん、一分だけ、時間を稼げますか」

一輝は我慢できずに言った。「僕がどうにかします」

「どうにかっておまえ……ほんとかよ」

「ほんとです。こう見えて、僕は彼らの上司にツテがあるので」

「ツテ、ねえ……」

言いながら、鉄矢は羽《はね》に視線を送る。羽がこくりと首肯した。

「わかったよ。やるよ、やればいいいんだろ」

肩を竦《すく》め、鉄矢は苦笑を漏《も》らす。「ガキを信じんのが大人の役目だしな」

ふぅ。呼吸を整える音がした。鉄矢はそのまま両手を挙げ、一歩ずつ前に歩み出る。

そして、肺を大きく膨《ふく》らませると、一息に言葉を吐き出した。

「俺は来年、二〇三六年にタイムトラベルをするジョン・タイターだ！　過去に行く前に食っておきたいものがある！」

迷彩服の男たちはぽかんと口を開き、にじり寄る足を止めた。

「ここらにうまいラーメンを出す寿司屋があるというから来たんだが──港楽家、いや、港楽園だったかな。どうにも見つからない！　これでは二〇三八年問題解決の任務に支障が出る！　まぐろのマークが目印の老舗《しにせ》ということで、あんたたちは知らないだろうか？　地元の魚介で出汁《だし》をとったスープがこれまた絶品らしく、遠路はるばるフロリダから馳《は》せ参じたというのになんたることか！　まぐろラーメン食いたさに太平洋を越えた俺の気持ちはどうなるのか！　観光客に優しくせず、なにが武士道か！　あんたたちは見たところ現代のサムライのように見受けられるが、この状況をどう思う！　新渡戸《にとべ》の稲造《いなぞう》さんが泣いているとは思わないのか！　嗚呼《ああ》、哀《かな》しきかな現代日本。刀とともに義も、勇も、仁も捨て去ってしまったサムライたちの行く末やいかに──」

鉄矢《てつや》は飄々《ひょうひょう》と舌を回した。ややもすれば公務執行妨害。ともすれば身柄拘束。その瀬戸際で、がむしゃらに言葉を繋《つな》ぎ続けた。

「ねえ、一輝《かずき》、これで本当に通れるようになるの？」

「わからない。けど、今は待つしか……」

羽《はね》の心配を余所《よそ》に、一輝は手首の時計を睨《にら》んだままだ。しかし、数字は頑《かたく》なに進まない。

午後六時六分。一輝は母の連絡先を手首に浮かべ、その時を待つ。

「というわけで、君たちには武士道に基づく自己犠牲の精神で道を譲ってもらってだな――」

喋《しゃべ》り続ける鉄矢に再び低い声が飛ぶ。「そこの男性、速やかに静止しなさい」

分数表示は六から動かない。口が渇き、手が震える。

まだ、まだ、進まない――……。

「これは警告です。ただちに静止しなさい」

同日。午後六時六分。海洋観測艦しょうなん。

米軍による三浦《みうら》氷山の強制解氷まで、残り三十四分。

「なに？　ラーメンを食べに来たジョン・タイターが武士道を説いてる？　くだらん。近くには天塩《てしお》一輝がいるんだろ？　どうせなにかの時間稼ぎだ。構わず捕えろ。未来人の情報さえ引き出せればそれでいい。そいつらを捕え次第、次は島内に追い込んだ少女のもとへと向かえ」

手元で明滅していた光が、ぷんっと途絶える。橋立《はしだて》は通話の切れた手帳型電子端末《ポケット・タブレット》を懐《ふところ》に戻し、沖合を航行する他国の艦艇に視線を注いだ。

「艦長。念のため、あなたからも息子さんに連絡してください。先ほど捕えた理科教師が捨てたと言っている時間跳躍装置の起動プログラムは、実のところどこにあるのか。知っているなら、すぐに教えるようにと」

「しかし……」

「今ならまだ間に合うかもしれません。六時四十分までに未来人の情報をもって交渉することができれば、我が国もカプセル――タイムマシン本体を確保できるかもしれないんです」

国益を損なう前に。と、語る橋立に涼花《りょうか》はわずかに目を細めてから、言われるがまま手首の端末に指を這《は》わせた。私用通信をＯＮにし、息子の連絡先を呼び出す。

突然、腕輪が鮮やかな光芒《こうぼう》を放った。

着信を示す青の明かりが筋となって腕輪の外縁を駆け巡る。

なぜ、今……。手首に投影された発信者の名前を見て、涼花は軽い眩暈《めまい》を覚えた。

「怖いくらいのタイミングですが、ちょうどいい、出てください」

しかし、涼花は頑なに通話を受けない。「早く」橋立が促す。

「……出てもいい。が、息子たちに危害を加えないと誓ってくれ」

「できかねます」

「なら、出ることはできない」

橋立《はしだて》は顔に呆《あき》れを浮かべる。

「当事案の指揮権は私にあります。あなた、いまさら何様のつもりですか」

「私は、あの子の母親だ」

母が子の安全を願って何が悪い。涼花《りょうか》のきつい眼差《まなざ》しに、橋立は、ぐっと言い淀《よど》む。

「……わかりました。彼らに危害を加えないと誓いましょう。私の端末が録音している会話もあなたの端末に今送りました。私が彼らを傷付けた場合、これを言質《げんち》としてください」

橋立の端末から録音データが届く。涼花はそれを指先ひとつで保存し、次いで、受話ボタンに指を押し付けた。

ぷんっと軽い電子音がして、通話がはじまる。

「一輝《かずき》か。――ああ、私だ」

視線だけで橋立に伝える。スピーカーの向こうにいるのは、たしかに息子の一輝だ。

「一輝、平気なのか。なにが起こっている。この状況は――……なに？　隣の男に代われ？　なぜだ。なぜ一輝が橋立を知っている。今知った……？　一体、どういう……」

橋立も眉根を寄せる。冷静な口調を作り、涼花に促した。「代わってください」

涼花は一瞬逡巡《しゅんじゅん》するも、すぐに観念し、指の一振りで、橋立に通話を転送した。

「ああ、私が橋立だ。君が一輝くんか、お母さまから話は聞いてるよ。さて、君に訊《き》きたいことがあるんだが――は？　私の上官？　たしかに君の言うとおりの人物だが、それをどこで……。六時八分に電話が来る？　まさか、あの人は現在会議に……」

橋立は手首の時刻表示をちらりと見る。ちょうど、午後六時八分になった瞬間だった。

「なにも来ていない。まさかとは思うが、はったりかね？」

から笑いをした数秒後、手首の端末が着信を報《しら》せる青の光を放った。橋立はしばし端末を見つめる。それから眉間に深い皺《しわ》を寄せ、「まさか」弱々しく零《こぼ》した。

手首に映る発信者は、彼の上官である飛島《とびしま》海将補だった。

「ああ、たしかに来た。代われ？　いや、さすがにそれは――なに？　米国が時間を繰り上げた……？　わかった。確認しよう。情報が正しかった場合のみ、上官との会話を検討する」

橋立は通話を切り替え、上官からの着電を受ける。「はい、私です」そうして電話の向こうの海将補と二、三言交わした後、軽く眉間を押さえ、一輝との会話に戻った。

「……たしかに、君の言うとおり、米国はＬａＷＳ《指向性エネルギー兵器》の使用開始を繰り上げた。どのようにして特別防衛秘密にあたるやり取りを事前に知ったかは定かではないか、こうなっては君が言う未来視云々《うんぬん》関係なく、我々情報保全隊の世話になってもらう他ない。――少し待て、私の端末を中継《リレー》して会話を繋《つな》ぐ。――ああ、そうだ。そのまえに、もうひとつの許可を取らせてくれ」

橋立の視線に気付いた涼花が、眉間に皺を作る。

「天塩《てしお》二佐、あなたの息子さんが飛島海将補と――つまりあなたの元配偶者とコンタクトを取りたがっていますが、いかがされますか？　その、これはいわゆる家庭内ルールの確認です」

元夫と息子さんに話をさせてもいいですか？　橋立《はしだて》の確認に、涼花《りようか》はしかと頷《うなず》いた。

「構わん。彼らの問題だ」

「承知しました――ああ、これから繋《つな》ぐ。わかった、それは隣の人に伝えておこう」

橋立は手首に映る中継ボタンを軽くタップすると、ようやく長い息を吐き出した。

「橋立、一体全体なにが起きている。なぜ一輝《かずき》が、あの男と……」

「どうやら、あなたの息子さんにはすべてお見通しらしいですよ」

「すべて？　どういう意味だ」

「文字通り、あの氷山のすべて、これから起こり得る未来のことです。その証拠に、米軍の強制解氷の時間が十分繰り上がったことを、私よりも先に知っていました」

「まるで理解できない。なぜ一輝が……」

「未来人から先の世界の話を聞き、実際に未来に起きることまで視《み》たそうです。他国に奪われる可能性のあるカプセルより、タイムマシンのたしかな情報を独占したくないか、と交渉してきましたよ。自分の身柄を拘束してもいいから、同級生には手を出さないでほしいとも、ね。まったく、したたかこの上ない」

橋立は帽子を深く被《かぶ》り直し、自嘲《じちよう》する。それから一秒ほど置いて手首を覗《のぞ》き込むと、今度は愉快そうに口の端を上げ、無線機に告げた。

「各員に通達。規制を解け。天塩《てしお》一輝の身柄を拘束。他は解放して差し上げろ」

「橋立、おまえ……いいのか……？」

「まだ二人は通話中ですが、海将補から先んじてメッセージが届いてました。〈タイムマシンの情報とトレード。規制解け〉とね。素晴らしい手腕だ。科学者にしておくには惜しい。息子さんはいい外交官になりますよ」

涼花の顔が怪訝《けげん》に歪《ゆが》む。橋立はもうどうしようもないといった様子で薄笑いした。

「しかし、彼は約束してくれました。自分がタイムマシンを完成させる科学者になると。恩師を救うために、自分には完成させる義務があると。いや、頼もしいじゃないですか」

「橋立、おまえってやつは、こんなあり得ない状況なのに随分と楽しそうだな」

眉根をひそめる涼花に、橋立は咳《せき》ばらいをひとつ挟む。

「失礼。僕はこれでもロマンのある話が好きなんですよ」

その発言に、涼花は苦笑を禁じ得ない。「まったく、くだらない」

「ああそれと、忘れるところでした。息子さんから伝言がひとつ」

橋立は思い出したかのように言い添えた。「こちらはくだらなくない話です」

「伝言……？　なんだ？」

「たまには帰って来い。ふたりで夕食を作って待っているから、とのことです」

伝言の内容を聞いて、涼花は息が詰まった。

「……ああ、そうだな。たまには帰るとしよう」

なんとか言い切って無理に笑う。息を吐き出すと、肩の強張《こわば》りがようやく解けた。

海の向こうに延びる陸も、以前よりだいぶ、近くに見えた。

○

八月二十六日、日曜日。午後六時十分。城ヶ島《じょうがしま》大橋前。

米軍による三浦《みうら》氷山の強制解氷まで、十分繰り上がり、残り二十分。

突然自由を取り戻し、身体《からだ》がふわりと宙に浮く。受け身を忘れた鉄矢《てつや》は尻をしたたかに打ち、「あいたっ！」声高に叫んだ。

「放すなら言えってんだ、ばかたれ！」

「す、すみません」

バツが悪そうに詫《わ》び言葉を並べる迷彩服の男たち。

その横を一輝《かずき》が会釈《えしゃく》ひとつですり抜ける。

「おい、一輝」

つかつかと歩み去るその背中に、鉄矢が訊《たず》ねた。

「おまえ、どんな手品を使った」

「いずれわかりますよ。そのうち、近い未来で」

その返答に、鉄矢はすっきりしない表情のまま、「なんだよ、それ」口を尖《とが》らせた。

長い長い大橋を風が吹き渡る。それは真《ま》っ直《す》ぐと一輝の身体を撫《な》で、汗を遠くに連れていく。蝉《せみ》が呼ぶ。波が騒ぐ。木の葉が揺らぎ、雲が擦《こす》れる。今この時しかない時間が音を奏でる。

——でも、もう終わりだ。

一輝は甘い感傷を呑《の》み下し、羽《はね》と向き合う。

「羽、ちょっといいかな」

「一輝……」

「これを、進《すすむ》に。先生から預かった」

起動キーを受け取った羽は、きゅっと唇を嚙《か》み締めた。言葉がひとつも出ないように、きつく。それでも形のない想いはするりとその隙間から溢《あふ》れ出て、呟きとなって空気を揺らす。

「やっぱり、届けなくちゃダメなのかな」

「それは羽次第だよ」

「私次第、か——。ねえ、一輝」

「なに?」

「なんか、すごい緊張してきた」

困ったような羽の笑みに、一輝は優し気な眼差《まなざ》しを向ける。

「ちゃんと伝えておいで。大丈夫、羽《はね》ならやれるよ」

「無責任すぎ……」

「本当だよ。それに、氷山が溶けるまでもう時間がない。タイムリミットは六時半。それまでに灯台に行かないと、せっかくの決意が無駄になっちゃうよ？　それでいいの？」

一輝《かずき》の挑戦的な声音に、羽は頭を真横に振った。「それは、いや」去りゆく風に縋《すが》りつくように、羽の髪がぱたぱたとなびく。

「このまま夏を終わらせるなんて、絶対いや」

「なら、頑張らないと――それと、そうだ。最後にもうひとつだけ確認」

「なに？」

「羽はさ、この夏の主役って、誰だと思う？」

その問いに、羽は結んでいた口を解いて、ふふっと笑った。

羽は、進《すすむ》と天音《あまね》をまるで恋愛小説の主役みたいだと思ったことがある。幼馴染《おさななじみ》なところとか、仲の良いところとか、悲劇に見舞われてしまうところとか。羨《うらや》ましいと思ってはいけないところさえも、羨ましく思えてしまったことがある。

この物語の主役は宗谷《そうや》進で、ヒロインは富士《ふじ》天音。誰もがそう言うとわかってる。

羽は、何度も自問した。――じゃあ、私は一体なに？

「そんなの、決まってるじゃん」

気丈に言い放ち、身体《からだ》を翻《ひるがえ》す。燃えかけの夕日が水平線に落ちゆく中、羽は駆けだした。

それは何度も見た夏の終わりで、微塵《みじん》の既視感もない、まっさらな光景だった。

——もう、この季節も終わるんだ。

城ケ島《じょうがしま》大橋に風が吹く。たしかな予感が、脳裏をよぎった。

○

八月二十六日、日曜日。午後六時十二分。城ヶ島公園、安房崎《あわさき》。

米軍による三浦《みうら》氷山の強制解氷まで、残り十八分。

緑の多い岬だ。波形の歩道の先には円形の木製ベンチがあり、その先には海が広がっている。近くに立つ灯台の先端にはブルーシートがかけられているものの、やはりまだ、尖《とが》っていることが窺《うかが》える。

「進。みんなにバイバイ、言いそびれちゃった」

隣でそれを見上げる少女に、進は答える。「だなぁ」

日に焼けて赤くなった肌。風になびく黒い髪。手に残る小さな傷。彼女によく似た形の瞳。よく見れば彼女にはあまり似てない鼻筋。今では、そのすべてが愛《いと》おしく感じられた。

「進、どうしたの？　下向いて」

「いや、なんでもない」

ふたりの足元では、陽の光がまぶされた海面がちらちらと輝いている。岩礁に当たって砕けた波は潮の粒を風に渡し、海の匂《にお》いを陸に届けている。それは紛れもなく、夏の光に、夏の匂いだ。

「日暈《ひかさ》、そろそろ下、降りようか」

「うん……」

ふたりは広場の奥へ向かう。破られたまま放置されている規制線を潜り抜け、立ち入り禁止の磯場へ下る。そこは先日、日暈が行きたいと言っていた場所。だというのに、日暈の顔は晴れない。

なんて声をかければ、日暈は最後に笑うのだろう。進《すすむ》はそれが、知りたかった。

○

八月二十六日、日曜日。午後六時十五分。城ヶ島《じょうがしま》公園、入口。

米軍による三浦《みうら》氷山の強制解氷まで、残り十五分。


——あーあ、知りたくなかったなあ。

石銘板の横から延びる、弧を描く上り坂。
四方から降り注ぐ蝉時雨《せみしぐれ》の中を、羽《はね》は走る。

——自分がこんなに熱くなれちゃうこととか、
——あの茶色い食卓を恋しく思う時が来るとか、
——長い髪は走る時にやっぱり邪魔だとか、
——この暑さとか、胸の痛みとか、
——知りたく、なかったな。

海風にしなった松林の並木道を、髪を揺らし、羽は駆け抜ける。

——いつからだっけ。自信のある横顔ばっかり見せようとしたり、
——全然こっちを意識しないことにむかついたり、
——もしあいつが誘ってきたらこう断ってやろうとか、
——誘われもしないのに断り文句だけを考えてむなしくなるとか、
——そんなことで寝不足が増えはじめたのって、いつからだっけ。

──もっといい時間の使い方、あるのにね。


不意に、小石に足を取られ、蹴躓《けつまず》く。

心臓が痛い。喉《のど》がくっつく。苦しい。みっともない。やめてしまいたい。

「ああ、もうっ、ほんと」

本当に、辛《つら》いことばかりだ。

心は頑《かたく》なに解けない癖に、時間は勝手に溶けていく。過ぎ行く日々に答えはないし、言葉はちっとも頼りにならない。自分が自分であるために、叫んだ夜が何度あるだろう。寂しさは呆《あき》れるほど強く、自分の中の正しさは往々にして人を傷つける。

この夏、私が知ったことはそういうことだ。

全部、あの子のせいだ。今こうして、ここにいること。汗を散らして走っていること。星の数ほどの分かれ道の中から、この道を選んだこと。茨《いばら》の道だと知っていたのに、奇跡を求めてしまったのは。

わかっている。この道の先にあるのは、エゴだ。決意を騙《かた》るわがままだ。言わない方がいいこともある。口にしたら変わってしまう関係もある。費やし、重ねてきた感情の発露は、年月に反比例して稚拙で、答えを求められた相手を思えば、悪辣《あくらつ》極まりない。

そんなの、わかっている。それでも──、

――でも、ちょっとくらい、わがまま言いたくなるよね。
――夏だし、暑いし、まだ十七なんだし。
視界が開ける。
白い灯台、青い海。眼下に広がる灰色の磯場を往《ゆ》くは、影ふたつ。
――それに、少しくらいは許されると思うんだ。
――だって、だってさ。
――私の夏の主役は、他でもない、私なんだから。
「進《すすむ》っ」
だから、呼んでみる。
振り向くあいつは、ああ、やっぱり、少し遠いな。

〇

八月二十六日、日曜日。午後六時二十三分。城ヶ島《じようがしま》公園、安房崎《あわさき》。

米軍による三浦《みうら》氷山の強制解氷まで、残り七分。

磯場に延びる、灰白色《かいはくしょく》の一本道。その上をなぞるように歩いていたふたりは、背後からかかる声に呼び止められた。

「羽《はね》ちゃんだ」

隣の日暈《ひかさ》が、ぽつりと言う。「来てくれたんだ」

広場の縁で叫んだ同級生は、二の句を継ぐこともなく、階段を駆け下りた。それを見た進《すすむ》は「ああ、そうだな」と呟《つぶや》いて、視線を一点に固定する。木々に囲まれた階段から飛び出てくる彼女の姿を、見逃さないように。

深い緑の洞窟《どうくつ》になっている階段を抜け、羽は磯場に飛び出した。鮮烈な白い夕陽に、瞼《まぶた》は反射的にきゅっと閉じる。それをむりやり押し広げ、前を向く。

蛇行《だこう》し、起伏し、水に漬かっている、灰色の道。その先で、進と日暈が、羽を待っている。

「進……っ」

渇いた喉《のど》から、必死に声を絞り出す。

「日暈ぁっ！」

ひときわ大きく、声を放つ。お願い、波に呑《の》まれないで。強い気持ちが喉から溢《あふ》れる。

「まだ、終わってない！」

岬の岩場は足場が悪く、一歩踏み出す度に転びそうになる。

「私たちの、夏休み！」

それでも足を踏み出すのは、伝えたいことがあるから。

「まだ、終わってないから！」

弾む息が、潮騒を押しのける。滴《したた》る汗が、潮風を洗い流す。

綺麗に整えた流行《はや》りのネイルも、バイト代を貯めて買ったブランド物のサンダルも、硬い岩に削られて、目も当てられない。せっかく結んだ髪もぼさぼさで、日焼けが作った肌の境目は、いつのまにか露わになっている。薄く纏《まと》わせた化粧だって、きっと崩れているはずだ。

「だからまだ、帰らないで！」

それでも、構わなかった。ただ、届けたかった。あの子が帰ってしまう前に、たった一度でいい、自分の決意を見せつけたかった。ずるいだけじゃないんだって。私だって、ちゃんと言えるんだって。

――羽ちゃんは好きな人いるの？

あの質問に答えられなかった自分は、この季節に置いていこう。白い雲、騒がしい海、苦い汗、痛い陽射《ひざ》し、火薬の香り。その中にそっと織り交ぜて、さよならしよう。

さよならできたら、その時は、きっと――、

「――っ！」

「安庭《あにわ》！」

「羽《はね》ちゃんっ！」

岩場に転がった羽は、駆け寄るふたりを声で制した。「いいっ！　来ないで！」

痛む膝に鞭《むち》を打ち、立ち上がる。脛《すね》に滲《にじ》んだ赤い血が、灰色の道をじとりと汚した。

「私から、行くから」

再び、走る。止まれなかった。

日暈《ひかさ》。健気《けなげ》で真《ま》っ直《す》ぐな女の子。まだ九歳のあなたが、対等になろうとしてくれた、本当の友達になろうとしてくれた。逃げ続けてばかりの私に、あなたは諦《あきら》めずに歩み寄ってくれた。

それがどれだけ嬉《うれ》しくて、どれだけ情けないことか。

弱くていい、みっともなくていい。ただ思ったままに言葉を紡げるだけの勇気が、今は欲しい。無邪気とはいえない歳になってしまったけれど、素直になれる資格はまだあるはずだ。

「今、行くから」

大嫌いな自分とさよならをするために、本当の想いをさらけ出すために、私は走る。

だから、お願い。そこに着いたら、聞いてほしい。恥ずかしいけど、耳は塞《ふさ》がずに。

これは、私とあなたが、友達になるまでの物語。


羽は膝に手を突き、呼吸を整えた。汚れたつま先。垂れ下がった茶色い髪。汗でへばりついたシャツ。好きな人に話しかける前とは思えない、ぼろぼろの格好。乱れた髪と呼吸を整えながら、「よっ」と気軽に片手を挙げるのは、まだ拭《ぬぐ》えない見栄のせい。

「よっ、て……おまえ、そんなぼろぼろで……」

「言わないで」

言葉の先を制する。「ぼろぼろなのは、わかってるから」

羽は最後の距離を詰め、進《すすむ》に起動キーを手渡した。

「これ、届け物。一輝《かずき》から。六時半までにって。どう使うかは、もう知ってるんでしょ？」

「うん。ありがとう」

声の余韻《よいん》を攫《さら》うように、波の砕ける音がざぱんと鳴った。

「別にいいよ、お礼とか」

言いながら、髪を押さえる。海から吹く風が、やけに憎い。

次、止んだら言おう。そんな言い訳が浮かぶ自分も、やっぱり、憎い。

だから羽は深く息を吸い、視線で日暈に訴えた。

——そこで見てて。私が逃げないように、ちゃんと見てて。

日暈が小さく頷《うなず》いたのを確認して、胸の中の空気を、全部吐き出す。

「進、話があるんだ」

出すものがなくなった胸の内側から、ころん、と言葉がひとつ零《こぼ》れる。

——こんなことになるなら、あの恋愛小説、読んでおけば良かったな。

羽《はね》は胸の内で呟《つぶや》いてから、言葉を織る。「私ね」と、目の前の男の子にそれを投げる。

「私、おばあちゃんが嫌いだったの」

うん。進《すすむ》が頷《うなず》く。

「小学生の頃に作った湯呑《ゆの》み、捨ててって言ってもずっと捨ててくれなくて、宿題なんてやりたくないのに、いつも見逃してくれなくて。お金ないくせに、お小遣いはちゃんとくれて。でも、だから今の私がいて。本当は感謝してるのに、そういうこと、全然言えなくて」

羽は息継ぎをするように、目元を拭《ぬぐ》った。

「私、今の長い髪、結構気に入ってて、進は気付いてないかもだけど、結ぶのは夏だけで。本当はバイトも、あの制服が着たくて、あそこ選んだ。それと本当は炭酸苦手で、ダイエットのために無理して飲んでて。でも甘いもの我慢できなくて、結局私、いつも中途半端で――」

ああ、ダメだ。羽は唇を噛《か》む。言葉が濡《ぬ》れて、形になってくれない。

「私、私ね――」

独占したい気持ちはあるのに、独占はされたくなくて、私だけを見てほしいのに、私だけを見ている彼は想像できなくて、苦しくて、それでも私だけを見てほしくて。わかってほしいのに、自分のことはなにひとつ言えなくて。知ってほしかった。知りたかった。こうなるとわかっていたなら、この痛みを知っていたなら、もっと気持ちを伝えようと努力したのに。

――どうしてこんなに、うまくいかないことばかりなんだろう。

溢《あふ》れ出る想いはとめどなく、眼前に広がる大洋と同じで、底知れない。

けれど、そんな気持ちを表わすたった一語を、羽はずっと前から知っていた。

夏が来る前から、彼と出会った時から、知っていた。

「私、進のことが、好き」

長く連れ添った言葉をはじめて口にすると、結い上げた髪が、はらりと解けた。

「ずっとずっと好きだった」

「ありがとう、安庭《あにわ》」

進はいつもの声で答える。「――でも、ごめん」

「うん。それも、知ってた」

夏の終わりに、彼に負わせた荷の重さに、泣きたくなる。聞いてくれてありがとう。答えをくれてありがとう。言いたくないこと言わせて、ごめんね。自分の情けなさに、涙が出る。

それでも羽は、空いた胸に浮かんだ言葉をそのまま吐き出す。「ああ、もう。ほんとしんどい」洟《はな》を啜《すす》って、空を仰ぐ。「ほんと、しんどいけど……」

いつの間にか、笑っていた。口元が、誇らしげにきゅっと上を向いている。

「日暈《ひかさ》、これで隠し事なしだから」

「うん」

「私たち、これで本当の友達だから」

「うんっ」

日暈《ひかさ》は大きく頷《うなず》く。何度も何度も、強く頷く。

「そんなに振ったら、首とれちゃうよ」

「とれてもいい。だって、嬉《うれ》しいから」

「ダメでしょ。首とれちゃったら、ネックレス落としちゃうじゃない」

首にかかったネックレスを指差して、羽《はね》は笑う。「大切なものなんでしょ？」

「うん。大切。だから、羽ちゃんが持ってて」

「えっ、でも、それ……」

「いいの。羽ちゃんにはたくさん良くしてもらったから。それにそうするって決めてたから」

羽はそっと思い出す。日暈はたしかにあの日、この公園で言っていた。

——日暈もね、大切な人ができたら渡すんだ。たぶん、そうしなきゃだから。

「それ、私でいいの？」

「うん。羽ちゃんがいい。日暈の一番の友達だから」

羽の掌《てのひら》に、日暈はネックレスを握らせる。

「あとね、後ろの文字、日暈の汗で滲《にじ》んじゃってるから、羽ちゃん、書き直しといて」

言い切ってから、ぐすぐすと洟《はな》を啜《すす》る。子どもみたいに、子どもらしく。

そのあどけない表情を見ていると、羽の胸に、決意がもうひとつ、浮かんでくる。

「わかった。――でもこれは、これから日暈《ひかさ》にとって本当に大切になる人に預けておくよ」

「日暈の、本当に大切な人？」

「うん。あなたにとって、私よりも大切で、進《すすむ》と同じくらい大切な人。これからも、私にとっても大切になるはずの人」

私も大切な人ができたら渡してもいいんでしょ？　羽《はね》が微笑《ほほえ》むと「うんっ」日暈は頷《うなず》いた。

「じゃあ、日暈がその人に会えたら、またネックレスもらえるくらい仲良くするね」

日暈はそのまま、羽にぎゅっと抱き着いた。「でも、今は羽ちゃんが一番だから」その声は、微《かす》かに震えていた。

「じゃあ、もう行くね。日暈のこと、忘れないでね」

「忘れるわけないでしょ」

羽はぎゅっと抱き返す。「友達なんだから」

◯

ふたつの影が海を歩いていた。岩礁上の氷山は、いまや一軒家程度の大きさで、手の届く位置にある。打ち寄せる波に注意を払いながら、海面に顔を出した岩を伝って、ふたりは氷山へと向かう。膝下は波に濡《ぬ》れていた。それでも一歩ずつ、ざぶざぶと、歩いていく。

「大人になった一輝《かずき》くんがね、こっち来る前言ってたよ。日暈を送るの、すごく悩んだって」

「じゃあ、なんで日暈を送って来たんだろうな」

「それはねぇ――」

日暈が言いかけ、背後から大きな声が届いた。「日暈っ!!」

「日暈っ、いってらっしゃい！」

ずっと待ってるから！　羽が力強く、叫んでいた。

日暈はそれに手を振り返し、満足したような笑みで、進を見遣《みや》る。

「きっと、またみんなと出逢《であ》うためだよ」


氷山へと乗り込むと、つるつるした足場に、案の定、日暈が転びそうになる。

「おんぶするか？」

「ううん。平気。羽ちゃんに、笑われちゃう」

彼女が気丈に笑うのを見て、進はそっと、微笑みかけた。

「じゃあ、歩いていこう」

一歩一歩確かめるように踏み出し、氷の上を歩く。ちらりと手首を確認する。時刻は六時二十五分。まだ少しだけ、猶予がある。進は日暈との時間を楽しむように、ゆっくり歩いた。

氷山の中央にたどり着くと、人工的な銀の輝きが目に飛び込んできた。

「手、もう痛くないか?」

進《すすむ》は日暈《ひかさ》の右手を取り、優しく訊《たず》ねる。

「うん。大丈夫。――そうだ、これね、今の鉄《てつ》ちゃんが言ってたんだけど。痛みを知ると、人はちょっとだけ大人になれるんだって。これで日暈、ちょっとだけ大人になったね」

「あの人、またかっこつけやがって」

進は笑いながら、日暈の頭を撫《な》でた。笑い飛ばしてはみたものの、鉄矢《てつや》はきっと真実を言っているのかもしれない。

未来が来る時、それはいつも痛みを伴っている。親に叱られた時、誰かの葬式に参列した時、人を疎《うと》ましく思った時、人に疎ましく思われた時、恋をした時、恋に敗れた時。それらは心に、胸に、頭に、自身を構成するすべてに、淡く、かけがえのない痛みを残して、ひとつの季節を終わらせていく。

「あっ」

「どうした?」

「忘れ物。日記、置いてきちゃった」

「大丈夫。俺が持っておくよ。お母さんにも見せておく」

「ほんとに?」

「ほんとに。俺がちゃんと伝えるよ、日暈と過ごした、この夏のことを」

進は日暈を抱きしめた。「苦しいよ」日暈が言った。

「日暈、帰ったら、ちゃんとお母さんのいうこと聞くんだぞ」

「うん」

「海も夏祭りも花火大会も、今度はきっと行こう。みんなで行こう」

「うん」

「勉強だってちゃんとやる。もう、補習なんて受けない。なにもできないなんて言わない。俺が、日暈と天音《あまね》を会わせてみせるから。また会えるよう、俺も頑張るから。だから――」

潮騒がふたりを包む。冷たい愛の結晶が、渚に散りゆく。

「いってらっしゃい、日暈」

進は日暈をカプセルに横たえると、枕元のポートに起動キーを挿し込んだ。

瞬間、鮮緑の光が磯場に迸《ほとばし》り、氷山を包む。波の音が遠くなる。

その光のなか、日暈があどけなく、くすりと笑った。

「お父さん、また泣いてる」


二〇三五年八月二十六日。午後六時二十八分。

三浦《みうら》氷山、解氷――。

エピローグ　私とあなたの物語

二〇三五年九月二日。午後三時二十八分。——三浦《みうら》氷山事件から、一週間後。

私はひとり、バスに乗っていた。夏の気配は、氷の塊とともに消え去ったかのように思えたけれど、太陽は未だ汗を求めてやまない。それが嬉《うれ》しくも、鬱陶《うっとう》しくもある。

バスを降りて、消毒液の香る病院に入る。精密機器がぶら下がる治療区画を緊張半分、覚悟半分で歩いた。一度は他の場所に移ったという彼女の寝床に着くと、なんて声を掛けていいかわからず、「……よっ」と片手を挙げてみる。

「……なんか、こうして会うと、気まずくない？」

笑ってみるけど、ベッドの上のあなたはやはり、黙ったまま。一年前なら「そんなことないよ」って笑ってくれたのに。昔はその明るさが嫌だったけど、今は、うん。少しだけ恋しい。

えーっと……。やばいな。何話したらいいのか、わかんないや。

弱音ばかり浮かぶから、無理やり言葉を織ってみる。「あ、あのさ、これ、天音《あまね》に」

勢い任せに預かりものを取り出して、話題を転がす。ほんとはもっと——感動的なスピーチじゃないけれど——良いこと言ってから、渡そうと思ってたのに。

「あ、ちゃんと消毒とかして、許可もらったやつだから」

言い訳を綴《つづ》る自分が、本当に格好つかなくて。やっぱこういうの向いてないなって、自分のダメさ加減に呆《あき》れちゃう。だからもう、えいっ！　って、勢い任せに喋《しゃべ》ってしまうんだ。

「これ、天音は信じないだろうけど、天音の子どもの宝物。後ろの英文は頼まれたから、私が今朝、書き直したんだけど、あの子からの預りもの。研究のためとかで持っていかれて今はないけど、薬のケースも解析が終わったら絶対返してもらうつもり。何の薬かはまだわからないけど、きっと何か意味があるはずだから。全部、大切にしてあげて。——てか、ごめんね、天音の子なのに、先に会っちゃって……でも、うん。それくらいは許してくれると、嬉しい」

そこまで言って、言葉に詰まる。やっぱり、勢い任せは良くない。

「ねえ、知ってる？」今度はちゃんと考えて、言葉を練り上げた。

「今年、いい夏だった。ほんと、呆れるくらい。忘れるのも惜しいくらい、素敵な夏だった」

私の頬の上で、許可もなく、晩夏の陽が煌《きら》めく。

「でも、終わっちゃった。あんたがいない間に、終わっちゃったんだよ」

悲しいことも、辛《つら》いことも、楽しいことも、全部全部。だから——、

「天音が起きるのずっと待ってる。起きないなんて、私、許さないから」

あなたが起きた時、私はきっとまた思い出すだろう。あの夏の日々を。あなたの娘と駆けた、あの季節を。思い出す日が来るまで、私の人生は続いていくけど、まあ、どうにかやってみるよ。泣くこともあるだろうし、うまくいかないことも、やっぱりまだ多いだろうけど、気長にやるよ。やってみる。だから起きたら、その時は改めて言わせてほしい。

私はあなたとも、友達になりたかったんだ。


二〇三七年九月二十四日。午後五時二十八分。――三浦《みうら》氷山事件から、二年後。

三浦の町を、夏はいつもゆっくりと歩く。秋が背中を突いても、三浦の空からなかなかどかない。本当に、傲慢《ごうまん》な季節だ。私が時間に急《せ》かされる歳になっても、ずっとそれは変わらない。

「ねえ、その子、名前は？」

久しぶりに座った縁側で、私は訊《たず》ねた。「女の子なんでしょ？」

私の問いかけに、おじさん――いや、鉄《てつ》ちゃんは誇らしげに胸を張る。

「茜《あかね》だ。若草《わかくさ》茜」

良い名前だろ。鉄ちゃんは皺《しわ》の増えた顔で笑った。妊娠中の優月《ゆづき》さんが見た、綺麗な茜色《あかねいろ》の夕日が、この子の名前の由来らしい。

「茜はきっといい子に育つぞぉ。歳は離れてるけど、良い兄貴もいるしな」

「やめろよ、親ばか」

縁側に座る、少し大人びたあなた。

困った時につむじを掻《か》く癖は、今もちっとも変わらない。

「それより、茜のためにももっと稼がなくちゃだろ。――鉄ちゃん、次回作は？」

「やめろやめろ。急かしてくるのは、担当編集だけで充分だ」

ふたりのやりとりに、みんなが笑う。

そこにまだ、天音《あまね》の声はない。

しかし、一輝《かずき》からの連絡では日本で開発された新薬――世間では偶然発見されたとされている薬――が実用化されれば、天音のような昏睡《こんすい》状態の患者に画期的な効果が期待されるのだという。

あの時、防衛省に接収されたケースと、その中身も、これで返せることにはなるのかな。

「あ、そうだ私。鉄ちゃんに頼みあったんだ」

本を一冊取り出して渡す。「サインちょうだい」と言葉を添えて。

気恥ずかしそうに縁側の端でサインを記す鉄ちゃん。結局仮題のまま出版したという彼の復帰作は、そこそこ売れているらしい。私も読んだが、まあ、悪くなかった。

「なんか緊張すんなぁ」

と、口の端を上げる鉄ちゃんの顔を透かして、後ろに座るあなたの顔を見る。

相変わらず、憎らしい顔。めったに崩れない表情も、汗に透ける白い肌も、切れ長で冷ややかな目元も、あなたはいつだって私の胸に苛立《いらだ》ちを運んできて、心を乱した。

「おい、羽《はね》。そういやおまえ、教職課程取ってるんだって？　教師になるのか？」

「うーん、どうだろ」

私は不意に、庭の向こうに視線を送る。海に浮かぶ白い塊は、もう見えない。あなたへと続いていた一筋の感情も、もう窺《うかが》えない。あの気持ちは、ちゃんと解けたのだろうか、それとも凍り付いただけ？

「まだ、わかんないや」

私にとってあなたは、もう、ただの友達になったのかな。

二〇四四年七月二十七日。午後三時二十八分。――三浦《みうら》氷山事件から、九年後。

バスに乗りながら、瞳に馴染《なじ》んだ景色を眺める。東京の大学から戻って来て、早四年。おばあちゃんの愛した三浦の景色は、相も変わらない。海の青も、木々の緑も、「まぐろ」の赤い看板も、いつの間にか定着した「氷山かき氷」の白い看板も、今日も車窓を賑《にぎ》やかす。

外ばかり眺めていると、通知が一件、視界の端に飛び込んできた。

〈Toyaからメッセージが届きました〉

ああ、彼からだ。ちょっと笑いながら、それを開く。

数年前、一輝《かずき》の紹介で知り合った、二つ年下の男の子。彼が送って来た写真には、水天宮《すいてんぐう》、鬼子母神《きしもじん》、その他安産祈願で有名な神社の御守りが多く映っていた。

ＣＴＳ《コールド・トラベル・システム》の研究で忙しいはずなのに、彼も一輝も、ほんと、マメである。彼とよく似たあの変な教師は、アラスカに戻ったきり、連絡を寄こさないというのに。

本当に、わからないことばかりだ。バスがいつ来るかとか、電車がどのくらい遅れているかとか、私たちにわかる未来なんて、その程度だ。

「第一声、なんて言おう」

車窓に呟《つぶや》く。今日再会する、あの子。今から九年後の私たちが、なぜあの子を過去に送ったのか、それも未だにわからない。未来の私たちは、なにを考え、十七歳の私たちに、なにを託したのだろう。本当に、わからないことだらけだ。

でも、ひとつだけわかることがある。あの夏の日暈《ひかさ》は未来を正しに来たのでも、過去をねじ曲げに来たのでもない。ただ、伝えに来たのだ。

同じ夏は二度と来ないということを。答えや正解なんてわかりやすいものじゃない。私たちが変わるきっかけのようなものを、与えてくれたのだ。

だって、そもそも正解なんて誰にもわからない。あんな無様な告白や、汗まみれの私が正解だったなんて、とても思えない。

無様で格好悪くて、二度と繰り返したくない季節。

だけど、たった一度きりの奇跡。

私たちが過ごしたのは、そういう夏だった。

私はカルピスをひとくち含み、降車ボタンを押し込んだ。

「進《すすむ》は？　まだ来てないの？」

記憶通りに寒々しい待合室の中で、私は焦《じ》れる。

「今タクシーで向かってる。もうすぐ来るって」

じゃあ私、外で待っとく。私は一輝《かずき》に言い捨て、タクシーの乗降場に向かった。

待っている間、分娩室で闘う天音《あまね》のことを考えた。寝たきりだった彼女は今では日常生活を送れるようになってはいるけど、身体《からだ》は同世代の女性に比べて、いくらか弱い。だから出産をするにあたり、担当医は「母子ともに安全の保証はできない」と何度も念押しをしたそうだ。

でも彼女は、「大丈夫です、運だけは、強いので」と、あっさり言ってのけたらしい。

まあ、そんな強引なところも、彼女らしい。

妊娠が発覚した時、彼がすでに名前を決めていたことに彼女は驚いていたけれど、それはあの時の彼が決めたことではなく——あるいはいつかの彼が決めたわけでもない。名付け親は娘自身だと彼が言ったら、また嘘言って、と何も知らない彼女は幸せそうに笑っていた。

でも、それが嘘じゃないことを、私は知っている。

踵《かかと》を上げ下げして、数分。仕事で遅れていた進《すすむ》が、タクシーから現れた。

「天音はッ!?」

「まだ産まれてない。今、頑張ってる」

私を置き去りに、彼は病院に駆け込む。待合室に着くと、廊下の奥に看護師さんが見えた。

「天音は大丈夫なんですか」

彼は看護師さんに縋《すが》るように訊《たず》ねる。その問いかけに、看護師さんは笑顔で答えた。

「おめでとうございます」

そのまま、明るく告げる。「元気な女の子ですよ」

娘が生まれて、彼は膝から崩れ落ちた。

ああ、何年越しだろう。私は今、あの夏の本当の名前を、知ったのだ。

氷のように透明で、綺麗なくせに冷たくて、風の吹く間に溶けていく。ただ懸命で、傍から見ると騒々しい、もう手に入らないあの季節の名を、私は今ようやく、知ったのだ。

「おめでとう、天音」

だから、言える。振り返らずに。

「ありがとう、進」

そして、あなたへ。

「待ちくたびれたよ、日暈《ひかさ》」

ずっと会いたかった私の友達が、こうして、産声《うぶごえ》をあげた。

あなたの声を聞くと、私は途端に思い出す。

鮮やかな緑が頭上で弾《はじ》けていたこと。

落ちてくる木漏れ日《こもれび》は無色透明で、空気は艶《つや》やかに湿っていたこと。

隣を歩くあなたの横顔。額に滴《したた》る大粒の汗。笑った目尻に寄った皺《しわ》。

過ぎた季節を飾るのは、褪《あ》せてしまった青の色。

あなたは覚えていないだろう。きっとこれから知るのだろう。

時間を溶かしてしまうのも、心を解かすことができるのも、結局、私たち自身であることを。

きっと、何度も泣くだろう。言葉が正しく伝わらないこと。小さな意地が邪魔をすること。

なんでわかってくれないのって、もう嫌だって、叫ぶ夜はいくつも来る。

でも、大丈夫。あなたの頬を濡《ぬ》らした涙は、きっと次の夏が乾かしてくれる。

あなたが知るのは、そういうことだ。私の知ったことが、そうであるように。

ほら、今年もまた、夏が来る。あなたのもとに、真新しい奇跡を連れて。

けれど、私は今でも思うのだ。

あの夏を凍らせて、ずっとこの手に持っておきたかったのだと。

夏が来るたび、思うのだ。


〈了〉

GAGAGA

ガガガ文庫

サマータイム・アイスバーグ

新馬場 新

発行　2022年7月25日　初版第1刷発行

発行人　鳥光 裕

編集人　星野博規

編集　星野博規

発行所　株式会社小学館
〒101-8001 東京都千代田区一ツ橋2-3-1
[編集] 03-3230-9343 [販売] 03-5281-3556

カバー印刷　株式会社美松堂

印刷・製本　図書印刷株式会社

Printed in Japan ISBN978-4-09-453080-3